人間、どの道なんだかんだで
生きて行かなくてはならないのだ。
泣いても笑っても、
最終的に選択し決めるのは
自分自身だ。
「わたちは、自由に生きりゅ！」
自分の力で。
なるべく周りに迷惑を掛けずに。
誠実には誠実を、優しさには優しさを返しながら。

マグノリア
・ギルモア
絶世の美幼女に転生した
元アラサー女子。
政略結婚を回避するべく
前世の知識をフル活用して
出奔する資金を集めている。
セルヴェス
・ジーン・ギルモア
マグノリアの祖父に当たる
アゼンダ辺境伯家の現当主。
『悪魔将軍』と呼ばれ
恐れられていたが、
今は孫娘フィーバー中で
丸く(?)なっている。

クロード
・アレン・ギルモア
マグノリアの叔父に当たる
セルヴェスの養子。
騎士団でも五本の指に入る剣豪で、
黒髪の姿から『アゼンダの
黒獅子』と呼ばれている。
ジェラルド
・サイラス・ギルモア
マグノリアの実父である
ギルモア侯爵家の当主。
マグノリアに無関心で
ほとんど育児放棄していたが、
どうやら事情がありそうで……？

大きな手を取り、銀貨を載せる。
シャリン、と。擦れて小さく音をたてた。
「あい。こりぇが
『あなたの子どもだった者』の
価値でしゅ」
「…………」
食い入るように三枚の銀貨を
みつめるジェラルドを、
暫し静かにマグノリアもみつめた。

転生アラサー女子の
異世改活

政略結婚は嫌なので、雑学知識で楽しい改革ライフを決行しちゃいます！

Reincarnated Maiden's Reformation Activities in Another World!

1

Author
清水ゆりか
Illustrator
すざく

口絵・本文イラスト　すざく

1

Reincarnated Maiden's
Reformation Activities
in Another World!

CONTENTS

プロローグ　気づいたら転生していました

「……んぅう……」


穏《おだ》やかにたゆたう意識が、ゆっくりと浮上《ふじょう》する。

瞼《まぶた》の裏に感じる柔《やわ》らかな光は、多分朝なのだろう。

廊下《ろうか》を行き来する人々の衣擦《きぬず》れの音。窓の外を羽ばたく小鳥たちのさえずり。

そして、焼けるパンの匂《にお》い。

（パン、誰《だれ》が焼いてるんだろう——……？）

実家に帰って来たんだっけかと、半分寝《ね》ぼけながら心の中で自らに問いかける。

まだ寝気が覚めず、ころりと寝返《ねがえ》りを打つ。何だろう。シーツが、布団《ふとん》カバーが、家の物とは違《ちが》う気がする。

スリスリと肌触《はだざわ》りを確認《かくにん》しながら、ゆっくり目を開けると、見たことのない天蓋《てんがい》が目に入った。

――天蓋？

「へっ⁉」

焦《あせ》って左右に首を回すと、白壁《しらかべ》にチョコレート色の腰板《こしいた》、それに映《は》えるような白い優美な猫脚《ねこあし》の飾《かざ》り棚《だな》が見える。所々に金があしらわれたそれはとても豪奢《ごうしゃ》だ。

そして、天蓋から垂らされた落ち着いたアイボリーとペパーミントグリーンの涼《すず》しげな色の布のドレープが目に飛び込《こ》んでくる。

（ここ何処《どこ》⁉）

すわ誘拐《ゆうかい》か⁉　と思ったが、誰が齢《よわい》三十三、三十路《みそじ》過ぎのオバさんを誘拐するというのだろう。

しかし、万が一がある。

女性としては若くはないが、そう年寄りと言う程《ほど》でもないのであるからして。

好みや性癖《せいへき》は人それぞれ。女性は三十五歳《さい》から、なんて言う人もいるし……

なんてアホなことを考えながら、手足は拘束《こうそく》されていないことを確認する――手。

「ちいしゃい……」

女性にしては大きかった筈《はず》の手は、綺《き》麗《れい》に爪《つめ》を整えられた、ほっそりした指の白い小さな手になっていた。

（どういうこと……？）

パニックを起こしながらも状況《じょうきょう》を把握《はあく》しようと、忙《せわ》しなく頭を回転させる。

薄《うす》いレースのカーテンが揺《ゆ》れる部屋は、いつだったか映画で観《み》た西洋の貴族の館か、ゴージャスなホテルの一室の様だ。

とても高い天井《てんじょう》。

（リフォームしたなんて聞いてないし。間違《まちが》ってもこんな豪邸《ごうてい》、実家じゃないよ……）

ましてや、独り暮らしをするいつものワンルームマンションである筈もなく。

どうしようもなく途方《とほう》に暮れる。

手以外にも自分の状況を確認するべくベッドから出れば、セールで買ったチェック柄《がら》のパジャマではなく、白い柔らかなネグリジェを身につけていた。

そして、確実に記憶《きおく》より小さくなってしまったように感じる身体。

意外にボリュームのあった胸もぺったんこだ。

そっと絨毯《じゅうたん》に足を下ろせば、それは恐《おそ》ろしくふかふかで。

（身体は痛みとか、違和感《いわかん》は取り敢《あ》えずはない……乱暴をされて連れてこられたってわけじゃなさそうだ……）

そろりそろりと足を進める。

続き部屋らしいドアを開けると、先程《さきほど》と同じデザインの、猫脚の白いドレッサーが目に入った。

取り敢えず姿を確認するために近づいて……鏡を見て絶句する。

子どもらしくふっくりした白くまろい輪郭《りんかく》の中には、少し垂れ目がちの丸く甘《あま》い瞳《ひとみ》。

小さめの形の良い鼻。紅を差さずとも綺麗に色づいた唇《くちびる》は、常に微笑《ほほえ》むよう訓練されているのだろう。優美に弧《こ》を描《えが》いている――小さい子どもがいた。

なんだか、めっちゃ美少女（美幼女）な顔がひどく驚《おどろ》いている。

髪《かみ》も瞳も。

「どぴんくなんでしゅけど……?:」

ストロベリーブロンドなんてものでなく、濁《にご》りない綺麗なミルキーピンクの髪。瞳は朱鷺《とき》色。

（えええええええええ～～～～～～～！！！？？？）

「なにじん??:」

（つーか、この色味、地球人にありえなくね？　コスプレ??:）

丸い瞳を縁取《ふちど》る長い睫毛《まつげ》をバサバサと動かしながら瞬《まばた》き、ペチっと頬《ほお》を叩《たた》く。

「いたい……」

夢なのか、はたまた現実か。

何がどうしてこうなったのか？

「落ちちゅけ、わたち」

………。

心持ち回りにくくなったように感じる口調と高い声に眉《まゆ》を顰《ひそ》め、小さくため息をついた。

焦っているとき程気持ちを落ち着けろ。深呼吸して足りない酸素を頭に回せ。冷静さを取り戻《もど》せ。そう自分に言い聞かせる。

ちらり、鏡へ瞳を向ける。

目の前には幼稚園児《ようちえんじ》くらいの幼女が、しかめっ面《つら》をして腕《うで》を組んでいた。

カクカクと両手を交互《こうご》に動かしたり、ジャンプしたり。小学生の時にしこたま練習したムーンウォークを往復してみたり、変顔をしたりしてみる。

……『私』で間違いなさそうだ。納得《なっとく》出来ないがそう結論づける。

動いている。こちらが動く度《たび》に。人形や絵ではなく、生きた人間。

(私は誰だ？)

考えても考えても、三十三年間馴れ親しんだ筈の名前は出てこない。代わりに。

「まぐのりあ・ぎるもあ」

私は、マグノリア・ギルモア。

くり返し、自らに問う度に浮《う》かぶ名前。

そして次々に浮かぶ、この世界の生活の沢山《たくさん》の断片《だんぺん》。小さなこの子の記憶。

頭でもぶつけて、夢でも見ているのだろうかと首を傾《かし》げる。

明晰夢《めいせきむ》ってやつなんか？　と。

それとも、頭がおかしくなってしまった……とか。

（ありえる。だって、通常の範囲《はんい》じゃ考えられんし！）


名前も顔も思い出せないが、日本の街並み、職場で忙《せわ》しく行きかう人々、四季の風景、風を切る赤い自転車のハンドル。

休みに買い物をするスーパー。通勤する満員電車の日常。

たまに帰る実家の匂い。

近所の大きな犬。

断片的に頭の中にある、もう一人の自分の記憶。

お母さんが育ててる花壇《かだん》の花。

住宅地の電信柱にとまる蝉《せみ》の鳴き声。

小学校の頃の、運動会の空に行きかう赤とんぼ。

たまに降る雪に足を取られ、都会の道で転ぶニュース……

多分五歳にもならないだろうこの子に、そんな妄想《もうそう》が出来るのだろうか？

動画で流れてた景色？　テレビで観た風景？


「お嬢様《じょうさま》？」

さらさらとした衣擦れの音と共に、五十代だろう、やや丸みを帯びた体形の女性が続き部屋の扉《とびら》から顔を覗《のぞ》かせる。

大きく肩《かた》を跳《は》ね上げて振《ふ》り向くと、黒いお仕着せらしいワンピースドレスを纏《まと》った、優《やさ》しそうな鳶色《とびいろ》の瞳の女性が微笑んだ。

「目を覚まされたのですね。おはようございます、お嬢様」

誰、と言う前に勝手に口が動く。小さな小さな、愛らしい声で。

「……おはよう、ロサ」

この人はロサ。ロサ・ラグレー。

マグノリアの側仕《そばづか》えで、ギルモア家の侍女《じじょ》。

まるで当たり前のように、そこにある記憶。

何故《なぜ》、日本の記憶が思い出し難《にく》く、なのに知らない子どもの記憶が鮮明《せんめい》にあるのか？

何故、黒髪《くろかみ》のアラサー女性ではなく、ピンク髪の幼女なのだ？

何故、駅近の小さなワンルームじゃなく、豪華《ごうか》な白壁の部屋にいる？


トラ転。

大人なのにラノベが好きな、アイツから借りた本の冒頭《ぼうとう》。

アイツ……中学からの友人の、アイツの名前はなんだった？

――異世界転生。

転移？　召喚《しょうかん》？　憑依《ひょうい》？　転生？　成り代わり？

馬鹿馬鹿しい設定が、頭に浮かんでは消え、浮かんでは消え。

サーーッと、背筋に冷たい何かが走る。

（いや。トラックにぶつかっていないし。川にも落ちてないし。飛行機にも乗っていなかったから、墜落《ついらく》なんてしてない筈）

階段から転げ落ちた記憶もない。酒に酔《よ》ってもいなければ、病気でもなかった……筈。

あくまで自覚のある範囲でだが。

（……普通《ふつう》に寝ただけだし）

色々読まされた設定のひとつ……ある日、病気かなんかで発熱した後に目覚め、前世と

『ある物語』を思い出すそれ。

だけどそれ、前世的なところで、病気で急死とか事故で急死、もしくは意識不明の重体とか、何かフラグ的なやつがあるのがセオリーじゃないの⁉　そう空《むな》しく自らに問いかける。

（いきなり前触《まえぶ》れもなく転生しちゃうの⁉）

悪役転生後、ゲーム知識で逆転無双《むそう》？　神様に交渉《こうしょう》して、チートでスローライフ？

勇者や獣人《じゅうじん》、大魔法使《まほう》いと、てんやわんやの討伐《とうばつ》旅行？　前世の仕事を転生先で、オーバーテクノロジーが世界を救う？

否定したいのに、じわじわと脳に迫《せま》り来る。

アラサー女子が部屋で寝ていたら、目覚めていきなり異世界に転生していた件。

（そんなん、アリなんか⁉）

「はははは……」

小さい乾《かわ》いた笑い声が漏《も》れる。その声は少し、震《ふる》えていたかもしれない。

「……お嬢様？」

ロサはゆっくり近づくと、不思議そうにマグノリアをみつめた。

第一話 事案(?)な家族

目覚めて一週間が経《た》った。

長い長い夢で、いつもの狭《せま》いけど落ち着く部屋で目が覚めるのでは――と毎日毎日思っていたが。未《いま》だその兆候はない。

ここでの極々普通《ごくごくふつう》の日常が、一分一秒、当たり前に流れている。

マグノリア・ギルモアは、記憶によれば三歳だった。

この世界で初めて会った人間が侍女だったので、お嬢様なのだろうとは思ったが。記憶をたどれば『ギルモアこうしゃくけ』と浮かんだ。

こうしゃく家……公爵《こうしゃく》なのか侯爵《こうしゃく》なのか。三歳のマグノリアには判《わか》らないようだが、どちらにしろ凄《すご》いご身分らしい。

あくまで地球と同じ階級基準で考えるならば、だけど。もしも公爵家ならば、地球基準ならば傍系《ぼうけい》王族かもしれない。ゾッとする。

お嬢様というよりお姫様《ひめさま》だろう。意味がわからん。

日本総中流家庭なんて言葉があったけど、いやいや、現代の日本にも現実には高低差はだいぶあったわけで。貧富《ひんぷ》の差は勿論《もちろん》、目に見えるような見えないような、日常にも時折ニュースでも顔を覗かせる特権階級格差。

高級住宅街の大豪邸に住む人々。

タワーマンションのペントハウスで、何百万円もするワインを何本も開け、ご機嫌《きげん》なパーリィ☆ナイツを繰《く》り広げる信じられないようなお金持ちな人たちの話。

アッパーで、ラグジュアリーで、マーベラスな生活？（どんなや！）

そうかと思えば、貧困《ひんこん》の為《ため》に給食しか満足に食べられない子どものニュースとか。

保険証が無く、病気にも拘《かか》わらず病院にかかれない人々とか。

綱渡《つなわた》りのその日暮らしをする家族の記事とか。

慎《つつ》ましく日々を営む、貧しい生活。

いつの間にか絡《から》め取《と》られるように落ちていく人々。何故か当たり前のように被《かぶ》せられる冤罪《えんざい》があれば。

希望すれば大概《たいがい》のことが無かったことに出来る、特権階級故に罰《ばっ》せられない、秘密《ひみつ》裏に特別な立場や権力を持つ人たち然り。
日本にも表立った身分差はないけど、高低差はきっちりカッチリあったのだ。

お世辞にも元のマグノリアの家はセレブとはほど遠く……ミドルもミドル、テレビや雑誌で見た様々な節約を重ねる母親が家を切り盛りする、正真正銘《しょうしんしょうめい》・正統正式な（?）中流家庭出身だ。

だから、貴族の生活なんて全然わからない。
昔読んだ、ヨーロッパが舞台《ぶたい》の歴史漫画《まんが》を思《おも》い浮かべる。

舞《ぶ》踏会《とうかい》、決闘《けっとう》、伝染病《でんせんびょう》。毒に剣《けん》、戦争と宗教、育ちゆく思想。
封建《ほうけん》社会、ギルド、荘園《しょうえん》制度。十字軍、騎士《きし》、絶対王政。
はたまた広大な後宮。ひしめく陰謀《いんぼう》と光と影《かげ》――
そう、そんなの漫画や映画、小説の世界でしかない。
時代や国によってマチマチだろうけど、現実には何もわからない。
遥《はる》か昔の『なんちゃってヨーロッパ』のキーワードしか出てこない。
（ましてここ、多分地球じゃなさそうだし）

ため息しか出ない。

出る出ないと言えば、出てきたナイフとフォークに一瞬慄《いっしゅんおのの》いた食事だったが、取り敢えず継ぎ接《は》ぎだらけの付け焼き刃《ば》なマナーを、過去のマナー本を読んだ記憶から引っ張り出してきた程度で事足りてホッとしたのは目覚めた初日。

なまじ大人ではなく幼児で助かったと思ったのはご愛敬《あいきょう》という奴《やつ》か。

何も知らなくても、これから覚えればよいからだ——これからもこの生活が続くとするならばだが。

喋《しゃべ》れるから字も読めるのかと思ったが、マグノリアの記憶に『文字』は無かった。まだ習っていないらしい。


マグノリアの世界は狭い。

ほぼ、自分の部屋と、たまに庭の散歩。

まだ小さいからなのか、習い事の類はない。

(お金持ちなのに、子どもの教育には熱心な家庭じゃないのかなぁ)

家庭によっては零歳《れいさい》から始められる日本の習い事事情を思い出しては、首を捻《ひね》る。

年齢的《ねんれいてき》に発達度合いのばらつきは大きいので、文字に興味のない子なら見向きもしない反面、三歳程《さいほど》になれば自分の名前くらい書ける子もそれなりにいるだろうに。

この世界は幼児教育は行わないのだろうかと部屋を見渡《みわた》すが、何もない。

本音としては、暇《ひま》過ぎるからテレビとは言わないまでも、絵本とかお絵描《えか》き帳とかぬり絵とか、何かあったらとても助かるのにと思う。


日本でのマグノリアは幼児教育的な習い事はしていなかったものの、比較的《ひかくてき》厳しく育てられた記憶がある。二歳頃《さいごろ》にはひらがなやカタカナではあるが、自分や家族の名前、特定の単語の幾《いく》つかを――『いぬ』、『ねこ』、『はっぱ』程度だが――ヨレヨレの字で書いていたと思う。読みも然《しか》りで、短く簡単な絵本くらいは自分で読んでいた筈だ。小さな本箱から絵本を選んでは、読める文字をたどたどしく指で拾っては追った記憶がある。

そのせいもあってか、色々な知識を自分で取り込むことに慣れており、書籍《しょせき》に限らずネットやテレビで気になる情報があると自らひと通り調べる癖《くせ》がついていた。

（それはともかく……貴族ともなれば、小さい頃《ころ》から貴人らしい教育をされてそうなのに）

別に勉強が好きなわけじゃないけど。落ち着かない豪奢なお部屋で、延々と何もしないっていうのも結構ツラいのだ。

そしてこの世界の家族について。

父親はジェラルド・サイラス・ギルモア。二十九歳。

まさかの年下（中身の年齢《ねんれい》は）である。

……何処《どこ》かで聞いたことのある名前だなぁとモヤモヤしつつも、まあ父親だからなぁ、名前くらい聞いたことあるに決まってるか。そう納得する。

マグノリアの記憶では、淡《あわ》い金髪《きんぱつ》に優しそうな茶色の瞳を持つ紳士《しんし》で、領地経営を執《と》り行いながら、城で文官としても勤めているらしい。なかなか働き者のようだ。


母親はウィステリア・ギルモア。二十六歳。若い。

薄い茶髪《ちゃぱつ》に紺碧《こんぺき》色の美しい瞳をした有閑《ゆうかん》マダムだ。

何でだろう、母親の記憶が父のそれより少ない。育児は女の仕事なんて言わないけど、現実的に関わる比重はどうしたって母親が多い。ましてや乳幼児となれば尚更《なおさら》だ。

しかし名前と顔以外、なんの知識もない。

貴族だからなのか、もしくはマグノリアはお父さんっ子なのだろうかと記憶を辿る。


そしてもうひとり。

マグノリアには六歳差の兄が一人おり、名前はブライアン・クリス・ギルモア。ギルモア家の嫡男《ちゃくなん》だ。

父親譲《ゆず》りの金髪と、母親に似た瑠璃色《るりいろ》の瞳の、なかなか美少年な九歳児。ナマの金髪碧眼《きんぱつへきがん》である。王子様カラーである。

優美な姿の両親より僅《わず》かに野性味がある勝気な表情は、もしかすると祖父母から受け継いだ、本来ギルモアが持ちうる特色なのかもしれない。

……しかし。

この一週間、その誰とも会っていない。貴族の家族関係って、こんなにも希薄《きはく》なものなのだろうかと再び首を捻った。

することもないので、歴史オタクの同級生が話していた『貴族の生活』だったか。記憶を掘《ほ》り起こす。……確か、社交が忙しい時期は、何週間も会わないこともあると言っていたが。それって全員となのだろうかと記憶の中の同級生に問う。

（まあ、ボロが出ないと言えば出ないのだろうけども）

お世話係が居るとはいえほっぽり投げ過ぎなのではないだろうかと、成人した記憶がある身としては子どもの情操教育が心配になるのは仕方がないであろう。

中身過ぎている方のアラサーとしては、今の無防備な状態で、知らない人でしかない彼《かれ》らが構ってくれなくても全然大丈夫《だいじょうぶ》だけれど。正直助かるけれどもと思いつつ。

『三歳のマグノリア』は、淋《さび》しかっただろうなぁ、とも思う。

二十一世紀の日本だったら、お金は掛《か》けてるけれどもネグレクト予備軍だ。

気になって三度程ロサに聞いてみたが、

「お父様はお仕事でお忙しい。お母様はお茶会（もしくは夜会）で……」

との毎回同じ答えに、聞くのを止めた。

――企業《きぎょう》戦士なんて言う死語……今風（？）に言えば「社畜《しゃちく》」なんて言葉を知る身としては、仕事は百歩譲ってまだわかる。が、茶会や夜会にくり出す時間があるのなら――いや、貴族だから家の義務とか、行かなきゃいけない理由があるのかもしれないけど――いくら何でも子どもの様子を、ひと目見に来るくらいの暇はあるだろうと思うのだ。

親戚《しんせき》付き合いやご近所付き合い（？）を一身に任される奥《おく》さんというのも、大変だとは理解するが。

（朝から夜中まで忙しいの？　ほんの数分の隙間《すきま》時間もないくらいに？）

絶対嘘《うそ》だろ！

そして、兄だ。

窓の外で元気に剣の練習をする少年を見遣《みや》る。

遠目なのでよくはわからないが、質の良い服であるのが見て取れる。

マグノリアは、若草色のスカートに白い丸襟《まるえり》の付いたワンピースであるが、粗末《そまつ》な木綿《もめん》か麻《あさ》のそれである。

動き易《やす》いので全然文句はない。ないが。

小さいから汚《よご》すから……と言われればそうかもしれないが、『お姫様』の着るものとしてはだいぶ質素であると思うのだ。ネグリジェに比べ結構ゴワツキがある。

自分の着ている服と部屋を交互に見比べる……言わずもがな、部屋に備え付けられた豪奢な家具との対比が酷《ひど》い。

多分、窓に掛かってるカーテンの方が上質な布である。

多分、丈夫《じょうぶ》に作られた侍女のお仕着せの方が、布質も仕立ても良さそうなくらいだ。

お出かけのときに着るのであろうか、作らないわけにはいかなかったのかわからないが、袖《そで》を通していなさそうなフリフリの豪華なドレスが二枚（生地《きじ》の感じから春夏用と秋冬用だろう）と、数枚の質素なワンピース。

それらが大きなウォークインクローゼットの中に、スッカスカに収まってる。

それらを見て、マグノリアは腕を組む。

（……財政難？）

もしくは、

「疎《うと》まりぇてりゅ？」

＊＊＊＊＊

――そして。目覚めて一か月が経った。

夢はまだ覚めないらしい。以下略。

――『万一これが現実だったら』ということを考えなくてはならない気がする。

どんなに長かろうとも、常識的には夢落ちが現実的ではあるのだけれども。

そう、いつだって世界は不思議で満ちているのだから。

あれから何度か兄に会ったが、うるさいくらいに少年だった。だが両親には未だ一度も会ってない。

（もう、これは完璧《かんぺき》にアウェイだ）

正しく対応するために、現状をきちんと整理しなくてはならない。

色々と質問するマグノリアに怪訝《けげん》そうにしながら答えるロサを見て、ヤバい、と焦り。

不自然じゃない程度に、他のお世話係にも分散して質問をし。

ときに使用人達《たち》の噂話《うわさばなし》に聞き耳を立て、迷った振りをして屋敷《やしき》の中を調べ回り、庭のお散歩ついでに下働きの輪に紛《まぎ》れ込む。

そうしてマグノリアの持つ記憶や、新しい知識を補完していった。


結論から言うと、この世界は地球ではない。

……少なくとも二十一世紀の地球ではない。

まず、アスカルド王国という国。

この国の名前らしいが、今まで聞いたことがない。

国連に加盟している国全部を知っているわけじゃないけれど、ある程度の文化水準のある国であるにもかかわらず、記憶に掠《かす》りもしないのは不自然だ。

そして今がいつなのか。聞いたら、知らない年号なのか西暦《せいれき》なのかで答えられた。

テレビもラジオもネットもない……それどころか、多分、電気がないのだ。部屋の光源は蝋燭《ろうそく》やランプである。びっくりだ。

それが国の王都の貴族の館で、である。

電車もバスも、車もない。

替わりに馬、もしくは馬車。もしくは徒歩である。

無《な》い無い尽《づ》くしでそれはそれは、往年の某東北《ぼうとうほく》出身大物歌手のヒット曲が頭の中を回りそうな勢いである。

閑話休題《かんわきゅうだい》。

着ている服や名前から受ける印象と生活の様子から見て、どこかの世界の、近世もしくは中世ヨーロッパのような時代のどこかの国、ではないだろうか。

英語にドイツ語、フランス語……っぽい言語。説明するならば、地球の幾つかの国の言語が混ざりあっているように感じる。

そして身分。

やはり平民と貴族がいるらしい。無礼即《そく》打首とまではならないものの、身分差はそれなりであると聞いた。

現代日本人の感覚では、暮らしにくい世界だなと思う。

そして、ギルモア家の爵位《しゃくい》は侯爵家だった。

なかなかどうして、名門の家柄《いえがら》であるらしい。祖父が武勲《ぶくん》を挙げ、褒美《ほうび》に他の爵位と領地が回ってきたらしく。そちらを祖父が拝命するにあたり、結構前に本元のギルモアの爵位一式を嫡男であった父が譲り受け、継いでいるとのことだ。

領主の仕事と城勤めの二足のわらじで、記憶通りそれなりに忙しいことは本当のようである。そんな中でも母と一緒《いっしょ》に社交にも出ているらしく、世間的には愛妻家で通っているとのことであった。

母はこれまた名門伯爵家《はくしゃくけ》の出身で、社交が大好きな女性とのこと。なかなかの美姫《びき》だったらしく（今でも朧《おぼろ》げな記憶では美人だ）、若いころは社交界の三花？　三大名花？　とにかく社交界で綺麗な女性を花に例えるのだそうで、そんな風に呼ばれていた一人だったそうだ。

蝶《ちょう》よ花《はな》よとうたわれた正真正銘のお嬢様は、家庭や子どもを顧《かえり》みるよりちやほやされる方が楽しいのだろう。

人間、誰しも褒《ほ》められる方が嬉《うれ》しい。自己顕示《けんじ》欲《よく》が大きいのなら尚更だ。もしかしたらこの世界、貴婦人は社交に精を出すのが当たり前なのかもしれないので、お口バッテンであるが。

（この世界の寿命《じゅみょう》がどのくらいなのかはわからないけど、まだそれなりに若いのだろうしね）

やっても褒められない（？）家のことなんかより、お友達と遊び歩く方が好きな人はどの世界にもいる。

兄と両親は、びっくりなことにそれなりに顔を合わせているらしく、数日前に母から珍《めずら》しいお菓子《かし》を貰《もら》ったと自慢《じまん》していた。

……小さい妹に分けるでも気遣《きづか》いするでもなく、マウントを取ってくる姿は子どもらしい子どものようである。

コイツも味方ではないということかと、マグノリアは渋《しぶ》い顔をした。

（地球で兄は妹を溺愛《できあい》するって言ってた奴、誰だ⁉　出てこい！）

教育について確認すれば、各家庭によるそうであるが、十三歳から貴族の子の多くは王都にある王立学院に入学し、十八歳で卒業すると説明された。前期三年・後期三年。地球でいう中学と高校のようなものであろうかと推測する。

王立学院の中に『専科』と呼ばれる、大学と大学院が混ざったような研究所らしきものがあり、研究者になる人は学院の専科に残り、そこで研究をしたり教鞭《きょうべん》をとったりするのだとも説明された。

更《さら》に義務教育なんて概念《がいねん》がない世界では、城へ勤めない人や女子は学院に入学しない人もそれなりに居るそうで。幼少期や学院未入学者には各家庭で教師を雇《やと》い、各々《おのおの》、必要なものや基本的な学問を学ばせるそうだ。

ある程度の家の人間は、小さな頃から身につけるのに時間が掛かり、かつ社交に必要なマナーや音楽、ダンスや外国語を学ぶそうである。


——まだお目通りしていないから、本当のところの両親の性質は解《わか》らないが。

こりゃ、早いところ撤退《てったい》を考えた方が良さそうだと自分に言い聞かせる。

怪《あや》しい香りがプンプン漂《ただよ》っている。

完璧にハブられているっぽい。


昔の貴族の女子なんて（嘘《うそ》か本当かは知らんが）、家の駒《こま》にされるのが殆《ほとん》どだったと聞いたことがある。あまり愛情が無さそうな家族からすると、家への利益重視ばかりで、下手すればトンデモなところへ嫁《とつ》がされる可能性すらある……かもしれない。

マグノリアにはケチっている養育費から鑑《かんが》みても、なまじお金を掛けられてたら、回収せんとばかりに何を要求されるのか解ったものじゃない。

取り敢えず、衣食住は賄《まかな》ってもらっている。

……よくわからない現状で、ベーシックインカムがしっかりしてるのは素直《すなお》に有難《ありがた》い。

うん。

自立が早そうな、元居た世界より何百年も昔みたいなこの世界の時間は、有限であると幼心（？）に刻んだ。

＊＊＊＊＊

ロサがお休みのときや休憩《きゆうけい》のときなどに、シフト制（？）で普段《ふだん》は屋敷の別の部署で仕事をしている、デイジーとライラという侍女が交替《こうたい》でついてくれることが多い。

デイジーは平民の裕福《ゆうふく》な商家のお嬢《じよう》さんで十七歳。ライラは子爵《ししやく》家のご令嬢《れいじよう》で十八歳だそうだ。

豪商《ごうしよう》の娘《むすめ》や低位貴族の子女が身分の高い家門の侍女になり、行儀《ぎようぎ》見習いを受けたとして嫁ぐときの箔《はく》付けにするらしい。

なるほど。ありそうである。

ふたりとも十代の娘さんらしく朗《ほが》らかだ。沢山の愛情を受けて育った彼女《かのじよ》たちには裏表がない。侯爵家として充分吟味《じゆうぶんぎんみ》された人柄《ひとがら》、高い能力ではあるけれど、ある意味人生の綺麗なところしか知らない善良で愛らしい真っ新《まっさら》なお嬢様たちだ。

二十一世紀の日本で、情報にもそれなりの現実にもまみれた……中身アラサーの、無垢《むく》な美幼女の皮を被ったオバはんが頑張《がんば》って作ったキラキラした瞳（※当社比）で質問すると、「好奇心旺盛《こうきしんおうせい》なのですね」と言って、微笑ましそうに色々と教えてくれる。有難い。

（やっぱ女の子は素直が一番だよね！　オバちゃんそう思う!!）

オバちゃんのすさんだ気持ちが、可愛《かわい》い女の子たちの笑顔《えがお》で洗われるようだ。

そう、ホクホクしながら情報を搾取《さくしゅ》……いや、徴収《ちょうしゅう》する。

デイジーには、平民の生活や仕事の種類、平民女性の色々、街の様子やしきたりやら何やらかを教えてもらっている。

平民の人たちは、基本小さい頃（十歳前後《さい》）に本格的に見習いとして就職するらしく。十五・六歳で職人等としてある程度の仕事を任されるようになったり、結婚《けっこん》したり……と。まあ、大人とみなされるらしい。

法律的には平民も貴族も十八歳で成人らしいが、そこは年齢縛《ねんれいしば》りの罰則《ばっそく》とかがあるわけでもなく。別段強い拘束力《こうそくりょく》はないそうで、結婚も飲酒も特に年齢に関係はないとのことだ。

（十五か……）

盗《ぬす》んだバイクで――いや、馬か？――荒ぶり走り出すお年頃《としごろ》に、一人前にカウントとは。

いやはや。人生早いなぁ。生き急いでいるなぁと遠い目をする。

三十過ぎても、定職には就《つ》いてるけど（多分）結婚もせず（確か）、割に自由にフラフラしていた……ような？

三十代も半ばで結婚するどころか、それ以上の人たちも増えた前世日本時代。

マグノリアが特別行き遅《おく》れというわけでもなければ、入籍《にゆうせき》はせず事実婚《じじつこん》を選択《せんたく》する人、はたまた生涯《しようがい》独身を貫《つらぬ》くことすらも特別というわけでもなかった時代だ。生活スタイルも婚姻《こんいん》も、多様性の時代。

そりゃあ、圧倒的《あつとうてき》にある程度の年齢で結婚するのが大多数ではあったのだが。

だからマグノリアも全然焦《あせ》ってもおらず、仕事に趣味《しゆみ》に、それなりに人生を楽しんでいたのだ。確か。

しかしここに来て、過去のツケを一気に清算させられる勢いなんだろうか……と。

そう思うとため息しか出ない。

ライラには貴族女性の生活や常識なんかを根掘《ねほ》り葉掘《はほ》り聞いた。必要となる教育や教養の範囲等々。

彼女は音楽が好きということなので、得意の声楽を披露《ひろう》してもらいながら、簡単な楽譜《がくふ》の読み方も教わる。地球のそれと大きく変わらないようでほっとするが、果たしてこの世界の楽器が弾《ひ》けるかどうかは疑問である。

……一番得意だった（＝練習した）楽器はリコーダーである。

そう、小学校ではソプラノリコーダーを。それ以降はアルトリコーダーを。

小学校の鼓笛隊《こてきたい》で何度も練習させられた校歌も。ノスタルジックな『コンドルは飛んで行く』も、コミカルな『茶色の小瓶《こびん》』も。『アマリリス』だって『こきりこ節』だって、今でも指が覚えている……が。この世界にリコーダーはあるのだろうか？

あったとして、一般的《いっぱんてき》にお嬢様が教養として披露が可能な楽器なのか。疑問である。

地球では、演奏家として凄い人達は沢山居たと思うし、子どもの頃大好きだった某教育《ぼうきょういく》番組のオープニング曲を奏《かな》でるグループもいて、マグノリアは大好きだったのだけど。

でも、お嬢様の得意な楽器には、あまり出てこないような気がするのだ。フルートだとお嬢様っぽいけれども。

（……こんなことなら、お母さんに言われたときに楽器を習っておけばよかった……）

遠い日本で身体を動かすのが好きだったマグノリアは、ピアノか水泳と言われ迷わず水泳を取ったのだった。

（ううぅ……）

芸は身を助けるとはよく言ったものだ。

演奏とか……歌もそれ程上手《ほどうま》いわけではない。無理ゲー過ぎるだろうと泣けてくる。

そして。成人は先出の通り十八歳というものの、それ以前に結婚するのも平民と同じく全然アリなそうで。家の都合でだいぶ早くにお輿入《こしい》れ、なんてことも多々あるらしい。

法律なら、もう少し権限強めでお願いしたかった。何のための法律なのか。

貴族の娘が行儀見習いとして以外に働くことは少なく、「学院卒業と同時に結婚」か、「卒業後行儀見習いをして結婚（ライラがこれ）」「学院に行かず家で教育を施《ほどこ》され結婚」のどれかららしい。

ごく稀《まれ》に「修道院で教育され結婚」という家に見放されたか隠《かく》された存在か、理由があって天涯孤独《てんがいこどく》か……つまり瑕疵《かし》持ちとして認識《にんしき》される、というものもあるそうだ。

例外は、学院で好成績を収めた人が女官として試験を受けて王宮に召《め》し上げられるか、縁故《えんこ》で王宮の女官や侍女になって、自分の家格よりも格上のより良い結婚相手を探したり

……なんてことくらいであるらしい。

……すんごい、結婚がついて回る世界だ。

女性の自立がかなり難しい世界なのなら、仕方がないのだろう。国や時代、それぞれで考え方も常識も違《ちが》うのは地球だって同じことだ。

まかり間違《まちが》って、トンズラする力を付ける前に嫁《よめ》に出されてしまったら。十代……まさか、それに満たない年（一桁《けた》）で放り出されるとは思いたくない。この世界が許しても、マグノリアの中では犯罪である……そんな状態で貴族の嫁姑《よめしゅうとめ》戦争に狩《か》り出されたり、ロリコン爺《じじい》のお嫁さんとか……恐怖《きょうふ》以外の何ものでもない。イヤ過ぎる（涙目《なみだめ》）。

ロサには両親に恥《はじ》をかかせないため、行儀やマナーを覚えたいと伝え、初歩的なそれらを学んでいる。

……何というか。色々質問するとロサは違和感《いわかん》を覚えるらしく、怪訝そうな態度を取られることが続いた。元々のマグノリアは大人しく、ぽわぽわした系の子どもだったからだ。

確かに、ぼーっとした性質らしく記憶《きおく》が朧げ、且《か》つ穴だらけで如何《いかん》ともしがたい。

多分一番お世話をしてくれている人だからだろう、日本人の記憶が表面化したことで、今までのマグノリアとは様子が違って見えるのだと思う。何か言いたげにみつめられたり、渋られたり。質問の意味や理由を確認《かくにん》されることが多くて、彼女に質問するのは止めることにしたのだ。

ボロを出さない為には、原因から遠ざかる方が良い。

どうせなら必要な別のことに置き換《か》えて、効率化――面倒事《めんどう》の回避《かいひ》と時間の短縮に努めた方が良いだろう。

本来、突《つ》っ込《こ》んだ内容は家庭教師に教わるそうだが、初歩は乳母《うば》や侍女頭など、家や教える子に深く携《たずさ》わる者が教えることもあると聞く。

軒並《のきな》み積み上がっていくであろう、養育費という名の生活費を返せと言われるようなことがあった場合、負債《ふさい》はなるべく少ない方が良い。

長い間侯爵家に勤めるロサなら、その辺りはバッチリなハズだ。多分。

訝《いぶか》しがる様子に、『お家の為に〜、お父様の為に〜、お母様の為に〜』をくり返して、彼女が納得《なっとく》し易い理由を提示する。

元々は辺境へ移領した祖母（父の母親）の侍女だったそうで、移領の際に慣れたベテランの使用人が何人かこちらに残ったそうだ。本人の事情だったり、新しい当主夫妻のサポートをする為なのだろう。よって、当主家族の名称《めいしょう》を出して迷惑《めいわく》を掛けたくないからと言えば、安心するのか笑顔を見せる。

（本来、子に教育を施すことは家を盛り立てる上で大切なことであると思うけどね。それが男子でも、たとえ女子でも）

……子ども、ましてや女子なんて。父親の持ち物的な社会であろうこの世界は、モラハラ対応気味に考えておいた方が心と懐《ふところ》の傷が浅かろうと思うのだ。

折角《せっかく》お姫様並みの境遇《きょうぐう》に生まれ変わりながら、何とも世知辛《せちがら》いことである。

ここ一か月はため息ばかりが出てしまい、良くないと思うものの、それも仕方ないと思うのだった。

（私、悪くない！）


そして時折、兄を呼んでおやつを食べながら、小さなお茶会ごっこをする。

今まで行き来のなかった兄妹《きょうだい》が交流を持つのも不思議がられたので、マナーの練習をしたいからお兄さまに教えてほしいと兄をおだて、周りの侍女《じじょ》たちを無理やり納得させた。

お茶とお菓子を提供しながら、自慢話《じまんばなし》やマウンティングを聞き流す。

同時に彼のマナーを観察したり、学んでいるという勉強の話などを聞き出す。ケツの穴の小さ……子どもらしい兄の懐柔《かいじゅう》と情報収集である。

二年程《ほど》前から本格的に勉強を始めたそうで、教科書を見せてもらったが、並んでいるのはアルファベットに似た文字とギリシャ文字のようなものだった。

数字もほぼギリシャ数字。そして十進法。

――――妙《みょう》な引っ掛かりを覚えつつ、苦労なく覚えられそうではあると小さく頷《うなず》いた。

兄はあまり勉強は得意ではないようで、剣やダンスといった身体を動かすものの方が好きだという。わかる。日本でも体育が好きな男子は多かった。

九歳なのにたどたどしい筆跡《ひっせき》を見て、跡継《あとつ》ぎよ大丈夫かと思わず不安になるが……ギルモア家は武人として代々王家に仕える家門であり、文官をしている父が珍しいのだそうだ。

（それにしてもこれは……）と思いながら。昔の識字率の変遷、確か日本の寺子屋制度との比較《ひかく》だったか……歴史の授業で浚《さら》った朧げな諸外国の数値を思い出し、もし地球と同じような生活・文化水準を経ているのならば、もしや当時の海外（？）の九歳児とはこんなものなのかもしれないと無理やり納得をする。

同時に、普段使う文字や計算などは商人である平民や、使用人である屋敷に仕える低位貴族の方が強いのかもしれないとマグノリアは思った。

とにかく、文字を覚えなければならない。

デイジーとライラに「これは何というの？」「どう書くの？」と聞きながら、身の回りの単語を覚えていく。周りに聞くだけでは欲《ほ》しい情報を充分《じゅうぶん》に仕入れられないだろうから、出来る範囲《はんい》で自主学習が出来る状態にしたい。

武家の家門故どの程度収穫《しゅうかく》があるのかわからないけども、貴族の屋敷なのだから自国の歴史書くらいはあるだろう。

（……あるよね？　脳筋一族とはいえ、トレーニングルームもとい練習場だけではなく、図書室くらいあってほしい……）

そうじゃないと、マグノリアが自力で学ぶという計画の大半が大きく狂《くる》ってしまう。

ロサと一緒のときはひたすら覚えた単語を頭の中で繰り返し、定着させていく。見つからないように目を盗んで、指で文字を繰り返し綴《つづ》る。

数学は四則演算と簡単な図形など、多分地球でいうところの『算数』の範囲が出来れば大丈夫なのではないかと思う。今まで聞いた話を総合するに、一般的な生活で、二次関数や微分積分《びぶんせきぶん》を使うような風には思えない。まあ、日本でも仕事関連でもない限り、一般生《いっぱん》活で自ら漸化式《ぜんかしき》も微積分も使わないが。少なくとも学校以外でマグノリアがそれらを活用したことはなかった。こちら特有の未知の内容がない限り今更《いまさら》覚えるまでもなく、数字さえ覚えてしまえば何とかなる筈《はず》だ。自学自習は過去の癖で、ある程度は慣れているのだ。

（剣術《けんじゅつ》はどうだろう。自衛くらいは出来るようになるべきか）

窓から剣の練習をする兄の様子を見ながら、型を幾つか覚え、夜や早朝の侍女が居ない時間帯に、筋トレをしたり濡《ぬ》れタオルを持って素振《すぶ》りの練習をする。

役に立たぬ子どもはいらんと、いきなり切り捨てられないとも限らない……とまで考えが至るところに、あまりにも不安定な心と立場にため息と共に涙《なみだ》が滲《にじ》みそうになり、慌《あわ》て唇《くちびる》を噛《か》んだ。

＊＊＊＊＊

トントン、ブライアンの部屋の扉《とびら》をノックする。

「お勉強中失礼致《いた》します」

ロサが声掛けし、相手の返事を待って入室すると。

目の前には、ブライアンの家庭教師であるダフニー伯爵《はくしゃく》夫人がいた。

専門ごとに教師が代わることが多いそうだが、女性でありながら学問に造詣《ぞうけい》が深いらしく、基本的な内容を習う兄は、夫人に必要な勉強を全て教えて頂いているそうだ。

優秀《ゆうしゅう》だけどとても厳しい人だという。

ゴクリ、とマグノリアは唾《つば》を飲み下し、深く腰《こし》を落とす。ロサに習った淑女《しゅくじょ》のカーテシーだ。

「初めまちて、ダフニー伯爵夫人。ギルモア侯爵《こうしゃく》家がいち女、マグノリアと申ちましゅ。お勉強中に、お声がけ失礼いたちました。静かにちておりましゅので、兄の近くにおりましゅこと、お許ちいただけましゅでしょうか？」

グレイヘアーをひっつめてお団子にした、切れ長の水縹色《みはなだいろ》をした瞳《ひとみ》をじっとみつめる。

不在がちの両親に、淋しくて兄の近くにいたい幼女を装《よそお》うテイである。

……なかなか、圧が……眼力がスゴい。そしてマグノリアの毎度おぼつかなすぎる口調。

内心苦笑いが漏《も》れた。

「…………」

じっとマグノリアをみつめるダフニー夫人に、ロサが困ったように口添《くちぞ》えした。

「大変申し訳ございません、夫人。お嬢様《じょうさま》がどうしてもお兄様のお近くにと……。失礼かと思いましたが伺《うかが》わせていただきました」

こちらでマグノリアが目を覚ましてから、びっくりするくらい聞き分けの良くなったお嬢様が、兄に甘《あま》えたい（？）とグズり、ついつい突撃《とつげき》を許してしまった——という図である。

ダフニー夫人は少し考え、小さくため息をつくと、

「……静かにしていて下さるなら、構いません」

夫人の確認が取れると、兄の侍女達《じじょたち》によって手際よく小机と小さな椅子《いす》が並べられる。

了承《りょうしょう》されホッと息をつきたいところだが、微笑《ほほえ》みながら軽く膝《ひざ》を折りお行儀良く感謝の

意を表してから、そそくさと椅子に座《すわ》った。

（っていうか、小さい椅子あったんだ……）

自室にある大きな椅子に、毎度毎度踏《ふ》み台《だい》で登って腰掛《こしか》ける身としては、ブライアンの部屋にあるもう使わないだろう小さい机と椅子に、なんだかなぁと思う。

「あいがとうごじゃいましゅ」

そんなもやもやを隠して、ニコニコと礼を言う。

やったー！　心の中でガッツポーズをした。取り敢《あ》えず潜《もぐ》り込み成功である。


兄とのお茶会で毎度毎度、愚痴《ぐち》を聞かされていた個人授業の様子。

正直やるべきことがあるのも、文明や文化に触《ふ》れられるということも、マグノリアとしては非常に羨《うらや》ましいものであった。どうしたら参加出来るものか、色々シミュレーションしていたのだ。

『幸運の女神《めがみ》は前髪《まえがみ》しかない』と言うけど、別の偉《えら》い人は『急いては事を仕損じる』と。

挙句の果てには『急がば回れ』と言う。

そしてこれまた別の人は『虎穴《こけつ》に入らずんば虎子《こし》を得ず』とも言うわけで。

いっそのこと、考え無しに飛びついてしまいたいけれど。

マグノリア・三歳は、残念なことに、非常にリスクの高いと思われる立場に立っている。この場合石橋を叩《たた》いて渡《わた》った方が失敗が少なかろう、という心の声もとい、元マグノリア・三十三歳の意見を採用したのだ。

だって、ロサや家族に言ったところで自分に家庭教師がつけられるとも思えなければ、まかり間違ってつけられたらつけられたで、トンデモな代償《だいしょう》を求められても困るのだ。

散々考えた挙句、事前に参加したいと言っても了承されないだろうから、ここは幼児の特権（＝ぐずり）を行使して突撃するのが宜《よろ》しかろうと、至ってシンプルな結果に落ち着いたのである。

さあ、いざ行かん！　異世界の学問の初歩の初歩、の世界へ!!

一時間目は詩歌《しいか》だった。

そういえば、昔のヨーロッパも韻文《いんぶん》を習うという事を思い出す。ゲーテが得意だったのは何韻文だったかと逸《そ》れる思考を慌てて引き戻《もど》し、ちろりとブライアンを見れば。

……兄の眼は死んでいた。

（少年よ、ガンバ！）

今日は簡単な四行詩だった。実際に前世で四行詩を目にしたことはないので、どんなものなのかと教科書を盗み見る。

日本でも雅《みやび》な方々は折に触れ俳句や短歌を詠《よ》む。こちらの貴族もポエムなど、日常的に詠むんだろうかと疑問に思う。

そんなこんなを考えながら、前世の授業で習った古典のあれこれを思い出しつつ、夫人の講義を聴《き》く。

ブライアンがペンを走らせる音と、夫人の説明する声。侍女達の動く衣擦《きぬず》れの音。

よく晴れた空の下、こずえに集う小鳥たちのさえずり。

黙《だま》って前を見ていたり、兄の教科書を覗《のぞ》き込んだり。時折兄を気にしている様子を見せるマグノリアを見て、ブライアン付きの侍女達はほっこり癒《いや》され、ロサは騒《さわ》がないことにホッと胸を撫《な》で下ろし、ダフニー夫人は密《ひそ》かに感心していた。

しばらくして、目の前に暇《ひま》つぶし用の石板が置かれた。

ちょっとびっくりしながらも、マグノリアは夫人にペコリと頭を下げる。

（ほわ〜！　初めて見た！　昔は日本でも使っていたらしいけど……）

小さい子にはお絵かき帳。鉄板である。

しかしこの世界ではいたずら書きに使う程、紙は低価格では流通していないのだ。そこでくり返し使える石板の出番というわけだ。

前世ではマグノリアの親の時代でさえも、石板を見たり使ったりする人は少数派であろう。

砂鉄を利用して作られていて、壊《こわ》れなければ半永久的にくり返し使用できる『お絵かきせん○い』が定番である。マグノリアに至っては言わずもがな。色々なおまけ……人気キャラとコラボして、なぞったらキャラ絵が描《えが》けるステンシルのようなシートと磁石が付いたデラックスなものから、百円ショップで売られている、小さい、お出掛《でか》けのときの暇つぶし用まで。

そっと、マグノリアは初めて見る石板をなでては、ゆっくりとろう石を滑《すべ》らせ、書き心《ごこ》地《ち》を確認する。けっして綺麗《きれい》な線とは言えないけど、久しぶりのものを書く感覚に、思わず口元が緩《ゆる》んだ。

子どもらしく（？）花の絵を描きながら、兄のよれよれした様子を横目に課題を一緒に心の中でこなす。バレないよう指で小さく綴り、説明を聞く。

題材になってる詩歌の音読。次は写しだ。

ノートの上を這《は》う、たどたどしくゆっくりなブライアンの手元をハラハラと覗《うかが》う。

夫人の書評と解説。染《し》み入るように落ち着いた深い声は、経てきた経験と人柄の、その両方の深さを感じさせた。大切なところを二度言い、よくわかるように夫人がトントンとブライアンの教科書の該当箇所《がいとうかしょ》を指さす。

（おおぅ、そこが今日のキーワードか……）

忘れないようにマグノリアが石板に写す。前世なら教科書にマーカーをするところだ。

ちらり、ブライアンがのぞき込み、目をしばたたかせた。

「マグノリア、字が書けるのか？」

（うっわあぁあっ！　ヤバイ!!）

思わず固まりそうになり、深く息を吸う。……背中には嫌《いや》な汗《あせ》が伝った。

「……い、いえ……ここの、しゃっき夫人が指をちゃちて仰《おっしゃ》った、本のとこりょを真似《まね》ちただけでしゅ。……合ってましゅか？」

（つい気を抜《ぬ》いて書いちまった……バカバカ、私の阿呆《あほう》！）

——ほぼアルファベットですからね～。日本では小三からローマ字を習いますし。今は英語も小学生から学んでますからねぇ。更には大学の第二外国語はドイツ語でしたし、字くらいは見れば書けますよ～と。誰《だれ》になのか己《おのれ》自身になのか、心の中で言い訳をする。

「見ただけでお書きになれるとは、凄《すご》いですね」

ダフニー夫人が石板をのぞき込む。さりげなく綴りをチェックされている……気がする。

「……あいがとうごじゃいましゅ」

にこにこ。動揺《どうよう》を悟《さと》られないよう、マグノリアはなるべく目を動かさないように気を付け、曖昧《あいまい》に微笑む。にこにこ。そしてアセアセだ。

（兄ぃぃ！　もう少し集中して自分の課題をやってほしい！）

そう八つ当たり＆懇願《こんがん》をする。

しばらくして小休憩となった。集中力が続かないブライアンに合わせ、座学の時間は一時間程度に区切られているようだ。確かにずっと同じ事を続けるより、変化させた方が効率が良いことは地球でも実証済みだ。


二時間目は算術である。

極々《ごくごく》簡単な足し算と引き算であった。計算の答えは言わずもがな、記号すらも日本と同じなので、数字を覚える以外特にすることはない。

うーむ。マグノリアは難しい顔をしながら心の中で唸《うな》る。

（……つーか、記号も一緒なのか。何で？　不自然なくらいに一致《いっち》することが多くない？）

例のごとく教科書を盗み見ながら、数字の形を覚える。ギリシャ数字も大きい数はうろ

覚えだ。うっかり数字を書かないように気を付けながら、落書きを石板に描く。

ブライアンは、一生懸命《いっしょうけんめい》指を折ったり空を睨《にら》んだりしながら問題を解いている。

妙な引っ掛《か》かりにざらりとしていた気分が、頑張ってる子どもの表情に幾分癒《いくぶんいや》される。

男の子だからもしや算数が得意なのかもという偏見認識《へんけんにんしき》の鉄板を思っていたが、先ほどの詩歌と同じであまり得意ではないようだった。

（……うん。そうだよね）

勉強が結構苦手な子は多少の優劣《ゆうれつ》と例外はあれど、基本的に全教科苦手だろう。頭が良い女の子は文系だけが得意なわけでなく、数学だって化学だって物理だって得意だった。

なんなら、前世には『リケジョ（理系女子）』って言葉だってあったのだ。

同じように成績の良い男子は、理系だけじゃなく言わずもがな、国語だって英語だって社会だって得意な傾向がある。それ真理。

そして、考え方など色々な説明をしている夫人の言葉をブライアンが必死に写しているが……悲しいかな。多分、次の日には殆ど彼《かれ》の頭に残ってはいないだろう。ブライアンは黒板丸写しタイプであるらしい。

……何となく、学習においての先行きが見えるように感じる。

ぶっちゃけ、成績なんて社会に出たらそんなに関係はないけれども。

きちんと努力が出来るかとか頭の回転が速いかとか、情報の取捨選択《しゅしゃせんたく》能力とか。ゆっくりでも物事を読み解ける力があるかとかは、多分関係がある。

彼は、どうも頭を使ったりすることが苦手な上、要領が良いタイプではないようだ。

領地経営とか、余程《よほど》信用のおけるしっかりした代理人（？）を立てないと、うっかりやらかしてしまうタイプに見える。


楽しい時間はあっという間だ。

三時間目はダンスという。そちらも後学の為《ため》に見たかったが、ロサが頃合《ころあ》いと思ったのか暇《いとま》を告げていた。……あまり我を通すと次がなくなってしまうので、大人しく従う。

マグノリアも例のたどたどしい口調で礼を述べる。

「ダフニー伯爵夫人、お忙《いそが》しいところをお邪魔《じゃま》ちてちまいまちた事、かしゃねてお詫《わ》びいたしましゅ。お邪魔しゅる事をお許ちくだしゃいまして、本当にあいがとうごじゃいまちた」

幾《いく》つか単語も覚えられたし、こちらの世界の詩とか、知らないことを学べて良かったと思った。何より文化的なことに触れることが出来て、満足感が半端《はんぱ》ない。

兄にもお礼と暇を告げる。

しばしマグノリアの様子をみつめていた夫人は、静かに語りかけてきた。

「……お嬢様は石板をお持ちですか？」

「いいえ？」

首を横に振《ふ》る。

夫人は小さくため息をつき、頷くと、ロサが夫人に返却《へんきゃく》した石板をマグノリアへ渡す。

「どうぞお持ちください」

「……宜《よろ》ちいのでしゅか？　わたくちは夫人の生徒ではありましぇんのに」

遠慮《えんりょ》がちにお嬢様らしい言葉遣いで確認すると、ダフニー夫人は小さく頷いた。

「こちらは侯爵家の備品ですわ。授業で細かい説明をするときに使用しているだけで、備品室に予備が幾つもありますのよ。……下働きの見習など、文字が読めない者が勉強するときに使うものですから、お嬢様がお持ちになっても誰も文句は言いませんよ」

「しょうなのでしゅね！　あいがとうごじゃいましゅ!!」

夫人の気遣いが嬉しくて、本気の笑顔がこぼれた。こっちに来て初めてちゃんと笑った気がする。紙はあれどそこそこ高価なため、誰に聞いてももらえずに諦《あきら》めていたのだ。

それとこちらをと言いながら、文字と数字の一覧表らしい薄《うす》い木札を手渡《てわた》してくれた。

「こりぇは……」

「近所の子ども達《たち》に渡しているものですので、遠慮なさらずとも大丈夫《だいじょうぶ》です」

「本当に、あいがとうごじゃいましゅ！」

お嬢様らしくない――頬《ほお》を紅潮させながら満面の笑《え》みを浮《う》かべる様子を見て、ダフニー夫人は苦笑いをした。初めて見る子どもらしい表情だ、と思ったから。

「またいつでもいらして下さって結構ですよ。大人しくされてましたし、妹君がご一緒の方が兄君もきちんとお座りになっていられるようですからね」

いつの間にか移動しているブライアンのいるであろう、大広間の方向を見ては小さなため息をついた。

「あい！」

頭を下げ、部屋に戻りながら、そっと木札と石板を撫でる。ロサはそんなマグノリアの様子をじっと見ていた。

思えば夫人は、始めから見定める様な確認するような視線を投げかけていた。服装や雰《ふん》囲気《いき》などから、きっと何かを感じ、察したのだろうかと推測をする。

何の関係もない大人が……この世界に来て初めてだ。本物の、心からの気遣いを受けた。ちょっとの時間の関《かか》わりでしかない相手が気を遣《つか》わせないように、しかし最大限の心遣《こころづか》いを示してくれたことが、マグノリアには殊《こと》の外嬉《ほかうれ》しかった。

心は大人だけど、疎外《そがい》されて嬉《うれ》しいわけではない。子どもになってしまったのは身体だけでなく心もなのか……真っ暗なベッドの中や明け方の部屋の中で一人、傷ついた気持ちに追いつかないときがある。

いきなり知らない場所で子どもになってしまい、生まれた先で両親には存在をないものとして扱《あつか》われ。兄には見下され……侍女達はそれなりに優《やさ》しく対応してくれるが、腹心の筈であるロサは、誰かの指示なのかもしくは考えがあってなのかはわからないが、一物抱《かか》えて接しているように見えた。

積極的、消極的に拘《かか》わらず、敵意ばかりの世界。

……もし両親が愛情深かったとしたら、この世界で子どもとして一から生きていくことを選択したかもしれない。

兄が心を砕《くだ》いてくれたなら、拠《よ》りどころとして頑張ろうと思えたかもしれない。

実質育ててくれているロサが、本心から味方の大人なら。この世界でも大丈夫と笑って、未来への希望を持つことが出来たかもしれない。

出来ない自分を、誰かのせいと言い訳にしてはいけない。

人間、誰だっていつだって、やれる範囲の中で最善を尽《つ》くすのだ。

……だけど。物理的には三歳でしかないマグノリアが、見知らぬ世界で誰も頼《たよ》れないというのは、考えてしまえばとてつもなく恐《おそ》ろしいことだ。溢《あふ》れだしそうな理不尽《りふじん》への嘆《なげ》きと愚痴を、中身が大人であるからこそ出来る理解と諦めと、ちょっとの矜持《きょうじ》で無理やり抑《おさ》え込んでいるに過ぎない。恐怖だからこそ、立ち止まってなどいられないのだ。泣いても何も解決しない。不条理なそれらに、怒《いか》りに、身を任せる時間すらも惜《お》しい。

「……ロサ」

静かに石板を差し出す。夫人の気持ちだけを受け取れればいい。

そんな諦観《ていかん》したマグノリアとは対照的に、ロサは静かに瞠目《どうもく》した。

「お嬢様……？」

「誰かに、わたちにこういう物を渡《わた》ちてはいけにゃいと、止められていりゅのではにゃいでしゅか？　あなたが叱《しか》りゃれることは本意ではあいましぇん」

ロサは凪《な》いだ瞳のマグノリアをみつめながら、きゅっと胸の前で指を握《にぎ》り込むと、ゆっくりと左右に首を振った。

何度も紙をと言っても、一向に替《か》わりのものすら差し出されなかったこと。お願いしなければ、マナーすらも教えてもらえていなかったこと。こちらが働《はたら》き掛けなければ、侍女の三人以外誰とも接点がなかったこと。

塞《ふさ》いだ顔をすると、笑顔『だけ』を注意されること。

……まるで人形を育てているみたいだ。

ロサが独断でしているとは考え難《がた》い。誰かに指示されているか、意を汲《く》んでそうしているのか。両親に放置されているから蔑《ないがし》ろにしてやると悪意を持って行うには、彼女は善良過ぎる気がする。

「……いいえ。いいえ、そのようなことは。折角夫人が文字表を下さいましたし、これでお勉強なさいませ」

ロサは儚《はかな》く微笑むと、大丈夫だと言わんばかりに力強く頷いた。

＊＊＊＊＊

文字表は、一日もしないうちに覚えてしまった。そう、マグノリアは元日本人である。ひらがな・カタカナの五十音は言うに及《およ》ばず、漢字数千字を普通《ふつう》に覚え使い熟《こな》すという教育がなされる民族だ。たったの三十字（この世界のアルファベットもどきは三十字だった）。数字も基本十個の数字を組み合わせる程度で……ましてやどこかで見たことがある文字だ。瞬殺《しゅんさつ》である。

ただ、アルファベットに似ているということは表音文字だろう。表意文字とは違い、雰囲気で読んだり理解することが難しいとも言える。ある程度の規則性はあるだろうが、それを身につけるまでは手探《てさぐ》りだし丸暗記になるだろう。膨大《ぼうだい》な単語を覚えるのはそれなりに手間が掛かりそうだとため息をついた。

ダフニー夫人の授業には、毎回というのは流石《さすが》に引率《いんそつ》する侍女達にもマグノリア的にも憚《はばか》られ、二・三回に一度の割合でお邪魔している。

質問や発言をしたいのは山々だけども、どう考えても三歳児にそぐわないものになってしまいそうだし、第一、正式に教えを乞《こ》うている身でもない。謂《い》わば、無料受講を見逃《みのが》して貰《もら》っている立場なのである。ちゃんと学習した方が良いのはブライアンでもあるし、ここはグッと我慢《がまん》我慢……と思っている。

指定席となりつつある兄の隣《となり》に座り、授業を受ける様子には違和感がない。

集中力がないブライアンに比べて、鬼気迫《ききせま》るような表情で授業を受けるマグノリアに、正直、侍女達もダフニー夫人も感心と称賛《しょうさん》の念を持っている。

……そんな周りの様子を感じているブライアンは、正直面白《おもしろ》くない。

元々両親の影響《えいきょう》もあってか、彼はマグノリアに対してあまり良い感情を持っていない。常に自分が一番でありたい少年は、度々《たびたび》やって来ては先生に褒《ほ》められる妹が疎《うと》ましくてしようがないのだ。

そしてもう一人。たった一人の正式なマグノリア付きであるロサも、今の様子にうっすらと危機感を抱《いだ》いていた。両親に疎まれている少女を守る為には、目立たずひっそりと、隠れるように育てなければいけない。

自分には、根本的にはマグノリアを助ける力はない。それならば、長い人生を出来るだけ安全に暮らせる術を身につけさせた方が良い。――そうロサは考えている。

ほんの一か月半前まで、マグノリアはとても大人しい、穏《おだ》やかな子どもだった。

だがある日を境に、ガラリと性格を変えてしまった。

表面上変わったところはない。寧《むし》ろ、駄目《だめ》なものや無理なことには滅多《めった》にワガママを言わなくなり、こちらを思《おも》い遣《や》るような言動を見せるようになった。

まず、両親に会いたいと駄々《だだ》を捏《こ》ねることが一切《いっさい》無くなり、替わりにマナーを教えるようにと言って来た。いつも大人しく座っていた筈が、自分たち侍女に沢山《たくさん》の質問を浴びせかけ、何かを確認しているような様子を見せ始めた。こちらが促《うなが》さなければ外へ出ることすら無かったのに、自分から頻繁《ひんぱん》に庭に出向くようになった。そして一旦《いったん》廊下《ろうか》へ出れば、好機とばかりに色々な場所を見たがる。

すれ違う下働きの者を以前のように避《さ》けるのではなく、労《ねぎら》い、笑顔《えがお》で積極的に話《はな》し掛け、慣れると自分達へとは違う質問を浴びせるようになった。

紙と書くものが欲しいと言われ、屋敷《やしき》の外に出ることは出来ないのかと請《こ》われ。兄妹仲《きょうだいなか》が悪く、苦手だった筈のブライアンとお茶会をしたいと請われ。兄君に嫌味《いやみ》を言われれば今までのように涙を浮かべるでもなく笑って受け流し。

手伝いでマグノリアにつくふたりの侍女にも、部屋の外へあまり出さないように、余計なことは答えないようにと釘《くぎ》を刺《さ》したが、怪訝《けげん》そうな顔をされて理由を尋《たず》ねられた。

そして、屋敷に雇《やと》われるときに旦那様《だんなさま》や家令に言い含《ふく》められる『当家の娘《むすめ》について他言はしない』という契約《けいやく》の内容にも疑問を呈《てい》された。

そんなことがあってか、漂《ただよ》う侍女間の微妙《びみょう》な緊張感《きんちょうかん》を察すると。

マグノリアはロサには何も尋ねることは無くなり、何かを考えるかのようにずっと窓の外を見るようになった。頭の中で綴りを反復しているのだが、ロサは知る由もない。そして、ロサの休憩《きゅうけい》や休日などに庭や屋敷内《やしきない》の散策へ出向き、自分の疑問を確認する行動を起こすようになった。

そして今。いつの間にかダフニー夫人の許しを得て兄君と同じ授業を、兄君よりも理解して聴いている。きっと、近いうちに見つかってしまう。どんな未来が待っているのか、想像がつかない。下手をしたら……瑕疵をつけて遠くへ嫁《とつ》がされてしまうかもしれない。そうしたら、もう二度と屋敷の誰とも逢《あ》うことはないだろう。

可哀想《かわいそう》な侯爵令嬢《こうしやくれいじよう》をどう守ればよいのか、ロサは途方《とほう》に暮れていた。

一方のマグノリアは、ダフニー夫人から渡された文字表を写したり、ダミーのお絵描《えか》きをしたりしながら心の中でブライアンと一緒《いつしよ》に課題をし、覚えた単語の書き取りをして『幼女が兄の真似をして勉強をしている風』を強く装いながら、夫人の齎《もたら》してくれる知識を貪《どん》欲《よく》に聞きかじっていた。

まだ基礎力《きそりよく》が相変わらずな兄にそれらを施しながら、少しずつ、歴史・文法・算術・詩歌・文学・音楽史……ときには論理の初歩や哲学的《てつがくてき》な話へと無理ない範囲で伸《の》びていくダフニー夫人の手腕《しゆわん》に、いたく感心をしていた。

この世界は解《わか》らないことだらけだけど、知識欲が旺盛《おうせい》になってしまったらしいマグノリアにとって、知らない文学や詩歌、哲学の類は『面白いもの』であった。

やることが他に何もないということもあるし、不安からの逃避《とうひ》もあるのだろう。更《さら》には圧倒的《あつとうてき》に足りない娯楽《ごらく》のせいか、面白いほどに知識が頭に沁《し》み込んで行く。

ブライアン相手の講義であるから、簡単かつわかり易《やす》い。兄は悪戦苦闘《あくせんくとう》しつつ勉強しながら、一つの題材で他の教科の基礎力も少しずつ磨《みが》かれて行くという寸法である。

学習指導要領なんてものはなく、『学校』や『基礎知識《きそ》』の示すものが曖昧なこの世界において、現実的な読み書き計算、マナーに加え、貴族として浅く広い教養を身につけるという方法は、なかなか現実に沿った選択《せんたく》なのかもしれなかった。

何かに興味を持ち、より深い教養を身につける手助けと下準備をし、心への種を植える。

多分そういうことなのだろう。ダフニー夫人は良き教師であった。侍女達の話によれば、若い頃《ころ》は王宮で女官をしていたそうだ。

元々貴族の家庭教師は、自分の専門について教えることが多い。貴婦人である貴族女性は、マナーや行儀《ぎょうぎ》を教えることが多いそうで、音楽や文学など、他にも得意なものがあれば加えることもあるらしい。

歴史や算術など他の教科は、本来学者や元教師など、専門家の分野なのだ。

わざわざ専門家にご教授願う程の能力と興味が、ブライアンにあるのかは甚《はなは》だ疑問だけれども……多くの教科を解り易く、かみ砕いて教える夫人の能力は大したもんだと思う。

マグノリアが『つもり風』を装っていることも、薄々《うすうす》気が付いているようで。

「お嬢様にも差し上げましょうね」なんて言いながら、兄のそれより詳《くわ》しい文法の説明やら、読んでおくべき本のリストなどを、基礎的《きそてき》な課題のプリントならぬ木札に紛《まぎ》れ込ませて渡してくれる。

……マグノリアは良くわからないと、さり気なく視線を外して誤魔化《ごまか》しているが、「その内お役に立てば」そう、意味あり気に微笑んでくる。コワい。けど有難《ありがた》い。

あまり頻繁に出入りすると、あっさり足がつきそうだなと考えながら、アスカルドの文字でアスカルドの文法に則《のっと》って簡単な作文を書く。我ながらだいぶ上達したとマグノリアは思う。この世界で記憶《きおく》が朧《おぼろ》げながらも三年、曲がりなりにも生活していたお陰《かげ》で一応話せるからなのか。はたまた日本での知識があるからなのか。もしくはマグノリアの基本スペックが高性能なのか。説明を受ければ、当たり前のように簡単に身についた。

この様子なら、ボキャブラリーが増えれば、ある程度は本から知識を得ることも容易《たやす》いだろう。

将来的にこのまま目覚めず、転生してしまった世界（仮）で生きて行く場合、貴族として生きて行くことと平民として生きて行くこと、両方を想定して学ばねばならない。

基本は平民として生きて行こうと考えている。

のびのびウハウハお姫様《ひめさま》ライフも捨てがたいが、この両親の下ではそう遠くない未来に、とんでもないところに嫁《よめ》に出される未来しか想像出来ず、のびのびもウハウハも出来ないと思っているからだ。

元々日本で平民として暮らしていたのだから、こちらの平民の常識を身につければ何とかなるのではないかと思う……おおよそ知る家事や労働が二十一世紀の日本に比べて、べらぼうに重労働であることは想像に難くないが。

どう転んでも根っからの貴族ではないマグノリアにとって、貴族社会に馴染《なじ》んで社交界で生きて行く、という未来が全く思い浮かばない。それよりも、平民として生きるという選択は、至極《しごく》当然のように感じた。

願わくは、地球の中世のように暗黒時代ではなく、ある程度衛生的で医術が発達していてくれることを祈《いの》るばかりだ。

一番面倒《めんどう》なのは、今の忘れられた存在として無教育のまま幼いまま、貴族社会に放り出されてしまう場合だ。無力すぎる。

ライラが教えてくれた教養の座学の範囲は、出来る限り早々に学んでしまいたい。

……勉強が出来たからどうとも言えないのだが、知っている筈の知識は持っていた方が弱みが少ないだろう。何につけ誤魔化される範囲も少なくて済む筈だ。前世での知識の必要性程《ほど》には、一般的《いっぱんてき》な貴族の、それも嫡子《ちゃくし》でもない子女には求められていないだろうと思う。それぞれの分野を数十冊程読《よ》み込《こ》めば、取り繕《つくろ》えるくらいの付け焼き刃《ば》程度には何とかなるであろうと考える。

無理強《むりじ》いされない限り、貴族が通うという王立学院に行くつもりもない。両親も多分、入学させるつもりもないであろう。

……最終手段は修道院だ。

ラノベでは悪役令嬢《れいじょう》が幽閉《ゆうへい》される場所にされているが、地球の中世・近世の修道院は、結構女性に寄り添《そ》った施設《しせつ》であり、受け皿でもあった筈。

勿論《もちろん》幽閉先の一つでもあっただろうけど、本当の幽閉は屋敷の離《はな》れや収容塔《とう》や牢獄《ろうごく》だ。

修道院は礼儀《れいぎ》の学習場所であり、駆《か》け込み寺であり、炊《た》き出し支給場所であり、老人ホームであり。「困ったら修道院」的な——この世界ではどうなんだろう。

以前に、この世界は『修道院から結婚《けっこん》』だと瑕疵《かし》になる、みたいなことを聞いた気がするが……『修道院から就職』という選択肢《せんたくし》は存在しないのだろうか。

（今度ライラにでも聞いてみよう）

＊＊＊＊＊

「おおぅ……」

デイジーに図書室に連れて来てもらう。ここまで長い道のりだった！

武家の家門と聞いてあまり期待していなかったが、意外にも沢山の蔵書があった。

ギルモア家はそこそこ古い家柄《いえがら》らしく、かなり年代を経た書物や歴史書、領地・領政に関するもの、それぞれの時代の当主が好んだのか、文学や芸術的な分野のもの……そして、武家らしく沢山の兵法書が揃《そろ》えられていた。

雰囲気は、小中学校の図書室という感じだろうか。

柔《やわ》らかなカーテンに遮《さえぎ》られた光と、穏やかにたゆたう小さな埃《ほこり》と。古い本独特の匂《にお》いと、嗅《か》いだことがないこの匂いは羊皮紙なのだろうかと自らに問う。

何故《なぜ》か懐《なつ》かしいような、安心する香りがする。

壁《かべ》に作り付けられた高い、大きな本棚《ほんだな》が隙間《すきま》なく並ぶ。四、五十帖《じょう》程の部屋の端《はし》の方に、こぢんまりと置かれた机。間を縫《ぬ》うように遮るように、幾つかの設置式の本棚が人が通れるくらいの隙間を開けては背中合わせに置かれており、それぞれに沢山の蔵書が並んでいた。

中二階になった螺旋《らせん》階段の上にも机と本棚があるらしく、階段を見上げながらマグノリアは小さく息を吐《は》いた。

（図書室に螺旋階段。すっごい素敵《すてき》……！）

一般的な貴族の館の蔵書がどんなものなのかはわからないけど、取り敢えず小棚《こだな》一つとか、スカスカではなく、ちゃんと充分《じゅうぶん》過ぎる蔵書を目の前に安堵《あんど》した。

「鍵《かぎ》が掛かった書棚《しょだな》以外の本は、自由に借りられるそうですよ」

「わたちが借りても大丈夫かちら……」

「お嬢様はご本を汚《よご》したりされないでしょうから、大丈夫ですよ」

ぐるりとゆっくり見て回ると、棚の下の端の方に、誰かの使ったものらしい王立学院の名の入った本がある。

(……教科書なのかなぁ)

顎《あご》の下を指で摘《つ》まみながら考える。多分、取り敢えずこれらを読んでみる方が効率がよいだろうと思い、数冊を手に取って机の上に置く。絵本のような類はなく、仕方なくダミーとして、また物の名前を覚える為にもと園芸書のような図版《ずはん》が多い本を一冊選んだ。

「デイジーも本、持って行くよね？　そりぇともここで少し読んでかりゃ帰りゅ？」

「いえ、時間が掛かってしまうといけませんから、決まったらお部屋へ帰りましょう」

埃っぽい図書室に長居は無用と、デイジーはマグノリアが選んだ本を手に取る。

「流石にお子様が読む本は、ここには殆《ほとん》どないですからねぇ……あら、これは難しいのではないですか？」

教科書を見て、申し訳なげにマグノリアを見て眉《まゆ》を下げる。

「お兄しゃまと一緒でしゅ！」

幼女の真似したがりを演じておく。まあ、と華《はな》やかな笑みを浮かべると、

「よくお勉強の本とわかりましたね！　王立学院の前期課程の教科書ですねぇ……」

中身をパラパラと捲《めく》って確認《かくにん》する。そして、こちらもいいかもしれませんよと言って、
デイジーが見繕《みつくろ》った短い物語も加えてくれた。

「重いよね？　手ちゅだうよ！」

手を伸ばすと、キョトンとした後にくすぐったそうに笑って、薄めの本を一冊手に持たせてくれた。

幼女のお手伝い心を汲んでくれたのであろう。優しくて、なんて可愛《かわい》いんだろう。

思わずニンマリしてしまった。


数日を掛けて、学院の各教科の教科書を前期・後期の両方を読んだ。

幸いと言うべきか、国語も算術も自然科学もおおよそ小学生、良くて中学生レベルの内容であった。手応えがないとも言えるが、一度読めば覚え返すこともなく問題がない事が

判《わか》ったのはとても良かった。

この世界特有の内容のもの――歴史や地理、領政、法律は初めから覚える必要がありそうだが、元々求められている学問レベルがさして高くはないので、一般教養《いっぱん》レベルの扱いならば、何度か教科書を読み込めば取り繕える範囲《はんい》だろうと思う。後はゆっくりと必要な関連書を読み込んで行けばいいだろう。

流石に外国語は少々遣り込む必要があると考え、ダフニー夫人の授業も本では勉強しきれない、マナーと外国語に多く出入りするようにしている。

教養的な科目である文学、詩歌、哲学などの教科書は、物理的な娯楽のない環境《かんきょう》下においてただの楽しめるご褒美《ほうび》読書になっている有様だった。小説やポエム、自己啓発《けいはつ》書やエッセイを読む感じである。そしてご褒美なので、覚えようと思わなくても勝手に頭に入る。


この間、三か月。早いもので、こちらで目覚めてから季節が一つが過ぎた。

季節はいつの間にか、秋に変わろうとしている。帰る帰れないについては考えるのを止め、取り敢《あ》えず目の前の問題に取り組むことにシフトするしかないと結論付けた。

ふとしたときに、日本の家族や職場はどうなっているのだろうとか、マンションの私の部屋はどうしたんだろうとか……あちらの身体はどうなったんだろう――と、取り留めもなく考えることがあるが。

自分の意志でどうしようも出来ないことを考えても、現にどうしようもない。ならば目の前にある出来ることに集中しなければ、精神がどうにかなってしまいそうでもあった。

この頃には侍女《じじょ》たちには「勉強が大好きな子」という変人認識《にんしき》になったようで、兄の授業に潜《もぐ》り込まないときは図書室に籠《こも》るようになった。部屋にも持ち帰るが、あんまりにも専門的な本ばかり持ち出すと怪《あや》しまれるので図書室で読み込む為だ。……充分に違和感《いわかん》のある幼女だとは思うが、大っぴら過ぎないよう、一応の配慮《はいりょ》をしている。

大人しくしているので彼女《かのじょ》たちも息抜《いきぬ》きに充《あ》てているのか、遠巻きに一人になれるのも有難い。年がら年中誰かに近くで見ていられるのも、正直息が詰《つ》まるのだ。


ふと聞きなれない足音が聞こえ、静かな扉《とびら》の開閉音がした。

ふわり……嗅いだことがあると記憶が反応する、グリーンノートの香りが近づいて来る。

(――誰だ?)

咄嗟《とっさ》にダミーの図鑑《ずかん》で読んでいた本を上下に挟《はさ》み込み、上に置いた本を開く。

開いたページには、豆類の一覧が写実的に描かれているのを瞳《ひとみ》の端が捉《とら》えた。

「……おや、マグノリア？」

柔らかな金を溶《と》かし込んだような緩くウエーブする淡《あわ》い金髪《きんぱつ》を後ろで括《くく》り、少し垂れ気味な茶色い瞳の二重は、成程《なるほど》、優男《やさおとこ》。微笑《ほほえ》んだように綻《ほころ》んだ唇《くちびる》とあいまって、一見おっとりとしてすら見える。

ジェラルド・サイラス・ギルモア侯爵《こうしゃく》。マグノリアの父親だ。

温かみのある色彩《しきさい》と華美《かび》過ぎない上品な華やかさ、そして柔らかな風貌《ふうぼう》の為か、日本人としてのマグノリアが覚醒《かくせい》（？）してから初めて見る父親は、年齢《ねんれい》よりも若く見える。記憶通りなかなかのハンサムだ。

言うなれば大人っぽさが混じり始めた、癒し系《けい》イケメンアイドルっぽい。

年齢の割に少し高めに感じる声は、それでもしっとりと落ち着いたトーンで。イケボだ。正統派の王子様ボイスってやつ。

（二児の父が王子様ボイスって！　オッサンの声じゃないなんて!!）

しかし綺麗な茶色の瞳はちっとも笑っていない。微《かす》かに瞳を眇《すが》めると、窺《うかが》うようにマグノリアの手元の本へ視線を走らせた。

「……お父しゃま？　三か月以上ぶりでしゅね。ご機嫌麗《きげんうるわ》しゅう」

他人行儀にカーテシーをし、ちょっとした嫌味を交ぜる。

きっと三歳《さい》児が発する言葉に、嫌味を込めているとは思わないだろう。

「偉《えら》いね、ご本を読んでいるのかい？」

言いながら大きな手をマグノリアの頭に載《の》せる。優男に見えて、意外にしっかりした厚みのある大きな男の手だった。

マグノリアはさりげなくまん中の本――法律解説の本が隠《かく》れていることを確認し、再び父親へ顔を向ける。

「あい。お豆やおやちゃいの本を見ていましゅ」

園芸の本。絵が多く子どもが眺《なが》めていても通りそうな図鑑を、ロサや、万が一不味《まず》い誰かが来たときの為に置いておくことにしていた。

「美味《おい》しそうだ。他には何を見ているんだい？」

一番下の本を押《お》し出す。

「……おはにゃの本でしゅ」

こちらもダミー。後、虫の図鑑と動物の図鑑、魚の図鑑が書棚にある。

初見の頃、単語を覚える為にそれぞれ何度か見たが、虫に関してはあれ以来二度と開いてはいない。

「そっか。ここには絵本がないんだね。ブライアンの部屋かな？」

「……。そうなのでしゅね」

自室にも図書室にもないので、てっきり子ども用の絵本はない世界なのかと思っていたのに。ちゃんとあったのか。

嫡男《ちゃくなん》には与《あた》え、マグノリアには与えない。いやはや。（……今更《いまさら》っちゃ今更だけど、凄い露骨《ろこつ》な対応だな、おい）そう心の中で毒づく。

「お父しゃまは、今日はお休みなのでしゅか？」

本からジェラルドの意識をひっ剥《ぱ》がすべく、世間話を振る。

「登城……お城でのお仕事は休みを貰ったんだよ。領地の仕事が溜《た》まっているからね」

ジェラルドはそう言うと、小さくため息をついた。

「しょうなのでしゅね……」

先日読んだ領政の教科書と領地経営の本を思い浮かべる。王都から馬車で半日程の比較《ひかく》的《てき》近い場所にあると聞く、ギルモア侯爵領。どんな所なのだろう。都会なのか、自然に溢れた場所なのか。それとも工業地帯か。

侯爵家の領地と言えばどデカいのであろう。経営が教科書の通りになんて行くわけがない。多分、人に任せているのが大部分とはいえ、取り纏《まと》めやら監督《かんとく》やらで大変なんだろうなぁと。つらつらと余所事《よそごと》を考える間。

「…………」

何かを考えあぐねるように視線を落とすこの世界の父親。

改めて――本当に娘が可愛くはないのだと再認識《さいにんしき》もする。いや、彼なりの愛情があるのかないのかはわからない。何故《なぜ》ならそれを察せられる程に父親を知らないからだ。わからないが、マグノリアの知るそれとは大きく違《ちが》うことだけは確かで。

一応、形だけにこにこしている顔は子ども相手に気を抜《ぬ》いているのか、全く笑っていないのが丸わかりだ。温度を感じない薄茶《うすちゃ》色の瞳。……なぜそんなにマグノリアが気に食わないのだろうか？　聞いてみたところで答えないだろうが。――以前の「私」が何かしたのだろうかと記憶を辿る。

記憶にあるマグノリアは、侍女たち以外殆ど誰にも会わず話もせず、ぼんやりとした女の子だった筈《はず》だ。憶測《おくそく》だが、他の人とあまりにも交流がない為、心の動きに乏《とぼ》しい性質になってしまっていたのではないかと考えている。

第一まだ三歳である。「とんでもない事」をしでかす腕力《わんりょく》も能力もない。執務《しつむ》に関する大切な書類や家宝か何かを壊《こわ》したかと思ったが、如何《いかん》せん、部屋の外に出ようにも重厚《じゅうこう》なあの部屋の扉は幼児には開けられない代物《しろもの》なのだ。

殆ど外へ出ることもない。同じ年頃《としごろ》の友人どころか、兄も両親も、親戚《しんせき》にも会わない子ども。

――――軟禁《なんきん》されてる――――？　そう、頭を過《よぎ》った。

「……お忙しくて、大変でしゅね。おちごと頑張《がんば》ってくだちゃいましぇね」

暗くなる思考を一旦《いったん》外へと追いやり、詳しく探《さぐ》るにしても深入りするにしてももう少し情報が必要だなと思い、いとまの挨拶《あいさつ》をする。

「えっ……もう行くのかい？」

「あい。おちごとの邪魔になってちまいましゅので」

ふむ、と頷《うなず》くと、

「……時間が取れたら、一緒に食事をしようね？」

にっこりと、だがまるで瞳が笑っていない笑顔を見せると再び頭に大きな手を載せた。

話を聞いていたデイジーが嬉しそうに、お昼はお父様とご一緒ですねと笑いかける。

……他人のことなのに喜び勇んでる様子に、居たたまれなくなる。

（そりゃぁね。侍女達《じじょたち》だっておかしいと思うのだろう）

デイジーは、性格の素直《すなお》ないい子だ。自分が関わっている小さい子が家族からみそっかすにされていれば、気にもなるのだろう。

（ずっと両親に愛されて育っているのだろうなぁ）

子は親に無償《むしょう》の愛を捧《ささ》げられるものと思い込んでいるのだ。ギルモア家の様子に、内心首を傾《かし》げているのだろう。

でも、その思い込みは大半であって全員じゃない。現実には誰《だれ》しもが溢れる母性や父性があるわけでもないし、ましてや全ての親が子に無償の愛を注げるものでもないのだ。

無償の愛すら、時を経ていつの間にか、本人も知らぬ間に条件付きの愛に変わってしまうことすらある。常識や生活、当たり前と思い込む要因で、意識する間もなく心が変わってしまうのはよくあることだ。そして歪《ゆが》んだ家族関係は、悲しいかな、いつの時代にも何処《どこ》の世界にも存在する。それらは日本でもあった。

（幸い、顔も名前も思い出せない日本の家族には、愛して貰った記憶の残渣《ざんさ》があるのが救いだねぇ）

だからこそ、無償の愛は美しく尊くもあるのだから。

「……多分社交じりぇいだと思う。『今日』と言ってないち、忙ちいみたいでしゅしね」

マグノリアは醒《さ》めた瞳で返す。

「そんなことございませんわ！　お忙《いそが》しくっても、お食事くらいご一緒して下さいますよ！」

侯爵自ら仰《おつしや》ったんだからと、言い聞かせるように一生懸命《いつしようけんめい》に力説しながら、お昼の為《ため》にマグノリアの髪《かみ》を結《ゆ》っている。

（いやいや。『お食事くらいご一緒する』なら、三か月の間にしていると思うよ）

そう心の中で呟《つぶや》く。

案の定、時間になっても呼び出されることはなく、だいぶ過ぎた頃に耐《た》え切れず確認に行ったデイジーは、可哀相《かわいそう》な程に項垂《うなだ》れながら、調理場に残されていた昼食を運んで来たのだった。

閑話　変わった娘（ジェラルド視点）

「お嬢様《じょうさま》には、家庭教師をお付けにならないのですか？」

嫡男である息子《むすこ》の、殆ど進んでいない教育の進捗《しんちょく》を報告に来たダフニー伯爵《はくしゃく》夫人が、娘のことを聞いてきた。

「……まだ三歳ですからねぇ。早いのではないでしょうか？」

――いつの間にあれの存在が漏《も》れたのか。予定外の時期に漏れ、聞かれたら答えるべく用意していた言葉を苦笑いと共に伝える。

元々女子への教育には熱心でないこの国は、七歳前後から少しずつ、行儀や教養などを学ばせるのが従来だ。……もっとも高位貴族やまともな人間なら、それよりも小さな頃からそれらを教えて然《しか》るべきでもあるのだが。

五年前に王子が誕生し、今では年近い貴族の早期教育が持て囃《はや》されている。

……少しでも未来の国王の側へ侍《はべ》る為。男子なら側近として。女子なら妃《きさき》として。

それによって齎されるのは国や民への必要な何かではなく、自分や家への権力や富の集中だ。

金は必要だ。綺麗《きれい》ごとを言うつもりはない。しかし程度の問題でもある。

数家ある公爵《こうしやく》家に年頃の娘がいない為、諸外国からのお輿入れが持ち上《こしい》がらない限り、王太子妃は侯爵家からのお輿入れということになるだろう。

外国要人との婚姻《こんいん》はときに大きな同盟の契機《けいき》となる半面、厄介《やつかい》な足枷《あしかせ》になる場合もあるのだからして。平和の架《か》け橋《はし》と言う体のいい人質《ひとじち》やスパイ。平和な今、各国の均衡を崩《くず》してまでお輿入れして来ようとする国もないであろう。

本命は筆頭侯爵・シュタイゼン家ご令嬢ガーディニア。

そして自称侯爵《じしようこうしやく》家の当家の娘。……勿論《もちろん》、隠された姫《ひめ》であるマグノリアは現時点では候補に挙がってはいない。

後は高位貴族の家々が、虎視眈々《こしたんたん》と地位を獲得《かくとく》すべく蠢《うごめ》いているのが現状だ。

――誰でもいい、早くマグノリア以外で決まってしまえばよいのに。

本来未定の筈の未来は、未定のまま、違う現実に取って代わってしまえばよいと思っている。

なんにせよ、シュタイゼン家は何が何でもこの縁談《えんだん》を纏めたい筈だ。「筆頭侯爵家」の面目《めんぼく》を、ここぞとばかりに詳《つまび》らかにしたい筈であるから。噂《うわさ》では四歳になるご令嬢は大変見目麗《うるわ》しく、二歳になるや否《いな》や侯爵家の総力を挙げて施《ほどこ》され、始められたお妃教育も順調。なかなか賢《かしこ》いご令嬢らしいともっぱらの噂だ。是非《ぜひ》ともあの我儘《わがまま》な王子様を抑え込めるような、聡明《そうめい》な女性に成長して欲《ほ》しいものだ。

……王家としては当家と婚姻を結びたいのだろうが。

さすれば彼奴《あいつ》らは合法的に大手を振《ふ》って、タダでギルモアの持てる戦力と頭脳、潤沢《じゅんたく》な資金源と支持基盤《きばん》が手に入る。だから、マグノリアの存在が知られてしまうと面倒な事になる。婚姻という一番簡単な方法で取り込まれてしまうからだ。

意味は違えど、傾国《けいこく》の美女とはよく言ったものだ。

彼奴らはあっという間にアゼンダ辺境を守る騎士団《きしだん》も、アゼンダとギルモア両方の財産も飲《の》み込むだろう。老体の父親は再び戦火に押しやられ、優秀過《ゆうしゅう》ぎる弟の剣《けん》も頭も使い潰《つぶ》し、美しい娘はよい様に貪《むさぼ》られ、操《あやつ》り易い息子は打ち捨てられる。

そして国は再び混乱を極《きわ》め、大戦のあの頃へ転がり落ちるように逆戻《ぎゃくもど》りだ。

現在の王家は、そう考えてしまっても仕方ないような脆弱《ぜいじゃく》さを持っている。

先王と、父である前ギルモア侯がなしえた百年に及ぶ大戦の終結。その後の長い戦後処理——それは小競《こぜ》り合いと混乱の十年と、後に復興を進めた十年と言える——平和な世の中を実現するために、長い長い年月が必要だった。

比較的被害《ひかくてきひがい》が少なかったアスカルド王国ですら、やっと終わった戦いの日々に国民も国そのものも疲弊《ひへい》し切っていた。近隣国《きんりんこく》の小競り合いが落ち着き、一応の平和が訪《おとず》れた十年程前。長年の功績を称《たた》え父を公爵にしたがった先王が、新たな領地を与えて陞爵《しょうしゃく》しようとした。新たな領地とは言っても、かつての大戦で父がぶんどった小さな公国だった土地である。

森と湖の国。元アゼンダ公国。

大国であるマリナーゼ帝国《ていこく》と隣している場所柄《ばしょがら》か、王国の直轄地《ちょっかつち》になっていながら、何故かずっと父……前ギルモア侯爵とその私設騎士団が国境を守っていた辺境の土地だ。

一方面倒を嫌《いや》がった父は、飛び地になってしまう領地も具合が悪かろうと、周りがどう領地の線引きを変えれば良いかと頭を悩《なや》ませているうちに、元々の『ギルモア侯爵領』をそのままに、賜《たまわ》った新領地を『アゼンダ辺境領』として建領した。

まだ領地も近隣《きんりん》諸国も安定していないからとか、屁理屈《へりくつ》を並べ立てては周りを言い包《くる》め、当時成人して一年も経たない私に相談という名の決定事項《じこう》を叩《たた》きつけると、ギルモア侯爵の一切合切《いっさいがっさい》を余すところなく押し付けた。更には自分はアゼンダ辺境伯《はく》だと王と大臣達《たち》に認めさせた挙句、母と幼い弟を連れて風のように移領して行ってしまった。

当時の混乱と戸惑《とまど》い、そしてぶつけ処のない怒《いか》りと失意は今でもはっきり覚えている。

……実際、あの場所を上手《うま》く治めて行けるのは父しか居なかっただろうし、また父が適任だったろうとも思う。他国に睨《にら》みを利《き》かすには軍事に秀《ひい》でた人間が治めた方がよいことは明白であり、父なりに色々と考えた上での選択だったのでもあろう。


私は戦火を駆け巡《めぐ》る『悪魔将軍《あくましょうぐん》』の跡取《あとと》りとして、いつ何時、父が戦死し家督《かとく》を継《つ》ぐことになるやもしれなかった。よって小さい頃から様々な心構えをさせられていたし、だいぶ早くから母と家令によって領政の手ほどきも受けていた。

十四・五歳からはほぼ、戦場にいる父に代わって広大な侯爵《こうしゃく》家の領主の仕事を実質引き受けていたといえる。終戦を迎《むか》えたとは名ばかりの緊迫《きんぱく》した情勢の中、父は変わらず内戦や内乱を抑《おさ》える為に戦地を転々としており、家に帰ってくることは稀《まれ》であったからだ。それもあって父もあんな無謀《むぼう》な交代劇をやってのけたのだろう。

やれる、というある程度の信頼《しんらい》と確信もあってこそと思う。

それでも父が連れて行った弟に想《おも》いを馳《は》せると、どうして自分は連れて行ってもらえなかったのか……慣れたギルモア侯爵は熟《こな》せても、公爵家の嫡男としては足りえないと言われたようで。だって別に、そのまま陞爵しても誰も文句は言わないのに。

しばらくは鬱々《うつうつ》とした毎日だった。

父としては公爵と呼ばれ今以上に国政に組《く》み込まれることも、宮廷雀《きゆうていすずめ》共との付き合いの煩《わずら》わしさも、我《わ》が家《や》に権力が集中してしまい当時燻《くすぶ》っていた貴族内の均衡を崩すことも避けたかったに違いない。ましてやその厄介ごとは父だけで済む筈はなく、家族にも魔《ま》の手は伸びることは必須《ひっす》。未《いま》だ九歳になったばかりの弟も、養い親である父が連れて行くのは道理だ。それにクロードにこそアゼンダを譲《ゆず》りたかったのだろう。……解ってはいる。

自らの子どもとして引き取ったからには、無責任なことをする人たちではなかった。

実子も養子も変わらない愛情を注ぎ、厳しく躾《しつ》け、対等に扱《あつか》うのが我が両親だった。

まあ、そんなこんなで対外的には侯爵家としているが、事実上公爵家と等しく扱われており、家格がなんとなく逆転している現状をシュタイゼン家は良しとしていない。

そんな気持ちは判らないでもないが、正直どうでもいい。家格のイザコザよりも、国を真に安定させなくてはならない。


先王は切れ者であったが、現王は微妙なところだ。

その息子である王子は今のところ、我儘で怠惰《たいだ》だ。

大戦の制圧により表面上平和に保たれているが、いつまた不穏《ふおん》な世の中に戻《もど》るかわからない――今のうちに国内や領内の力を付けて置くべきだ。

今の王家に膝《ひざ》を折りたくも無ければ、大っぴらに主君として頂きたくもない。宰相《さいしょう》や大臣になりコントロールするという手もあるが、足を掬《すく》われれば権力側に飲み込まれハイリスクだ。まして、意味の分からない現王家の面々のゴリ押しを留めるのに苦労する姿しか予想出来ず、別の方法で護《まも》るべきものを護った方がやり易そうだと帰結された。

父が何処まで考えていたのかはわからないが、権力を持つことを否としてくれるのは有難い。

結婚相手を選ぶのは簡単なようでいてなかなか難しい。大恋愛《だいれんあい》で家格など関係なく結ばれる場合もあるが、ごく稀だ。大概《たいがい》は同じような家格同士で婚姻することが多い。

低位貴族が高位貴族の中で過ごすことや社交を行うことには、思っているよりも大きな苦労と気苦労がある。育ってきた中で培《つちか》われる意識や感覚、立ち居振《ふ》る舞《ま》い、言わずとも伝わる常識など様々な要因があるからだ。長年違いをあちらこちらに感じながら暮らすことは、なかなかしんどいものであると思う。それは逆も然《しか》り。

低位貴族でありながら高位貴族と縁《えん》を結ぼうと自ら考えるご令嬢は、得てして可愛い顔をしつつも上昇《じょうしょう》志向も野心も強い傾向《けいこう》がある。親も同じだ。

そのくらいのしたたかさがなければ容易につぶされ、心と身体を病《や》んでしまい兼《か》ねないのだ。

旧家でのんびりした気質の穏健派《おんけんは》で知られるバートン伯爵は、出世欲もなく、こちらへ利を寄越《よこ》せとせがむことのない好人物だ。彼《かれ》の娘《むすめ》であるウィステリアは、社交界で話に上る程度に程々《ほどほど》に美しく、面倒事が嫌《きら》いで依存心《いぞんしん》の強いご令嬢だ。その性質からか意外に機《き》微《び》に敏感《びんかん》で、自分が出来る限り面倒を負わないように立ち回るのが上手い。しかし勤勉ではないので勉学や家政などはせず、歌やダンスに興じたい『愛らしい女性』であった。

浅はかなところもあるが、親に似たのか下心は少ない素直なご令嬢。

意外にも彼女は、それなりに大きな、しかし許せる範囲での散財はするが、浮気《うわき》をする様子はなかった。それから十年。世間一般的にはおしどり夫婦《ふうふ》として通っている。無論、こちらも浮気などしない。修羅場《しゅらば》やら賠償金《ばいしょうきん》やら、要《い》らぬ厄介事は避《さ》けた方が利口だ。

世にアピールするような浮気などせずとも、周囲にわからないよう男の欲を解消する方法など幾《いく》らでもあるのだ。

十九になるやならぬで家督を継がされ、半年後に結婚。その一年後には息子が産まれた。

息子は見た目以外突出《とっしゅつ》したところがない、ごく普通《ふつう》の少年に育った。

それでもギルモアの血なのか、剣術《けんじゅつ》が好きなようで自分の祖父を尊敬し、騎士《きし》か軍人になりたいそうだ。……剣は好きでも特別上手いわけではない。私は文官ではあるものの、一応ギルモア家の長男でもある。有事、父亡《な》き後にはギルモア騎士団を率いる可能性もあった為、騎士としても仕えられる程度に鍛《きた》えられている者の目から見てそう思う。

とは言え家柄や年回りからいって将来は近衛《このえ》隊にでも入り、王子の護衛騎士にでも成るのだろう。

……いや、好むと好まざるとにかかわらず、きっとそうなる筈だ。

そして、三年前に産まれた娘。

運悪く王子と同年代に産まれてしまった娘は、絶世の美女に生まれた。『亡国の妖精姫《ようせいひめ》』と呼ばれた父の実母である、娘にとっては曾祖母《そうそぼ》に当たる人にそっくりの容姿。アゼンダ公国と同じ、今は地上から無くなってしまったとある北の国特有の珍《めずら》しいピンク色の髪と朱鷺《とき》色の瞳。娘の誕生と入れ替《か》わりのように亡くなった自分の祖母でもある彼女の、儚げで嫋《たお》やかな肖像画《しょうぞうが》を見て成程と思う。面倒事の予感に当時は思わずため息が出た。ため息が出てしまう自分にも、再びため息が出る。

シュタイゼン嬢《じょう》は二歳から出来得る限りの教育をされ、四歳にして宮廷《きゅうてい》へ上がるマナーを学び、既《すで》に簡単な外国語を話せるらしい。家格が多少劣《おと》ろうが、こちらがこのまま育てばあちらが未来の王妃《おうひ》に向いていることは一目瞭然《いちもくりょうぜん》である。

私は敢えて早期教育を放置し『のんびり』と育てることにした。念には念を入れ、お披《ひ》露目《ろめ》をせず存在を隠匿《いんとく》する。……罪悪感が無いわけではない。しかし、娘の未来を考えればその方が絶対に良い筈なのだ。乳児期にお披露目をしていない、イコール瑕疵持ちだ。貴族社会でお披露目をしない人間は、目に見えずとも何か問題があると思われるであろう。妻もあんなに張りきった息子のときとは違い、お披露目のおの字も口に出さない。……きっと、妻なりに考えるところがあるのだろう。

息子が学院に上がる頃《ころ》に隙《すき》を見て地方の修道院へ預け、五・六年簡単な教育を施させる。そして王都から離れた土地の口の堅《かた》い信頼の置ける低位貴族へ、上乗せした持参金と共に嫁に出す。……少々早いが年少での婚姻がないわけではない。デビュタント前に夫人になれば王都での華々《はなばな》しい社交界デビューを行う必要もなく、わざわざ辺境から王都に来ることもないであろう。王家との接点はないに等しいし、最悪出自が王家にバレたとしても、既に傷もので瑕疵持ちの娘なぞ何にもならない筈だ。

本来なら、きっと社交界の大花として崇《あが》められただろう娘。

普通なら沢山《たくさん》の人に称えられる筈の人生が、勝手に瑕疵を付けられ、家族に顧《かえり》みられることも無く知らぬ間にうらぶれる娘に憐憫《れんびん》の念を持つ。

――王家を手玉に取れるだけの胆力《たんりょく》や、社交界と王宮を牛耳《ぎゅうじ》るような能力があればまだしもだが。おっとりし過ぎており、大人しい娘。……そして今後育つであろう筈の未来の娘に、それを求めるのは無理なことは明白だ。

更《さら》にはここ一・二年程は体調が安定しているが、きっかけ次第《しだい》で再び体調を崩すことも考えられる。お披露目をしなかったのは画策でもある反面、本当に体調を崩し易《やす》いということも事実であったのだ。そんな、色々な意味で弱い娘。

万一にも愚《おろ》かな王家の王妃になんぞになって、良い様に使い潰されるよりよいだろう?

それよりも悪いのは――


「……そうですか。勿体《もったい》ないことです」

ダフニー伯爵夫人は何かを言おうとして、口を閉じた。

賢夫人《けんぷじん》は一見おっとりとした無欲で人畜無害《じんちくむがい》そうなジェラルドが、見た目とは裏腹な、抜け目《め》ないタイプの男であることを知っているのだ。

「シュタイゼン家のご令嬢は、それはそれは素晴《すば》らしいお子様だそうですよ」

張り合うつもりはないと暗に示すと、夫人は水縹色《みはなだいろ》をした瞳を伏《ふ》せ、小さく息を吐いた。

「……そういうことではありません……お伝えしたところで無意味ですわね。失礼致《いた》します」

「娘のことは他言無用で」

瑕疵を匂わせると、夫人は表情を変えず小さく頭を下げて部屋を出て行った。

……なかなか辛辣《しんらつ》で棘《とげ》のある言葉だ。

そういえば、マグノリアにしばらく会っていないと思い至る。

外にも内にも余計な波風を立てない為、社交には妻と連れ立って勤めている。

社交界でのジェラルドの評価は『忙しいのに子煩悩《こぼんのう》で愛妻家』ということになっていた。

——美しく、教育すれば王妃になれると言うことか？　そう言う口振《くちぶ》りでもなかったが。

ダフニー伯爵夫人の、無表情でいて哀《かな》しそうな瞳を思い出しては小さく首を捻《ひね》る。

王宮を離れて長いとはいえ、王家が以前の王家とは違うと知っているだろうに。

しかし、何故《なぜ》娘《むすめ》の存在が知れたのか……確認して念《ねん》の為、隠匿対策をした方が良いかもしれない。

色々思い返してはため息がついて出て、気晴らしに騎士物語でも読もうかと思い図書室に足を向けた。

中二階の奥《おく》のソファに座《すわ》り、物語を読むつもりがついつい近年の帳簿《ちょうぼ》を開いていると衣《きぬ》擦《ず》れの音が聞こえて来た。カチャリと扉が開いて誰かが入って来る。

この家で自分以外にここへ来る者は殆ど居ない。珍しいことだと思い、ジェラルドはそっと階下に意識を向けた。

「おおぅ……」

小さな声が聞こえてきたので、そっと様子を窺う。居たのは侍女に連れられたマグノリアだった。

壁一杯《かべいっぱい》に収まる書籍《しょせき》を見て小さな頭を左右に振る様子は、まるで小動物のようだ。大きな丸い瞳も相まって愛らしい。とても……。思わず無意識に小さく息を漏らした。

同時に建領から続く貴重な蔵書を、汚されたり破られたりしないかとハラハラする。相手は三歳の幼児。猿《さる》みたいなモノだ。

意外にも娘は吟味《ぎんみ》するようにゆっくりと書棚の一つ一つを見て回り、部屋の様子をぐるりと確認しているようだ。中二階へ視線を上げたので気づかれないよう、少し奥へと身体を戻す。

時折若い侍女に説明されたり、自分から確認しては気になった書棚に目を留めている。

王立学院の教科書を見遣《みや》ると、しばし考えるような素振《そぶ》りをし、それとなく、視線を外している侍女を確認しては何冊か開いてパラパラと頁《ページ》を捲り、小さく頷き、手にとっては机の上に置いて行く。

……もしや、内容を確認している？　……まさか。

ふとよぎる馬鹿馬鹿しい考えに自ら否定する。マグノリアに再び目を向けると、別の書棚の前に立っていた。また少し考えたように上の方を見て、左右に瞳を動かすと、右上の書棚から図鑑を手に取った。

机の上に置かれた教科書を見た侍女に、選んだ本は難しくはないかと遠まわしに諭《さと》されるも、『お兄さまと一緒《いっしょ》です！』と言い、取って付けたような笑顔《えがお》で答えていた。

そのまま声を掛《か》けずにふたりを見送る。

……何故だか気持ち悪いくらいに違和感がある。何故《なぜ》だ？

どうも娘は図書室だけでなく、庭や調理場など屋敷《やしき》の至るところへ出歩いているらしい。

元々かなり大人しい質《たち》であったし、マグノリア付きのロサは言わずともこちらの意を汲《く》んでいると思っていたが、違ったらしい。

ウロウロされて何処で誰に見つかるとも限らない。他家程《ほど》ではないとはいえ、多少は人の出入りもあるのだ。現にダフニー夫人に見られてしまっている。

沈着《ちんちゃく》冷静が売りな筈の自分が、珍しく急《せ》いていることに苦い笑いを漏らす。頃合《ころあ》いを見て人を替えるか強く言い含《ふく》めるかする必要があるだろう。もしくは早々に修道院へ教育に出してしまうのも手かもしれない。そう考えるに至って硬《かた》く拳《こぶし》を握《にぎ》り締《し》める。

……しかし、何故急に？


それから家に居るときは頻繁《ひんぱん》に図書室へ出掛《でか》けた。疑問を持っているのも一つだが、何故か足が向いてしまうのだ。中二階の席に座り、来る度に見かける娘の観察をする。

最初は侍女に『大人ぶりたい子ども』を装《よそお》っていた様子だったが、程無《ほどな》くして侍女達も『勉強好きな子ども』と認識したのか、好きに本が見られるよう集中出来るように少し離《はな》れた椅子《いす》に座っては、時折見守ることに落ち着いたようだった。

侍女達はマグノリアが知っている文字を拾って読んでいるとしか思っていないようだが、それにしては不自然な程に選ぶ系統が同じ分野だ。マグノリアはその日その日で読む分野を決めているようで、系統立てて数冊を机の上に置いては結構な速さで目を通して行く。

その速さから、侍女は理解しているとは夢にも思っていない様子だが、目の動き、ときに無音で動かす口の動きから、どう見ても読み込《こ》んでいるとしか思えない。

——何故だ？　何故読める!?

字が読める読めないの範疇《はんちゅう》ではない。学院の教科書の後期専門科目の、補足や理解を深める為の補助参考書や専門書類だ。……理解出来ているのか？　三歳の子どもが？　困惑《こんわく》と戸惑いしかない。

おかしい……それならば何故？　今までのおっとりし過ぎる程な様子は何だったのか。

本当は賢かったとしても、物心もつかない人間が大人に人格を偽《いつわ》りきれるとは思えない。第一、何故そのようなことをする必要があるのか。

しばらく様子を見ていたが疑惑《ぎわく》が確信に変わった頃、図書室に居るマグノリアと直接話をしてみることにした。

偶然《ぐうぜん》を装って声掛けすると、今迄《まで》のように恐々《きょうきょう》と遠慮《えんりょ》がちに甘《あま》えようとするのではなく、明らかに警戒《けいかい》した表情でこちらの視線を窺ってきた。

丸い愛らしいだけだった朱鷺色の瞳には、冷えた理知的な光が浮《う》かんでいる。

——読んでいた筈の本は、上下の図鑑ですっかり隠されていた。

「……お父しゃま？　三か月以上ぶりでしゅね。ご機嫌麗しゅう」

取り繕《つくろ》った微笑《びしょう》で、綺麗なカーテシーで告げる言葉には棘を感じる。……もしや嫌味《いやみ》なのかと思い至り、茶色の瞳を眇《すが》めた。

今迄の娘は、淋《さび》しい、構って欲しいと言いながら、自分が蔑ろ《ないがし》にされていることも疎《うと》まれていることも理解せず、只々《ただただ》愛情を与えられずにくすんだ瞳をしていた。他人行儀《ぎょうぎ》に行われたカーテシー。見本のように優雅《ゆうが》な身のこなし。いつの間にかくり返し練習が重ねられたことを物語る美しい動作。

今、目の前の瞳には、こちらを値踏《ねぶ》みするような強い意志が見えた。

「偉いね、ご本を読んでいるのかい？」

頭に手を載せるといつものように笑顔を見せるでもなく、ピクリと小さく肩《かた》を揺《ゆ》らし、警戒を強めた様子が伝わって来る。そしてさりげなく本を見てから私を見上げた。

「あい。お豆やおやちゃいの本を見ていましゅ」

答えにつられ下を見る。確かに絵が多く、絵本代わりに子どもが眺めていても通りそうな本だった。人好きのする、優《やさ》しい笑顔を心掛《こころが》ける。

「美味しそうだ。他には何を見ているんだい？」

マグノリアは重そうに、よいしょ、と言いながら一番下の本を押し出す。

「……おはにゃの本でしゅ」

――こちらも同じ理由か。上手く誤魔化《ごまか》すものだと感心する。間に挟んであるだろう専門書を問いただそうか迷ったが、多分言い訳を用意されていることが容易に察せられ口を閉じた。

形だけの笑顔を張り付け、遥《はる》か下にある娘の顔をみつめる。……一体この子は誰だ？

まるで、子どもの振りをした大人だ。

一見どうでもよい会話をしながらこちらの反応を見ると、警戒、嘲《あざけ》り、探り……と、綺麗な笑顔に厳しい視線を滲《にじ》ませている。こちらの受け答えから考えや対応を分析《ぶんせき》しているとしか思えない様子に、思わずジェラルドも警戒心《けいかいしん》を強めた。

こちらも娘の様子を窺っていることを感じたのだろう。やんわりとこちらを気遣《きづか》いつつ、追い出しを掛けられた。無視して話を続けようとしたところ、あっさり暇《いとま》を告げて部屋へ帰って行ってしまった。

思わずあっけに取られ、目を瞬《しばたた》かせる。あれが本性《ほんしょう》だったのか？　与えなさ過ぎて、自ら目覚めたのか。

――――まるで別人だ。

一緒に食事をと声を掛けたら、全く期待しない瞳と声で、

「はぁ……？　ご無理なしゃいませぬよう」

と、素っ気なく返された。娘の事情を感づいているのであろう侍女《じじょ》の、期待に満ちた輝《かがや》く笑顔との対比が酷《ひど》い。

「…………」

娘は変わった。全く子どもらしくない、優秀で抜け目ない、変な娘に。

娘が変わったのなら、本来訪れる筈のあの忌《い》まわしい未来も変わるのだろうか？　いつか心を……そう思ったところで、ハッとして拳を握りしめる。

現時点で未来が良い方向に変わるかどうかは不確かだ。ほんのちょっとの変化を認めたくらいで楽観するには未だ早過ぎるだろう。一番は、彼女《かのじょ》と家族の真の安全を守ることだ。

……たとえ誰に理解をされなかろうとも。

いつかのダフニー伯爵夫人の、去り際の乾《かわ》いた無表情な顔が浮かんで消えた。

第二話　母は敵認定中につき、手習いを学ぶ。そして帳簿をみつけました。

父と図書室で遭遇《そうぐう》した数日後のこと。

なんだかエラい高圧的な侍女が、小広間まで来るようにといきなりやって来た。仕方なくついて行ったら、女王然としたウィステリア・ギルモア侯爵《こうしやく》夫人が優雅に長椅子《ながいす》にふんぞり返っていらっしゃった。

豊かな波打つ茶色の髪を美しく結い上げ。もの言いたげに潤《うる》んだ紺碧《こんぺき》色の瞳《ひとみ》。二児の母とは思えない一見庇護《ひご》欲をそそる儚《はかな》げな雰囲気《ふんいき》。その割になかなかご立派なお胸。

ｔｈｅ・女子である。絵に描《か》いた女子の中の女子。キング　ｏｆ　ｔｈｅ　女子である。

女子力が瓦解《がかい》していた（？）日本の元マグノリアに分け与えたいくらいだ。

（いらんけどね！）

色味自体は珍しくない平凡《へいぼん》なそれだが、一つ一つのパーツが美しく整っている。母も記憶《きおく》通り結構な美人だ。両親揃《そろ》って美男美女カップルというやつ。

季節毎に作られるという豪奢《ごうしや》なドレスの数を目の前にいる侍女達の会話から耳に挟《はさ》んで、

領地経営の本を幾らか読んだ身からすると地味に引いたが……まぁ、お金はあるそうだし。

そう。ギルモア侯爵家はかなりのお金持ちだったのだ！

マグノリアの粗末《そまつ》、もとい質素で絞《しぼ》りに絞られた数少ない衣装《いしょう》を見て、『家は傾《かたむ》いているんやろか……』と心配したのはただの杞憂《きゆう》で。ただ単に不要な人間に掛ける金はないということだったわけで。名家のお嬢様の筈が、現実は世知辛《せちがら》い。

経済を回すという意味においては多少の散財も必要なのだろうと思う。領民や使用人に迷惑《めいわく》が掛からない範囲《はんい》で、お金持ちが沢山お金を落として商業や産業を活性化させるのだ。

あの優男《やさおとこ》な親父さんの甲斐性《かいしょう》ということで、本人達が納得《なっとく》しているなら構わない。

「お嬢様も大きくなられましたから、お召《め》し物をお仕立て致しましょう」

ロサが微笑《ほほえ》みながらお針子達に合図する。

「お色は如何《いかが》なさいますか？」

居心地《いごこち》が悪いのであろう。取り繕うようなロサの笑顔を見ながら、うーん、と唸《うな》る。

（……自分が要らない認定されるのは良い気分ではないけれど。要らんお金を掛けられてネチネチ言われたり、後で返せと言われたりするのはもっと嫌なんだよねぇ。特に服を欲《ほっ》してもいないし。わざわざオーダーメイドせんでも、既製品《きせいひん》で構わないんだけどなぁ）

……とは言えない雰囲気だ。第一、今迄仕立てた記憶が全く、これっぽっちも一切《いっさい》ない。

（今までの服ってどうしてたんだろう？）

取り敢《あ》えず。幾ら親がお金持ちでも自身の稼《かせ》ぎではないわけで、それならば質素・倹《けん》約《やく》・節約だろう。

「黒か紺《こん》、無理なら茶色や深緑などでお願いちましゅ」

「「「えっ」」」

まるでお仕着せのような色合いに、ロサも、サイズを測ったり書き留《と》めたりしていたお針子さん達も、びっくりしたようにマグノリアを見る。

「丈《たけ》の長しゃに何か決まりはありましゅか？　季節とか年齢《ねんれい》とか」

「いえ、特には……」

「じゃあ、長く。出来ればくるぶしくらいで。お腹《なか》と肩周りに余裕《よゆう》を持たしぇて、首や胸元《むなもと》にタックをいりぇて留め、きちゅくなったりゃ外して大きく出来るように。お腹には共布でリボンを縫《ぬ》いちゅけて、もちくは紐《ひも》通ちみたいにゃのを付けて貰《もら》って、縛《しば》って調節出来るようにちてくだしゃい。布は今着ている物と同じくらいの物で構いましぇん。形はシンプルなAラインで」

一気に捲《まく》し立てると、記録係のお針子さんは目を白黒させながら手持ちの木札に記録している。

そう。幼児が良く着るAラインの、後ろや前でリボン結びするワンピースである。……あっちこっちに余分な布を紛《まぎ》れ込ませて、ながーく着られる仕様ではあるけど。

「成程《なるほど》……成長しても長く着られるようにですね」

責任者なのか店主なのか。採寸が終わってマグノリアが衝立《ついたて》から出ると、母と話し終えたらしい黒髪《くろかみ》の男性が話しかけてくる。切れ長の瞳は穏《おだ》やかそうに笑《え》みを湛《たた》え、『出来る執事《しつじ》感』が漂《ただよ》う見た目だ。

「折角《せっかく》職人しゃん達が作ってくだしゃるのに、直《す》ぐに大きくなってちまうので、大切に着たいのでしゅ」

いいえ、本当はなるべく自分に掛かる養育費（と言う名の負債《ふさい》）をケチりたいのです……なので、大切に着たいのは本当です。そう心の中で本音を呟いてはにっこり笑う。

「…………。何着か御作《おつく》り致しましょうね？　他の明るいお色も御作りしましょう？」

ロサが取り繕って確認《かくにん》する。

うーん、と再び唸り、自室のワンピースを思《おも》い浮かべた。洗《あら》い替《が》えも含めて、何枚くらい必要なもんだろうかと首を捻った。

「では二枚程。後、既製品で構いましぇんので、木綿《もめん》のブラウシュを二枚」

クローゼットに掛かっている服を思い浮かべながら、まだまだ着られるなと再認識《さいにんしき》する。本当に最低限でよいのだ。

「明るい色は要りましぇん。子どもにゃのでシミにちてちまいましゅから」

はっきりとした指示出しとその内容に、ロサもウィステリアの侍女達《じじょたち》も絶句して動きを止める。

「まあ。まるで使用人みたいな色ね？」

笑いながらこちらに一瞥《いちべつ》をくれると、まるで興味がないとばかりに女主人は優雅にお茶を口に含む。

上の息子《むすこ》に作った服の枚数や素材の差に、また圧倒的《あっとうてき》な母親のそれとの差に、黒髪の男性とマグノリア以外の人物はあっけに取られ、瞳をしばたたかせたり気まずげに視線を動かしたり、口をぽかーんと開いていたりする。

男性は先ほど入れ違《ちが》いで出て行った惣領《そうりょう》息子と、目の前の娘への応対の明らかな差と母親の冷淡《れいたん》な様子に……目の前の小さな子どもは、望まれない子なのだと静かに状況《じょうきょう》を悟《さと》り、ゆっくりと膝をつき目線を合わせると、マグノリアに微笑みながら頷《うなず》いた。

「畏《かしこ》まりました、お嬢様。大切に着てくださるとのこと、ありがとうございます。職人一同、心を込めて作らせていただきます」

後ろに控《ひか》えるお針子さん達もコクコクと頷く。

ウィステリアは気にいらないとでもいうように、小さく鼻を鳴らした。

「あいがとうごじゃいましゅ。……あと、半端《はんぱ》な布で構いましぇんので、ハンカチや巾着《きんちゃく》などに出来る布を数枚と糸を何色か、一緒に届けて貰えましゅか？」

周りの様子を見るにだいぶ予算は削減《さくげん》出来たのであろうから、手習いと小遣《こづか》い稼ぎの材料を調達しようと目論《もくろ》む。

「お裁縫《さいほう》の手習いをされるのですか？」

男性は目の前の幼女が存外にしっかりした対応をするのを感じ、周りの様子や母親の反応をすっかり無視して丁寧《ていねい》に対応している。

刺繍《ししゅう》は貴族女性のたしなみの一つである（らしい）。幾つからかは家々によるが、幼少期から始める手習いである（らしい）。

「わたくちのお世話をちてくれてりゅ侍女しゃん達が、近々お嫁入《よめい》りしゅるので、お礼とお祝いに何か作って渡ちたいのでしゅ」

デイジーとライラは四か月後と半年後に、それぞれ結婚《けっこん》の為《ため》に退職が決まっている。

どうせ練習するなら、目的があった方がやる気も出るし集中出来るだろうというもの。

そしてある程度上達すれば、小間物屋や洋服店などで作品を買い取ってもらい、小遣い稼ぎをする平民や低位貴族もいるとのことなのだ。ミシンがない時代、裁縫技術は仕事になる能力の一つなのである。

（……え、そっちが目的かって？）

いやいや、お礼したいのもお祝いしたいのも至極《しごく》本当である。本当本当。

「なんてお優しい……」

ウィステリア付きの若い侍女がぽつりと呟《つぶや》く。おめめウルウルである。ロサもにっこりにこにこである。

（……うぅっ。少し、罪悪感あるね……）

「畏まりました。上質ですが端《はし》の方などの半端な布を幾つかお持ち致しましょう。お嬢様《じょうさま》手ずから作られた小物でしたら、きっとお喜びになりますよ」

男性は微笑む。こんな小さな子どもにもキチンと対応してくれて、意図もある程度理解してくれたようでステキ紳士《しんし》である。みんながほっこりしているところに、ウィステリアがため息をついて口を挟む。

「お礼やお祝いなら、きちんとしたものを買えばいいのに！　子どもの作ったものだなんて恥《は》ずかしいわ」

「…………」

再び男性とマグノリア以外が、何とも微妙《びみょう》な表情になる。

ま、確かに。ある意味は正論だろう。ぐしゃぐしゃの刺繍とか、正式なお祝いとしてあげちゃイカン。

（……しかし、きちんとしたお祝いは雇《やと》い主《ぬし》である両親か正式な所属部署の上司、もしくは家令とか執事とか侍女頭とかの誰《だれ》か大人が、退職金やらお祝い金なんかと一緒に購入《こうにゅう》した物を渡《わた》すんだよね……？）

子どもの手作りは、そう、幼稚園《ようちえん》や保育園でお世話になった先生に渡す園児の絵やお手紙と同じ類だ。なるだけちゃんと丁寧に作るつもりであるが。

練習＆素材ＧＥＴのチャンスは逃《のが》したくない。

……なんかこの様子だと一応ロサに聞いて、ちゃんとお餞別《せんべつ》品が渡されるのか、購入品も渡した方がよいかは確認した方がベターっぽいなと心に留める。マグノリアが微妙な手作り品を渡したから無しで、という状況は避けたいと思いながら横目で母親を見る。……あくまで余禄《よろく》の範囲なのだ……

「……取《と》り敢えず練習されてみて、納得できる出来になられたらお渡しされては如何ですか？　ご自分がお世話されていたお嬢様が心を込め手ずから作られたお品物は、侍女の方々にとって大切な宝になりましょう」

デキる男は優しい笑顔で頷きながら、それとなく纏《まと》めてくれて大助かりである。

彼は断って前をしばし辞すると、鞄《かばん》の中から小箱を出して来る。そしてマグノリアの両の手にそっと載せてくれた。

「こりぇは？」

小鳥と蔦《つた》の描かれた小箱。優しい色合いと丁寧な手跡《しゅせき》。とても可愛《かわい》らしいそれ。

「当店をご利用いただいているお嬢様がお裁縫の手習いを始めると伺《うかが》った際、ささやかな贈《おく》り物としてお渡ししております、お針箱です」

そっと開けると、小さな針山に刺《さ》さった数本の針と、小さな糸切鋏《はさみ》。かぎ針、糸通しに指ぬきとまち針が納められていた。そして畳《たた》んだ数枚の小布《こぎれ》が。運針の練習用だろうか。

「針やハサミを使われたら、必ずこの中へお戻しください。特に針は気を付けて、終わりには初めと同数あるか数えて下さいませね？　そして危険ですので、くれぐれも教えて下さる先生の言うことをよくお守りくださいませ」

安全のための注意を述べると、礼を取り優しく微笑む。

「ご挨拶《あいさつ》が遅《おく》れまして大変失礼いたしました。私はキャンベル商会の会頭をしておりますサイモン・キャンベルと申します。以後お見知りおきを」

（会頭……社長みたいなものか）

道理で肝《きも》が据《す》わっている筈《はず》だと納得した。

まるで日本人のような色味。黒髪と茶色の瞳という懐《なつ》かしい色味は郷愁《きょうしゅう》を誘《さそ》うと共に、人となりを知らない筈なのに、何故か安心する。

キャンベル商会。口の中で名を繰《く》り返す。

穏やかな表情に向かって、マグノリアもよろしくお願いしますと笑みを向けた。

その向こうで、綺麗《きれい》な顔をした母親は面白《おもしろ》くなさそうな様子でマグノリアを見ていた。

表情が抜《ぬ》け落ちた顔なのに、激しい感情の揺らぎが感じられる瞳。

睨み付けられるよりヤバい感じがするのは何故なのだろう。

……父親に比べて、ドン引きなくらいに嫌悪《けんお》感丸出し加減が半端ないんですけどと焦《あせ》る。

（つーか、なんなの⁉　こんないたいけな幼女に、完璧《かんぺき》にガチの敵認定して来てんじゃん！）

マグノリアは一体何をやったのか。……全然身に覚えがない。

もしや鬼《おに》母という奴《やつ》かと思い、思わず眉《まゆ》を寄せた。

ロサと部屋を辞するまで、ねめつける様な瞳と引き結ばれた口元に、マグノリアは戸惑いを飲《の》み込むしかなかった。

＊＊＊＊＊

ちくちくちく。ちくちくちくちくちくちく。

マグノリアは手元の刺繍を刺しながら、小さくため息をついた。

（ふぁぁぁぁ……面倒《めんど》くさぁ～……）

裁縫、刺繍にレース編み。人によっては糸を紡《つむ》いでタペストリーを織ったりもするのだそうだ。昔のお嬢様の手仕事は凄《すご》いと慄《おのの》く。しかし多分、立場と身分上お小遣いを稼ぐ一番手っ取り早いと言うか取り組みやすい方法が『お裁縫』なのであるからして、マスターしない手はないのである。取り敢えず覚えた外国語の単語や、歴史年表、法律その他の暗記物を心の中で暗唱しながら、基本的な刺繍や裁縫をロサから学ぶ。

ロサは手芸女子だったようで。

お母様もといウィステリアとの邂逅《かいこう》の後、ついでにと下着や足りないリネン類の発注も済ませると、すぐさま自分の刺繍枠《ししゅうわく》をマグノリアへ貸し、余り布を差し出し、基本のステッチや簡単な図案の教示を買って出たのであった。

本を読み漁《あさ》る不気味な三歳《さい》児よりも、貴族令嬢《れいじょう》らしくお裁縫をする方が嬉《うれ》しいらしい。

ロサは稀《まれ》に見ぬ……というか、マグノリアの記憶で、初めてのフィーバーぶりだった。

多分彼女の日々の言動から『大人しく控えめ、言い訳や口答えをせず従順で、見た目が可愛い愛され女子』みたいな女の子がマグノリアが進むべき道と思っているクサい。家族に厭《いと》われているから、せめて嫁《とつ》ぎ先《さき》では可愛がられろ的な配慮《はいりよ》なんだろうか。もしくは両親の方針なのか。疑問である。

（かと言って笑顔だけっつーのもどうなの？　そんな胡散臭《うさんくさ》い女、信用ならんけどね～）

全くもって手芸女子ではなかった日本のマグノリアも、まあ、最低限家庭科を学んではいる。プライベートで小物の一つや二つ作ったことくらいはあるわけで。ましてや十年以上独り暮らしをしていれば、繕い物やちょっとした縫物《ぬいもの》くらいはお手のものなわけで。好きでも嫌いでもなければ、上手《うま》くはなくても基本的なことくらいは出来る。……それがいけなかったのだ。

初めての針仕事である筈なのに。幼女が初見ですいすい針を動かす様子に、頬《ほお》を染めたロサは珍しく手放しでマグノリアを褒《ほ》め称《たた》え、火が付いた。手芸女子は総《すべ》ての持ちうる技を伝授すると息巻き、暇があれば刺繍かレース編みをやらせようとグイグイ来る。

（とほほ……）

しかしミシンという文明の利器を知る身としては、延々と続く手縫《てぬ》いのちくちくに目がショボショボ、指はズキズキ、気持ちもしょぼーーんとして来るわけで。

「……よいちょっと」

テンションの低い声で刺繍糸《ししゅういと》を切った。

刺繍をしたり、レースを編んだり。刺繍をしたり、綻《ほころ》びのリペアをしたり、刺繍をしたり。刺繍をしたり刺繍をしたりレースを編んだり刺繍をしたり……げんなり。

目の前では嬉々《きき》としてロサが刺繍をしている。刺しながらマグノリアの手元や刺し跡《あと》を見て、アドバイスや新しい方法などを教えてくれたりするのだ。何時間も。

まあ娯楽《ごらく》がないのだ。……暇つぶし兼《けん》職業訓練とでも思うしかあるまい。タダで教えて貰えるんだもの。有難《ありがた》い……筈。そう自分に言い聞かせる。

そして習い始めて半月後、ついに小さくなって放置されている服に鋏《はさみ》を入れることにした。少しキツくなり始めたワンピースを、誰か……使用人さん達《たち》の子に下げ渡すことがあるのかロサに確認すると『無い』とのことだった。更には今後、妹が産まれた場合に備え取って置くべきか確認したら絶句されてしまった。

（えー？　だって、手動で糸紡《いとつむ》ぎするのが普通の時代ですよね？　布、作るの大変ですよね？）……なんて心の中で言い募《つの》る。

まあ、ぶっちゃけ手持ちの洋服、多分人に下げ渡せるようなシロモノでもないっちゃないわけで。別に悪いことも何にもしていない（多分）マグノリアがこの待遇《たいぐう》なのである。万一下の子が妹だった場合、服はお下がりでって言われかねないいんじゃないかと思うのも仕方がないだろうというもの。

再確認しても歯切れが悪かったので、取り敢えず先の心配より今の改善・節約かと思い、思い切って鋏をいれた。

八枚はぎのワンピースを取り敢えず、腹部の縫い目をバラした。そして丁寧に縫う。成長してもある程度使えるように、切り替え部の一辺を、糸を丁寧に解いてはかがる。

タンスの奥深《おくふか》くに仕舞《しま》われていた乳児期の部屋着らしきものを、切り替えと同じくらいの大きさに切り、これまた小さくなって仕舞われていた服のレースや半端なフレア部分を段々に縫い付け、幅《はば》を広げる為一つの切り替えのように元のスカートと合体させた。

腹部は少し空きを作ってボタンをつけ、脱《ぬ》ぎ着しやすいようにする。

裾《すそ》にも余ったワンピースの腕《うで》部分をばらしてフレアを作り縫い付ける。お腹部分には太いリボンとボタンループを縫い付けて、サイズを好きに絞り変えられるようにした。

……数日掛かってリメイクスカートの完成である（わー！　パチパチ!!）。

フリルの付いた切り替え部分を、前に見せても後ろにしても可愛らしい。……よく見ると縫い目が微妙にガタガタだが。フリルやレースで隠《かく》れてるから（?）多分大丈夫《だいじょうぶ》だろう。

完全に素人《しろうと》の作った怪《あや》しい製作方法だけど、着られればよいと結論付ける。

（なんか思ったよりフリフリで、オバさんこれ着るの恥ずかしいけど。見た目美幼女だから大丈夫なのか？）

取り敢えず、先に練習布一式と一緒に納品されたブラウスと合わせて着られるだろう。

そしてブラウスだけ新調すれば数年……しばらくの間着られる代物《しろもの》だ。ＳＤＧｓかつ資金節約的な活動の一環《いっかん》。

しかしあまりにもラブリーな一品になってしまい、不安になって、ニコニコ顔のライラとキラキラおめめのデイジーに確認する。

「こんにゃ感じだけど……ほぼ部屋の中で着りゅから、大丈夫だよにぇ？」

「マグノリア様、とってもお可愛いらしいですよ！」

「……フリフリで、幾《いく》ら何でもおかしくにゃい？」

「えー!!　もっとフリフリでも大丈夫ですよっ!?」

「それにしても……斬新《ざんしん》で可愛らしい手直しですね……お針子も真っ青ですわ！」

（ええええ～～……？）

ライラとデイジーには拳を振《ふ》り上げられながら大絶賛された。褒め過《す》ぎな気もする。お仕えする家のお嬢様への気遣いと忖度《そんたく》を感じてしまうのは気のせいか。

日本時代に穿《は》き古しのデニムと余り布で作った、誰にでも作れるリメイクスカートの応用版。デニムと違って切りっ放しに出来ないのがちょいと難点だ。布の特性上全部端処理《はしじょり》しないとイカンから……すっごい面倒《めんどう》なことだ。

侯爵令嬢《こうしゃくれいじょう》が着て大丈夫な代物かはわからないけど、まあ今迄が今迄だろう。

（しかし、女子はズボン――この時代はというかこの世界は、か。ブリーチーズ？　トラウザース？　そんなかんじのものを穿いては駄目《だめ》なのかなぁ？）

穿いている女性を見たことがないから穿かないんだろうな……と。現代人だった前世を思うと、足さばきがとっても楽そうで諦《あきら》めきれず、無駄《むだ》に頭を捻ってみる。

乗馬服はどうか。女性の乗馬服、この時代はスカートなのだろうか。ズボンの乗馬服、作ったら怒《おこ》られるかも――そう思いつつロサを見ては、シュルシュルと希望がしぼんだ。

取り敢えずは気力が持てば、次は背中をバッサリちょん切って限りなく三角に近い台形の布を足すフィッシュテールというかバックフレアーというのだったか、背中の真ん中ら辺に別布で切り替《か》えを入れたワンピースもいいかもしれないと思う。シフォンのような柔《やわ》らかい生地《きじ》で波打つように足したらきっと可愛い筈だ。

（自分にとっては小さくなった服の身幅《みはば》を増やす為の、貧乏《びんぼう》リメイクなんだけどねぇ）

ここまで手慣れれば、そろそろライラとデイジーの贈り物にも取り掛かれそうである。

そんなこんなをつらつらと考えながら裁縫作業に図書室通いにと勤《いそ》しみ、ウィステリアとの邂逅を振り返る。

しばらく振りに会った筈の母親や彼女の侍女達の様子と口振りから、理由は解《わか》らないけどかなり疎まれている事実はしっかりはっきり、理解できた。

自主学習は少々ペースダウンし、自分を取り巻く環境《かんきょう》をリサーチする必要性をひしひしと感じ……何せここは封建《ほうけん》制度まっしぐらな世界。昔の王侯《おうこう》貴族の毒殺や暗殺やらを思い出してはひとりでヒンヤリしたのだ。

（解毒《げどく》の本も図書室にあるだろうか）

古くからいる使用人の方々に会ったときに輪に加わっては世間話（？）をして、それとなーく話を振ってみたり、建領の歴史や家系図を調べたりしてみた。

まず法律的に、アスカルド王国では基本男子が家督《かとく》を相続する。その辺は地球のサリカ法典……まで厳格ではないものの、多分それに近いシステムだ。

跡継《あとつ》ぎに女子しか居ない場合、アスカルド王国では女性が継《つ》ぐことも稀にあるらしいが、多くは婚姻《こんいん》をして婿《むこ》が当主兼《けん》跡継ぎになるか、親類から男児の養子を迎《むか》えて継がせることが大半らしい。この時点で子どもとしての優先度がぐーんと大きく、兄であるブライアンに傾くことがわかる。

マグノリアが男子なら、長男に何かあったときのスペアとしての役割があるのだろうけど。

ほぼ現実的に家督を継ぐことがない女子ということからも、ミソっかす的な立場なのだろう。

言わずもがなというか、まあこれは予想の範囲内《はんいない》だ。

日本でも憲法が改正される前は、家督も財産も長男が相続するのが決まりだった。王侯貴族が跋扈《ばっこ》するこの世界、旧憲法やサリカ法典的な決まりだったとしてもちっとも驚《おどろ》かない。かと言って女児がすべて疎まれるかといえば、そうでもないそうで。

基本的には大事に育てられる筈であり、現にマグノリアを疎んでるウィステリア自身は子煩悩《こぼんのう》な両親に蝶《ちょう》よ花《はな》よと可愛がられて育ったらしい。

一時期、社交界の花であったバートン伯爵令嬢《はくしゃくれいじょう》ウィステリアは色々な意味で有名で、ありとあらゆる話が知られている。問えば、同じ話を聞かないくらいに数々のエピソードを披露《ひろう》された。

名家であるバートン伯爵家《はくしゃくけ》の長女。上に兄がふたりいるそうだが、たった一人の娘《むすめ》ということで家族に溺愛《できあい》されて育ったこと。とっても甘え上手であること。はっきり言えば我儘《わがまま》なこと。

一見弱々しそうだが、同性には結構キツい性格であること。勉強は大嫌《だいきら》いだが、なかなか世渡《よわた》りには長《た》けていること。成績が悪くギリギリで進級していた為、そんなこんなで王立学院の後期課程に通いたくないので結婚に焦っていたこと。

社交界が大好きなこと。自分を飾《かざ》り立てるのも大大大好きなこと。社交以外は怠《なま》け者なこと。湯水の如くお金を使いまくること。選民意識が強いこと。ギルモアの領地へは殆《ほとん》ど出向かないこと（結婚式《けっこんしき》以来行ったことがないらしい）。派手な社交の出来る王都が大好きなのだろう。

感情の起伏《きふく》が激しくて、目下の人間に当たり散らすこと。不出来なので、侯爵夫人でありながら家政には一切タッチさせてもらえないこと……とまあ出るわ出るわ。

極《きわ》めつきは伯爵家ながら名家出身で美しい為、現国王のお妃候補《きさきこうほ》の一人に名前が挙がった事がある（らしい）が……あまりにも出来が悪い上に、こともあろうか自分はお妃候補なのだと吹聴《ふいちょう》しまくっては、すぐさま話が立ち消えたとのことだった。

（——うん。今のところ全然好きになれる要素がないや）

頭が良くないのは個人差があるし、仕方ないし特に何とも思わないけど。

頭が悪くたって良くったたって愛情深く、一生懸命《いっしょうけんめい》に子育てしたり働いたりしてる親は沢山《たくさん》居る。そりゃあ現実的には成績や能力も生きてく上では多少関係はあるかもだが。あくまで多少の域を出ない。それよりも心持ちや関係性の方が余程《よほど》重要だし尊い。

（私だって、特に頭が良いわけでもないしねぇ）

それに、ダメならダメで努力くらいするもんなんじゃないのか。贅沢《ぜいたく》させて貰ってるなら、領民や領地の為に何かするとか考えないものなのか。

ノブレス・オブリージュの精神は何処《どこ》へ？

（たまたま良い家柄《いえがら》に生まれただけなのに、実力も伴《ともな》わないで選民意識って何なの。それ、選ばれてねぇから！）

高位貴族にはそういうご夫人も珍《めずら》しくはないのだと言う意見もあったが。

使用人達は色々な立場や仕事内容で、それこそ平民から貴族階級までいろいろな人が居る。我儘で綺麗な奥様《おくさま》に、嫉妬《しっと》したり羨《うらや》んだり妬《ねた》んだりやっかんだりって感情も、もしかしたらあるかもしれないと思う。

……だから、話も多少盛られちゃってる可能性もある。鵜呑《うの》みにはしない。けど揃いに揃って否定的な言葉ばかりしか聞こえて来ないというのもどうなのか。

一回しかない例の邂逅の件を思い起こしても、なんだかなぁという対応だった。まあ、彼女は彼女なりに、もしかしたら、そうなってしまった理由とか生育歴とかの理由があるのだろうとも思うけど……百歩譲《ゆず》って。

ただそれ以上にあまりお近づきにはならない方がよいという、本能的な警報が頭の中で鳴り響《ひび》いている。

エマージェンシー！　エマージェンシー!!　注意せよ！　と。

＊＊＊＊＊

邂逅の後しばらくして、侯爵夫人付きの侍女が「お話がしたい」と言い硬《かた》い表情でデイジーと共にやって来た。確か採寸のときウルウルしていた侍女の一人だ。デイジーのご実家のお得意様である男爵《だんしやく》家のご令嬢だそうで、元々顔見知りなのだという。

ソファに座《すわ》るよう促《うなが》すと、リリーと名乗った彼女はペコリと頭を下げて着席し、ぽつりぽつりと話し出した。

彼女の家の家政は芳《かんば》しくないそうで、学院の後期への進学を止め、家計の足しにする為に侍女になる決心をしたらしい。

貴族と言っても色々なようで、なかなか苦労をしているようである。

その昔彼女の母親が過去にバートン伯爵家で幼いウィステリアの侍女をしていた為、伝手《つて》でバートン家に面接に行ったのだそうだ。バートン家は名家ながら穏やかな家風で知られているため、気分屋のウィステリアが嫁いだ後ならば、世慣れしていない年若い娘でも委縮せずに働けるだろうという彼女のお母様の配慮だったのだが。

ところが蓋《ふた》を開けてみれば、気心知れた（？）侍女の娘ならばと何故《なぜ》かギルモア家で働くよう言い渡されたとのこと。マグノリアが生まれてひと息ついた頃《ころ》で、上にも小さなブライアンがいて大変だろうと、バートン伯《はく》が義息子《むすこ》である侯爵に侍女の補充《ほじゅう》を願い出たのだそうだ。

「……侯爵家で充分《じゅうぶん》な人をちゅけれなかったのかちら？」

「いえ、奥様には都度必要な人数以上の者がお仕えしている筈です」

きっぱりと言い切られた。

それはそれは。侍女頭も家令も、言われたジェラルドもびっくりしただろうなぁと遠い目になる。それとも妻の実家が突然《とつぜん》嫁ぎ先の人事に口を出すと言うか、人員を送《おく》り込《こ》んで来るって普通《ふつう》なのだろうか。

イメージ的に、お輿入《こしい》れと同時に慣れた侍女を連れて来るなら普通であるが。何と言うか、この子は違うようだが、場合によってはバートン家での良くない企《たくら》み含《ふく》みで寄越《よこ》したと取られかねない気がすると思うのは、マグノリアが穿《うが》ち過ぎなのだろうかと首を傾《かし》げた。

「バートン伯爵《はくしゃく》って、時節を読まれにゃい方なのかちら……」

ロサは、マグノリアの幼児らしからぬ呟きに微妙な顔をする。

「……御祖父様《おじいさま》は、温厚《おんこう》で堅実《けんじつ》な方でいらっしゃいますわ。ただ、ご自分の娘である奥様を、とてもとても慈《いつく》しまれているので……」

（うん。悟った。子どもにとてもとても激甘《げきあま》な、溺愛系親父《おやじ》！）

その割にこっち来て数か月、溺愛系バートン伯爵家の皆様《みなさま》に会ったことはない。

マグノリアは首を傾げる。普通、娘の子どもなら目に入れても痛くない程《ほど》だろうに……

（外孫はあんまり愛情湧《わ》かないねってタイプとか、子どもは可愛いけど孫は他人みたいなもんですからタイプの人々なのだろうか）

もしくは伯爵達《たち》も認めるのはブライアンだけなのか。マグノリアを秘する為に、両親が極力会わせないようにしていることも考えられる。

話は続く。

「母が話を伺って、難色を示したのですが……。その、ご主張がはっきりされている方なので……ご出産と育児でお疲《つか》れなところ、不慣れな私が粗相《そそう》をしてしまってはいけないとお断りしたのです。ですが是非《ぜひ》にと何度も仰《おつしや》ってくださって……断り切れなくなってしまい、お仕えすることになったのです」

ふむふむ。我儘で気性《きしよう》が激しいから、苛《いじ》められたらたまらんと彼女のお母様がやんわりお断りしたのにもかかわらず、ゴリゴリと押《お》し切られちゃったという事か。

男爵家、それも傾いちゃってる系のお家の人にイケイケな伯爵家の人が『お願い』したら、それはもう命令に等しいだろうというもの。

「そりぇは、何だか申ち訳なかったでしゅね。知らぬこととはいえ、身内が無理を言ってしゅみまちぇんでちた」

マグノリアは眉を八の字に下げてリリーを見やる。

「いいえ！　とんでもない……お嬢様は何も悪くありません!!　私、許せないのです……!!」

意を決したように勢い良く顔を上げる。

つぶらな瞳はウルウルと潤み、唇《くちびる》を引き結び。小刻みに震《ふる》える顔は真っ赤だ。

「え……っと、大丈夫、でしゅか？」

プルプルと震えるリリーに恐《おそ》る恐る声を掛《か》けると、ババン!! とテーブルに両手をついた。

「自分はそんなに甘《あま》やかされて育っておきながら、お嬢様を蔑《ないがし》ろにすること。家のことは何もなさらず、フラフラと必要ない社交ばかりにかまけているところ、散財ばかりなさるところ。ご自分の侍女《じじょ》に優《やさ》しいお心遣《こころづか》いをされるお嬢様に、あのような言葉を投げかけるところ……！」

「おやめなさい、口が過ぎますよ！」

ロサがひきつった顔でリリーを窘《たしな》めた。

「……申し訳ありません……。主に対して言って良い言葉でないことは重々理解しております。ですが！」

堪《こら》えるように俯《うつむ》いていた頭を上げると、はっきりとロサを見て告げる。

「私は人としてあの方を認められません。あの方は親じゃない……たとえ罰《ばっ》せられても、私は撤回致《てっかいいた》しません！」

全員が沈黙《ちんもく》する。重い空気が流れた。立場上窘めたロサも、固まって両手を祈《いの》るように組み見守っているデイジーも、固く口を閉ざしたままだ。

誰が味方か。誰かは何某《なにがし》かの意志を汲《く》んで動いているのか。マグノリアは考える。

庭師のおじいさんや、洗濯係《せんたくがかり》のおばさん達。調理場の下働きの人々。侍女や従僕《じゅうぼく》、執事たちの噂話《うわさばなし》。彼等《かれら》の言うおおよその人物像と、リリーの言う母親像は合致《がっち》している。

『我儘で怠け者、贅沢好きの侯爵夫人《こうしゃくふじん》』

真っ赤な顔で、強張《こわば》った表情で訴《うった》える少女が嘘《うそ》をついているようには見えない。ただの三歳児に嘘を言ったところで何がどうなるのか。

……不味《まず》い言質《げんち》を与《あた》えず、話を聞く分には問題ないだろうと結論づけた。

「わたちの為に怒ってくりぇてあいがとう。でしゅが、悪評を口にちて誰かに聞かれた場合、貴女《あなた》が叱《しか》りゃれてちまいましゅよ。ロサもデイジーも、わたちを思って下しゃっての発言なので、口外ちないようお願いいちましゅ」

困ったようなロサと、こくこくと何度も頷くデイジーを見て、幼女のうるうる&大きな穢《けが》れなきまなこ（※当社比）で念押《ねんお》しする。

さて。

「わたちは、何故しょんなに疎《うと》まれているのでしょうか？」

＊＊＊＊＊

『わたちは、何故しょんなに疎まれているのでしょうか？』

そう澄《す》んだ瞳《ひとみ》で問われたが、目の前の侍女三人は固まったまま何も答えられなかった。

疎まれている。

三歳のご令嬢がさらりと何でもないように、だけど確信を持って紡いだ言葉。勿論《もちろん》、彼《か》女《じょ》がそう発言するのも致《いた》し方《かた》ない程の環境に置かれているのは明白な事実。

「疎まれているにゃら大人ちく言うがままにちているべきなのでしょうが、わたちにも感情がありましゅので。……駄目なところを直ちて改善しゅるならそうちたいでしゅ。改善出来にゃくても理由くらい知りたいというのは、おかちいことでしゅか？」

現実には関係性を改善したいとは思っていないのだが。子どもにそう言われれば、情報を引き出し易《やす》くなる一助くらいにはなるだろうか、と考えたり。この状況がなぜ引き起こされているのか確認をしないことには対策も不備が出る。出来得る限りの情報を引き出したい。

「疎まれておられるなど……！」

ロサが慌《あわ》てて言い募る。ふたりの侍女は気《き》遣《づか》わしそうにロサとマグノリアを交互《こうご》にみつめ、小さく首を振った。

「…………。気のちぇいだと？　では、ロサはわたちが家族に愛しゃれ、侯爵令嬢とちて過不足なく暮らちていると？　何か月も家族と食事どころか、ロクに話しゅことも会うこともしぇず。兄は絹の服を纏い、妹は木綿や麻《あさ》の服を着りゅ。大きにゃ兄には子ども用の家具が使われ、小ちゃな妹は上等とはいえ、身体に合わない大人のお古の家具がしょのまま使われる。これが一般的《いっぱんてき》な高位貴族の令嬢の暮らち方なのでしゅね？」

そんなわけある筈がない。三人とも答える術がなく固まっているので、静かな口調のまま仕方なく推測を述べていく。

「べちゅに、今の暮らちをどうこう批判ちようと怒っているのではありましぇん。侍女の皆《みな》しゃんが、両親の代わりに一生懸命お世話ちてくれているのは知ってましゅ。子の衣食住や生育方針を主人でありゅ侯爵夫妻の意向を是《ぜ》としゅるのは、侍女とちて当たり前のことでしゅもの。……ただ、知りたいのでしゅ」

三歳児とは思えない落ち着きと会話の内容である筈が、見た目と舌ったらずな口調、圧《あっ》迫《ぱく》面接のようなカオスな状況に、三人の侍女は疑問を持つこともせずに淡々《たんたん》と話すマグノリアの様子を息を詰《つ》めたままでみつめた。

「……幾つか理由を考えたのでしゅが。出産のときに大変過ぎてお母しゃまは死にそうにゃったとか」

「いえ、とっても安産でございました……」

「わたちのしぇいで、他の兄弟などが亡《な》くにゃっていゆとか」

「いえ、ご出産はお二方のみです」

ロサが立ち直り静かに答えて行く。まあそうだろう。多分そんな理由じゃないと思っている。では。

「嫌《きら》いな誰かに似ていりゅか……そう、実は不義の子とか」

不義の子。それが一番しっくり来る。

間違《まちが》いなくウィステリアが出産したのなら、不貞《ふてい》の果てに身籠《みごも》った子ども。違うなら、何らかの理由でジェラルドの不倫《ふりん》相手か愛人の子どもを引き取らされた。……よくある事とはいえ、世間体《せけんてい》が悪いから母が産んだことにしているだけ。

それなら、父母どちらにとっても地雷《じらい》だろう。

デイジーも口には出さないものの、家族の様子から同じように考えていたのか、ロサとリリーを静かにみつめたままだ。ロサは青ざめて首を横に振っている。リリーはちらりとロサを見たが、話す様子がないと判断すると、ぐっと眉間《みけん》に力を込めては大きく鼻から息を吐《は》いた。

「違います。お嬢様は正真正銘《しょうしんしょうめい》、ご両親のお子様です！　私はマグノリア様がお生まれになって一か月半ば程でこちらに参りましたが、奥様のお身体のご様子から見て、ご本人が出産されたのは間違い御座《ござ》いません！」

出産は大変だ。産後の肥立ち……身体の戻《もど》り（体調も見た目も）とか、気持ちの浮《う》き沈《しず》みとか。母乳が出るとか、大量の悪露《おろ》があるとか。どうしたって隠しようのない色々がある。……出産の経験は前世でないけども。齢《よわい》三十三、多少の知識はあるわけで。

侍女にお世話して貰《もら》う身としては、それらを隠し続けるのは至難の業というかまず無理であろう。ましてや地球基準と比べ医学も然程《さほど》発達していないだろうと思う。故に回復には時間が掛かるだろうから尚更《なおさら》だ。

それにあの性格だから（推測だが）、何か不都合があれば『あいつを産んだせいで』とか、文句の一つや二つくらい言っていたに違《ちが》いない。

「そして、マグノリア様のそのお色はギルモア家の御血筋《おちすじ》で間違いありません。逆にアスカルド王国でそのお色は、ギルモア家のものでしかありえません！」

なんと。このピンクピンクしい原宿系っぽいような、乙女《おとめ》チックでミルキーな色合いはギルモア家の色だと言う。剣《けん》と筋肉の家系に、何とも似合わない色味だ。

（そこは恰好良《かっこうよ》く、銀髪《ぎんぱつ》とか黒髪《くろかみ》とかじゃないんかーい！）そう突《つ》っ込みを入れたい。

次々に明かされる（？）事実に、疎まれる理由がわからないデイジーとマグノリアはふんふんと頭の中で纏めながら相槌《あいづち》を打つのみ。

「奥様は、マグノリア様がギルモア侯爵家のご令嬢で、とても見目麗《うるわ》しく、大変お可愛らしいから、お気に召《め》さないのです!!」

リリーの短く文節を区切って念を押すような言葉と叫《さけ》ぶような最後の言葉に、デイジーとマグノリアの口がぱっかーーんした。

時が止まった。十秒くらい。……ロサの視線が痛いので、むぐっと口を閉じる。

「…………。……ええっと？　要しゅるに、お母しゃまのご実家より爵位《しゃくい》が上で、見た目がこんにゃ（？）だから気に入りゃないってことでいいのかちら？」

自分の娘の癖《くせ》に、侯爵家——という名のほぼ公爵《こうしゃく》家の令嬢で、そこそこ美幼女——多分ウィステリアより美人になる見込《みこ》み？（なのか⁇）——だから気に入らないと？

（なんだ、それ。そんなアホなことあるんか？）

他に理由があるのではと思いロサを見るが、何とも言えない表情で目線を下げている。

（……うわぁ。本当らしい）

ウィステリアさんはとんだ家庭内マウンティング女子だったのだ……！

（何、その理由!!　あっほくさ〜〜〜!!）

しかし。古今東西、女の嫉妬《しっと》程怖《ほどこわ》いものもないのだ。ときに感情に任せて思ってもみない事が降りかかる……

なまじっか権力があると質が悪い。数々の地球の歴史が証明している。注意注意。

＊＊＊＊＊

謝《あやま》るデイジーとリリーを宥《なだ》めてお礼を言うと、部屋の中はロサとふたり、静かになった。

正直気まずい。

「……歴代のご当主様の肖像画《しょうぞうが》をご覧になりますか？」

ロサは確認《かくにん》を取るまでもなくそうしようと思っていたのであろう。静かに重い樫《かし》の扉《とびら》を開くと、マグノリアに廊下《ろうか》へ出るよう促した。

長い長い廊下を歩き、階段を下り幾つかの角を曲がると、大きな回廊《かいろう》に出る。

美しい白壁《しらかべ》にずらり、幾つもの肖像画が掛けられていた。歴代の当主やその家族たちだ。

日本人という感覚が勝る今のマグノリアには、こちらの世界の先祖と言う存在はいまいちピンと来ない。遠い異国の誰《だれ》かでしかない彼らを見ても、しっくりと来ることもないし胸にストンと落ちることもない。

美術館の絵画を鑑賞《かんしょう》しているような感じとでも言えばよいだろう。かつての地球で世界史の教科書に印刷された『歴史上の偉人《いじん》たち』を見るような、そんな他人事な感じだ。

金色の豪華《ごうか》な額に収まったそれらを順番に見て行くと、大きな額縁《がくぶち》の中に四人の家族が収まったそれがあった。赤毛の大柄《おおがら》な中年男性は、深い蒼《あお》色のジュストコールを粋《いき》に着こなして落ち着いた風貌《ふうぼう》だ。髪《かみ》を綺麗に撫《な》で付け、隣《となり》の女性の腰《こし》に手を添《そ》えて守るように立っている。色味は違うものの意志の強そうな目元や引き締《し》まった口元など、どことなくブライアンに似ている。

ただ、薄茶《うすちゃ》の瞳は兄の瑠璃色《るりいろ》のそれよりも優し気《げ》に細められていた。

そして守られるように横に立つ女性。マグノリアと同じ色をした小柄《こがら》な美しい女性が描《えが》かれている。

（確かに、ピンク色の髪に朱鷺《とき》色の瞳だ……）

儚《はかな》げで、まるで周りの空気に溶《と》けて消えてしまいそう。やや垂れ気味の大きく丸い瞳。色づいた小さな唇。小振《こぶ》りな形良い鼻。きめの細かい陶器《とうき》のような肌《はだ》。

薄蒼《うすあお》色のドレスが良く似合う、まるで童話のお姫様《ひめさま》を絵にしたような姿だった。

描かれた姿は絵をみつめるマグノリアの特徴《とくちょう》とよく似ており、絵の中の女性と『マグノリア・ギルモア』には、確かに血縁《けつえん》関係がある事が見受けられた。

年齢不詳《ねんれいふしょう》な見た目は若い娘なのか大人なのかわからない。安心し切ったように細い華奢《きゃしゃ》な身体を男性に寄せ、嬉しそうに微笑《ほほえ》んでいる。

その右には同じく赤毛で、先出の男性を更《さら》に大きくした見目の。まるで少年漫画《まんが》のキャラクターのような筋骨隆々《りゅうりゅう》な大男だ。簡易鎧《よろい》にマントをまとった若い大男が剣を片手に、にやりと笑って立っている。

若いと言っても三十歳前後ではあろう。髪を無造作に揺《ゆ》らし、笑いつつも鋭《するど》い眼光は濃《こ》い茶色。威風堂々《いふうどうどう》と言う言葉がぴったりするような見た目ながら、何処《どこ》かいたずらっ子のようで。同時に自由闊達《じゆうかったつ》と言う言葉も似合いそうな印象を受ける。描かれた男性同士、色味も顔も似ているので親子か兄弟かなのだろう。

そして中央の椅子《いす》には若い女性が座っている。

柔らかな金色の髪に榛色《はしばみいろ》の瞳。知性と品性を兼《か》ね備《そな》えたような、理知的なキリリとした女性。こちらは落ち着いた風貌で、二十代後半といったところか。

(……この人。瞳が違うだけで全体的に親父さんに似てるんだ……)

マグノリアの父であるジェラルドは、ピンク色の女性の柔らかい雰囲気《ふんいき》と垂れ気味の瞳の形を、そしてそれ以外は中央に座る理知的な女性を混ぜたような風貌だ。瞳の色は中年男性と同じ薄茶色。

（成程《なるほど》。他の絵と比べて比較的《ひかくてき》新しいみたいだから、近しい年代の筈《はず》。母親なのか姉なのか……親戚《しんせき》の家族構成が分からないけど、きっと親父さんの家族なんだ）

「先代と先々代……左のおふたりがマグノリア様の曾祖父母《そうそふぼ》様。右の男性と中央にお座りのご婦人が祖父母様です」

ロサが安心しましたか？　と言わんばかりにしっかりとした口調で説明する。

安心？

父は彼の祖母と母親に、兄は曾祖父《そうそふ》と祖父に。マグノリアは曾祖母《そうそぼ》に似ているらしかった。確かに血の繋《つな》がりは感じられるのに、あるのは似ているという事実だけで。なんの感《かん》慨《がい》も湧いてこない。ただただ不思議な感覚だ。

曾祖父母……近いような遠いような存在に、もう一度肖像画《しょうぞうが》のふたりを見る。

……安心？　何を？　実際に両親と血の繋がりがあったから？

別に今更《いまさら》、実子だろうが養子だろうが知ったこっちゃない。

（それよりも、幼児虐《しいた》げてるって事実の方が重要だってぇの！）

得も言われぬ、うねるような感情が湧き上がったが。しかし、それをロサにぶつけたところで八つ当たりでしかないだろう。瞳を伏《ふ》せ感情に蓋をするように深呼吸をした。

「…………。仲が良さしょうなご家族ね。血のちゅながりが無くて疎まりぇるのも、本当の親子でありにゃがら疎まりぇるのも、どっちもどっちなのかちらね？」

ロサはひゅっと小さく息を呑《の》んだ。思った言葉とは違う返答だったのだろう。

——本当だ、と笑顔《えがお》で答えると思ったのか。

——良かった、と涙《なみだ》でも浮かべると思ったのか。

残念ながら一般的な三歳児の正解が解らない。更に残念なことに、可愛《かわい》らしい回答が出来るほど素直《すなお》でもなければ、飲《の》み込んで達観出来る程老成してもいなかった。


しばらく無言のまま時が過ぎる。

二人以外に誰も居ない回廊は、酷《ひど》く静かだ。

「……お嬢様《じょうさま》……」

小さくマグノリアに呼びかけると、胸元《むなもと》で握《にぎ》りしめた手に、ぎゅっと力を込める。彼女が何かに耐《た》えるときや、何かを飲み込むときによく行う癖だ。マグノリアは静かに彼女を見上げる。

「最近のお嬢様は変わられました……。一体何があったのですか？　何を考えていらっしゃるのですか？」

決して引かないという意志が見て取れる。痛々しく傷ついた瞳と、引き結ばれた唇がマグノリアの答えを待っていた。……何故《なぜ》彼女《かのじょ》が傷つくのか。

(この場合、傷つくのは当事者の私じゃないの?)

――ロサは誰の意向でどんな指示の上、何が目的でマグノリアの世話をしているのか。

排除《はいじょ》か、駒《こま》か。家族のスケープゴートなのか。

身分差や立場的にも主人に逆らうことは出来ないだろうと理解出来る。親に、配偶者《はいぐうしゃ》に、老いては息子に。上位者に、権力者に。ずっと従順であるべく育てられた人間なのだろう。

きっとこの世界の大半の人がそうなのだ。それもわかる。だから。

他人である彼女達《かのじょたち》に助けて貰おうと考えるのは、お門違《かどちが》いだ。

(見誤るな、マグノリア! 冷静になれ)

何があったかなんて――『違う世界の人間の意識に変わりました、元は地球という星に住む日本人です』――そう伝えて理解されるのだろうか? 頭がおかしくなったと思われるだけじゃないのか?

取り敢《あ》えず、三歳《さい》の幼児に出来ることは限られている。経済的にも物理的にも。

マグノリアはため息を飲み込み、静かに言った。

「………。人間は成長すりゅものでしゅよ」

ロサは疑わし気に、じっとマグノリアをみつめる。マグノリアもロサの瞳をじっとみつめた。

沢山の肖像画達《しょうぞうが》が、乾《かわ》いた瞳でふたりを見ていた。

数日程ロサはどことなく遠慮《えんりょ》がちであったが、更に数日が経《た》ち、通常に戻った様子だった。

マグノリアは毎日日課として小さな刺繍《ししゅう》を一つか二つ刺《さ》すと、図書室に籠《こも》る日々に戻った。ロサは何も言わなかった。


マグノリアは分厚い書物をゆっくりと開く。それはギルモア家の家歴書だ。


ギルモアの発祥《はっしょう》はかなり古くはっきりとした内容は残されていない。国家として纏《まと》まっていない時代には小国を治めていたという説もあれば、どこぞの豪族《ごうぞく》であったという説もある。はたまた戦闘《せんとう》民族だったという言い伝えや、神に任命された国を護《まも》る守護者であったとか……なんだそれと言いたいが……実に様々であった。

地球の歴史だって、遥か過去における国の成り立ちや所謂《いわゆる》古代など、明確に解っていないなんてことはそれなりにあるわけで。その場合、神話物語から始まるのはセオリーのひとつだと言っても過言じゃない。事実を書き残すという行為《こうい》が取り入れられるのがだいぶ後世だったり、政治的な背景から修正されたり改竄《かいざん》されたりするのが歴史書なのだから仕方ないとも言えるだろう。

少なくとも八百～九百年程前には『ギルモア家』が複数の歴史書に散見されることから、千年くらいは続く家門らしいと察せられた。今の王家が王位に就《つ》き二百年足らず。前王朝は三百年程続いたというから、幾つもの王家に仕えた古くからある旧家ということだ。

『大陸』と呼ばれているこの広大な土地は、魔法《まほう》の国と言われるモンテリオーナ聖国、海の国と言われる軍事国家のマリナーゼ帝国《ていこく》、そして花の国と呼ばれるここ、アスカルド王国の三つの大国と、中小十個の国とがひしめく土地だ。

集落で助け合う時代は終わり、人が増えれば権力が生まれる。知恵《ちえ》が増えれば策略と陰《いん》謀《ぼう》が引き起こされる。富が、権力が増えれば言わずもがな。

世界が違かろうが、人の歩みと歴史は地球と変わりないようで。

三百年ほど前から戦争があちこちで始まり、特に最後の百年は『大戦』もしくは『百年戦争』と呼ばれ、大陸全土を飲み込んだ戦闘が苛烈《かれつ》を極めたと歴史は語る。その百年に及《およ》ぶ大戦に終止符《しゅうしふ》を打ったのがアスカルド王国の前王と、当時元帥《げんすい》だったジェラルドの父。

先代のギルモア侯爵である。

元々アスカルド王国で軍や国防の要を担《にな》って来た家門の一つがギルモア家だが、その歴代の武人の中でも屈指《くっし》の強さを持つと言われているのが当時ギルモア侯爵だったマグノリアの祖父だ。

肖像画でのみ知る、屈強《くっきょう》な大男である祖父。勿論マグノリアは会ったことがない。

十年ほど前に新たな領地を賜《たまわ》り、現在はアゼンダ辺境伯となっているそうな。


戦乱の時代に、名将と名高い父と亡国の妖精姫《ようせいひめ》と呼ばれた美しい母との間に、一人息子として生まれたギルモア家五十六代目当主、セルヴェス・ジーン・ギルモアは、幼い頃から様々な武術の修練を受け重ねる。卓越《たくえつ》した身体能力と恵《めぐ》まれた体躯《たいく》、そして才能を遺憾《いかん》なく発揮し十八歳でギルモア騎士団《きしだん》に正式入隊。その後各地を転戦し、弱冠二十歳《じゃっかんはたち》にして五つの国を攻め落とし、幾人《いく》もの武将をその手に掛《か》けた。

中でも暴虐《ぼうぎゃく》の限りを尽《つ》くしたと悪名高い『悪鬼皇《あっきこう》』と呼ばれた砂漠《さばく》の国の皇帝《こうてい》の首を取る大金星を挙げた事で、大陸中にその名が轟《とどろ》く事となった。

二メートルを超《こ》す赤毛の大男。剛健《ごうけん》な筋肉に覆《おお》われた、小山のような身体。剣を振るう鬼気迫《ききせま》る様子から『赤い悪魔《あくま》』だとか『悪魔将軍』、『赤鬼将軍《あかおに》』と呼ばれ、大層恐れられていたらしい。

そして今から二十年ほど前……正確には十八年前。

武力と話し合いとを尽くし、荒廃《こうはい》し切った大陸の未来を憂《うれ》えたアスカルド王の働きかけによって、大国三国の不可侵《ふかしん》条約が締結《ていけつ》された。それを皮切りに各国とも条約が結ばれ終戦を迎える。

そうして大陸全土を巻き込んだ百年に及ぶ大戦は一応の終結を迎えた。

……とはいえすぐに平和になる筈もなく、内乱や内戦、小国同士の小競《こぜ》り合い、侵略《しんりゃく》や略奪《りゃくだつ》などが起こり、十年近く大陸のあちこちで混迷《こんめい》を極める。国の数も形もその時その時で変え、復興と疲弊《ひへい》とをくり返しながら進んで行った。

そして後の約十年、今やっと平和な時代が訪《おとず》れたそうだ。


図書室の窓の外を見る。

緑が溢《あふ》れ、色とりどりの花が咲《さ》く美しい中庭。小鳥が歌い蝶が羽を揺らす、平和の象《しょう》徴《ちょう》みたいな美しい箱庭。


そしてギルモアの歴史も紡《つむ》がれる。セルヴェスには実子が一人、養子が一人。年の離《はな》れたふたりの息子《むすこ》がいる。結婚《けっこん》が早いこの世界で、セルヴェスは珍しく二十八歳で結婚した晩婚《ばんこん》派だった。長男は彼が三十一歳の時に誕生している。

長男は、実子である第五十七代目当主、ジェラルド・サイラス・ギルモア。

長子らしく真面目《まじめ》で落ち着いた彼は、常に戦地に赴《おもむ》く父に代わり幼い時分より母を助け、領政を共に担う出来た少年であった。頭脳明晰《めいせき》で沈着《ちんちゃく》冷静。荒々《あらあら》しい祖父と父に比べ、貴公子然とした美しい少年。

そんな少年でありながら『ギルモア』のご多分に漏《も》れず、私設騎士団を統《す》べる剣技も兼ね備えており、父が内戦地で怪我《けが》を負った際には、未《いま》だ学生で十六歳の若さでありながら領地に残されていた騎士団を連れて戦地へ赴き、初陣《ういじん》でありながらも敵将を捕《と》らえ捕虜《ほりょ》とした上に、相手軍の裏をかき見事撤退《てったい》させるという武功を挙げているそうだ。

誰よりもギルモアらしいと言わしめる心根を持った惣領《そうりょう》息子。ギルモアは国防の為《ため》に私設騎士団を持つことを許された数少ない家門である。故に、武術や剣技に優《すぐ》れた武人に注目されがちではあるが、本来の役割は『国の護り』。

幼少より家門を守り、領地・領民を守り、ときに倒《たお》れた父を守り。必要とあらばその知力と武力を持って戦を制する。ギルモアの精神と役割を体現する若きご当主様。

マグノリアが見た父は、決して小柄ではないものの身長は平均よりやや高いくらい。服の上からは屈強で堅牢《けんろう》な筋肉の塊《かたまり》は見当たらなかった。

誇張《こちょう》でないのなら……あの漫画チックな筋肉ダルマな祖父の絵姿から、父ジェラルドの優美な姿は連想できない。親子詐欺《さぎ》である。

（そっか。あの厚みのある、ごつごつした手は剣を握る手なのか）

いや、意外に剣ではなく、バトルアックスとかハルバートなんかを振《ふ》り回しているのかもしれないが。

（文官と言うから、てっきり文系のインテリウラナリ青年を予想していたのに）

歴史書が改竄されていないのならば、裕福《ゆうふく》な生まれとは言えなかなかの苦労人である。そして優男《やさおとこ》な見た目に反して、意外にも武闘派《ぶとうは》であることが窺《うかが》える。更に、王立学院は前期・後期とも首席で卒業しているらしい。

（……何これ。どこのチートキャラなんだろう。親父さんに忖度《そんたく》してないか⁇）

どうまかり間違ってウィステリアと結婚したのか。こう言っては何だが、もっと良い人が居ただろうに。見た目なのか。ワガママ言って振り回す娘が可愛い系なのか。

エリートお坊《ぼっ》ちゃまが反抗心《はんこうしん》から羽伸《の》ばしーので、目端《めはし》の利くキャバ嬢《じょう》に引っ掛かってデキ婚《こん》するっていう前世のパターンがちらつく。若《も》しくは箱入りお嬢様が無意識のうちにワザと駄メンズに引っ掛かって、自分を敢えてボロボロにするっていう隠《かく》れメンヘラパターン。この場合、お嬢様じゃなくお坊ちゃまなのだけど。

……夫婦《ふうふ》にしか解《わか》らない色々があるのだろう、きっと。そっ閉じである。

蓼《たで》食う虫も好き好き。夫婦《ふうふ》喧嘩《げんか》は犬も喰《く》わない。割《わ》れ鍋《なべ》に綴《と》じ蓋《ぶた》。そっ閉じ。

そして次男のクロード・アレン・ギルモア。

アゼンダ領がまだアゼンダ公国という小国だった頃、戦災孤児《こじ》となった身の上。

戦争で侵略して来た国々により被害《ひがい》を受けた男爵一家の唯一《ゆいいつ》の生き残りだったそうで、生まれたばかりで隠し部屋に隠され、衰弱《すいじゃく》しているところを助《すけ》っ人《と》として出征《しゅっせい》していたセルヴェスが見つけ、保護し引き取ったと記載《きさい》がある。実子であるジェラルドの十歳下。

小さな頃から非常に優秀《ゆうしゅう》で、こちらも王立学院を前期後期ともやはり首席で卒業している。在学中に教師と共同研究をしては色々認められていた為、学院では稀代《きたい》の天才と呼ばれていたらしい。必然的に次期アゼンダ辺境伯でもある。

その優秀な頭脳を学院に残り活《い》かすことを切望されながら、当然の様に卒業後はギルモア騎士団に入隊し、騎士《きし》として養父と一緒《いっしょ》に騎士団と辺境伯領を束ねているとある。

騎士としてもかなり強く、ギルモア騎士団でも五本の指に入る剣豪《けんごう》で、セルヴェスの再来と言われており、黒髪のその姿から『アゼンダの黒獅子《じし》』と呼ばれていると記載されている。まだ若い上に既《すで》に戦後なので大きい武勲《ぶくん》は無いようだが、記載内容が本当ならこちらもチートの塊である。更に薄幸《はっこう》の孤児属性。キャラの大渋滞《だいじゅうたい》である。

『悪魔』とか『黒獅子』とか二つ名もイタい。なにやら邪眼が疼《うず》きそうだ。

九歳でアゼンダへ移領した為、それ以前に描かれたのであろう小さい頃のものだが、祖父と祖母、父とクロード少年が並んで描かれた肖像画も例の回廊に飾《かざ》ってあった。

ちょっと緊張《きんちょう》した表情で兄であるジェラルドの隣に立っていた幼い叔父《おじ》は、黒髪で青紫《あおむらさき》の瞳をしためっちゃ美少年だった。ジェラルド少年が癒《いや》し系《けい》のほんわか美少年(見た目は)なら、クロードは怜悧《れいり》な、と言う言葉がぴったりな、切れ長の瞳に高い鼻梁《びりょう》、やや薄《うす》い唇のどえらい綺麗《きれい》な端麗《たんれい》──スッキリ・キリリとした淡麗《たんれい》系美少年だった。

(しかし……我《わ》が兄は今後大丈夫《だいじょうぶ》なのだろうか)

王子様カラーで態度も王子様(尊大)なブライアン少年に思いを馳《は》せる。父も叔父も嘘っぽい程に文武両道で、挙句祖父は鬼《おに》とか悪魔呼ばわりされる程の伝説の騎士である。

兄……『武』は如何程《いかほど》の実力か解らないけど、『文』は多分壊滅的《かいめつてき》にダメダメな気がするとマグノリアは思う。性格的に策略とかも無い……感じで、限りない小物感が漂《ただよ》うのだ。

戦争が無くなったことと、アゼンダ辺境領が出来て国境に守りを強めた方が良いとの判断から、ギルモア騎士団は名はそのままに、事実上西の辺境地を護ることとなった。

この辺は大人の色々な事情があったのだろう。マグノリアは勿論その場に居合わせたのではないから、正しい内容までは正確には解らないが、なぜ騎士団の名を変えないのか、とか。そもそも武家の名門から騎士団を取り上げた理由は、とか。色々察せられるところや思いつくところはある。

叔父であるクロードがアゼンダ辺境伯予定ならば、ブライアンは将来のギルモア侯爵だ。よって兄がギルモア騎士団を継《つ》ぐことはほぼないであろうから、指導者の器うんぬんというのは考える必要がないのだろう。しかし。

学院では、周りにも教師にも常に比べられそうで辛《つら》そうだし、ギルモアの後継《こうけい》者というのも余程《よほど》才能に溢れていないとプレッシャーが半端《はんぱ》なく凄《すご》そうである。天才・秀才《しゅうさい》の中の凡人《ぼんじん》は途轍《とてつ》もなくキツそうだ。考えるだけでご愁傷様《しゅうしょうさま》としかコメントが思《おも》い浮かばない。

マグノリア自身だったとしたら、きっと途方《とほう》に暮れる筈だ。

まあ、そうして家門は続けど約千年に及ぶ国護りとしてのギルモア家は無くなり、アゼンダ辺境伯《はく》家にその役割が移行されたわけだが。

誰よりもギルモアらしいギルモアであるというジェラルド。

……幼少期から戦地を転々とする父親とは碌《ろく》に触《ふ》れ合えず、常に父の死に怯《おび》え、幼い身でありながら母親と義理の弟を守り、家門を任され。やっと平和になったかと思えば自分は子ども時代を過ぎ、家族は自分を残して居なくなってしまった。

ジェラルド少年のようすがであったであろうギルモアは早くに継いだが、それまでの歴史が意味する真のギルモアに非《あら》ず。

「なりゅ程、なりゅ程」

マグノリアは歴史書の文字を瞳に映しながら、独《ひと》り言《ご》ちる。

多分先代のギルモア侯爵夫妻は、根は善良な人達《たち》なのだろう。孤児を引き取り、書かれていることが正しいのなら、実子と同じようにきちんと養育出来る人達だ。

自分の息子《むすこ》に期待し過ぎたのか。良く出来た子だったから安心してしまったのか。

時勢も悪かったのだろう。本来ならちゃんと気配り出来る人達だったんだろうに。

陞爵《しょうしゃく》を蹴《け》って敢えて領地を二つにしたのも、多分出世欲も名誉《めいよ》欲《よく》も無い人だったのだろう。当時の情勢が解らないからはっきりとは言えないものの、多分それで正解なんだろうけど。

父——ジェラルドの為には公爵になった方が良かったのかもなぁと考える。

きっと、拗《こじ》れなかった筈だ。色々。

「戦争ってこあいね」

ポツリと零《こぼ》した呟《つぶや》きが、静かな図書室に溶けた。

程度の差こそあれ、過去のその時代、ジェラルド少年のような子どもは沢山居《たくさん》ただろう。会ったことのない叔父と同じような境遇《きょうぐう》の子どもも。更には誰にも助けられず掬《すく》いあげられず、儚く土に還《かえ》った子ども達も沢山居たことだろう。

(自分が置かれている境遇を肯定《こうてい》はしないけど)

ジェラルド少年のやるせなさはちょっと解る気がして、小さくため息を吐いた。

＊＊＊＊＊

ギルモアの歴史とジェラルドのあれこれに想《おも》いを馳せては黄昏《たそがれ》ながら、アゼンダ辺境の資料かバートン伯爵家《はくしゃくけ》の資料はないものか、マグノリアが本棚《ほんだな》をぐるぐると徘徊《はいかい》・物色していると、若い執事《しつじ》が息せき切って図書室に飛び込《こ》んできた。

誰も居ないと思っていたのだろう。

勢いよく開いた扉にびっくりし、目をまん丸にして振り返ったマグノリアを見て、執事はびっくりしたように肩《かた》を跳《は》ね上げると勢い良く頭を下げる。

「お嬢様！　申し訳ございません……！」

「いいえ」

マグノリアが気にした風でないことを確認すると、慇懃《いんぎん》に再度頭を下げ前を移動して行った。見習いだろうか。

そして彼は鍵《かぎ》の付いた書棚《しょだな》を開ける。書類を探しているようだった。

（……あの中、何が入ってるんだろう？）

マグノリアはちらりと書棚を見遣《みや》る。時折、執事《しつじ》達《たち》が開け閉めしている鍵付きの書棚。

普通《ふつう》、本当に大切なものや重要なものはジェラルドの執務《しつむ》室《しつ》や金庫の中だろうから、過去の領収書（この世界に領収書があればだが）や帳簿《ちょうぼ》のようなものだろうかと推測する。

若しくは領地のちょっとした書類とか——領政なのか家政なのか解らないけれど、どのくらいの規模でどんな感じなのか、実際の経営の書類なんかをちょっと覗《のぞ》いてみたいと常々思っている。

執事は幾つかの紙束を左手に抱《かか》えると、表面の文字を確認しながら鍵をかけた。

『ガチャリ』

いつもより大きな音に違和感《いわかん》を覚える。

執事を見遣ると書類を確認しながら扉を閉めたからか、鍵の合わせの部分……デッドボルトだったか……それが、嵌《はま》っていない。

（おおぅ！　チャンスだっ!!）

慌てているらしい執事は当然気付かない。マグノリアは、執事が部屋を出て行くのを固唾《かたず》を呑んで静かに待つ。

そして今は手元に視線を戻した、静かに刺繍をするロサの様子を確認しながら。そっと下段の扉を開ける。

ちょっとドキドキしながら中を覗き見ると、開封《かいふう》された手紙の束と紐《ひも》で括《くく》られた幾つもの紙束、そして何冊かのノートが置かれていた。手紙の宛名《あてな》は殆《ほとん》どがジェラルド宛《あて》だ。紙束の上の方は何かの記録か。ノートの表紙を見ると、数字が書かれていて順番に並んでいるようであった。

（……日付？　年号？）

パラパラと捲《めく》ってみると、購入費《こうにゅうひ》、交際費……と、勘定科目《かんじょう》めいた記載が目に入って来る。

（ビンゴ!!）

マグノリアは後ろ手に二冊掴《つか》み、ゆっくりと音がしないように扉を閉める。

いつものように無難な本の間に挟《はさ》み、一ページ目に視線を落とす。

身体が奥《おく》からジンジンするように熱い。悪いことをしているときの、罪悪感と高揚《こうよう》感の反応だ。熱を逃《のが》すように深呼吸をすると、ロサの気配を確認しながら帳簿の確認をすることにした。

結果から言うと、対外的には大したものでない、ただのギルモア家の家計簿《かけいぼ》的な帳簿である。しかし、マグノリア的には大当たりだ。色々と『違い』を客観視出来る証拠《しようこ》が欲しいと思っていたのだ。

前世で何度か見たことがある簿記《ぼき》の体裁《ていさい》は取ってないので解り難《にく》いが、日付と人の名前、商品名や内容（勘定科目っぽいもの）が記載されており、月毎に纏められていて、数か月に一度総計が記載されていた。パッと見てノートを抜《ぬ》いたと解らないように途中《とちゆう》のものを抜いた。

解っていることとはいえ、どちらのノートもウィステリアの服飾費《ふくしよくひ》がすんごい金額でびっくりだ。

石板に幾つかの勘定科目と金額を走り書きする。念《ねん》の為、勘定科目は日本語で、数字はギリシャ数字ではなくアラビア数字で記入しておく。ロサに石板を見られても解らないように。

確認しながら、苦笑いするしかない程《ほど》に家庭内格差が酷い。

（……これも書いておくか）

母の愛猫《あいびょう》の予算も書いたところで、はたと中二階に視線を向ける。

図書室はジェラルドの領域でもある。ロサ同様、何故《なぜ》かマグノリアを訝《いぶか》しがっているらしく、休みの日などに図書室に詰めては、しれっと上の椅子に座《すわ》って様子を窺っていることがあるのだ。

（……ブラフって事、あるのかな。でも敢えてこの罠《わな》を張る理由がない。……たまたま？）

今朝は登城をする為に馬車に乗り込むのを見かけたので、ここには居ない筈だ。

急いでノートを書棚に戻し、ゆっくりと螺旋《らせん》階段を上って行く。

階段を上り切った開けた空間の先にあるマホガニーのコンパクトな机は、濃い飴色《あめいろ》に使《つか》い込まれている。ゴシック式の緻密《ちみつ》な彫刻《ちょうこく》の背もたれがついた椅子が、持ち主の居ない空間に佇《たたず》んでいるようだ。

音消しの為の絨毯《じゅうたん》はシンプルな深緑。備え付けの本棚を背にし、座り心地《ごこち》の良さそうなソファが置かれている。

ふと見ると、便箋《びんせん》のような紙の束が机の上に無造作に置かれていた。右側にはガラス製のインク壺《つぼ》。親父《おやじ》さんが仕事をするときに使うものだろう。

（ふむふむ。数枚失敬しても解らないかな？）

まさか枚数を数えていたりはするまい、と考えるに至る。

あの鍵は、果たしていつまで開いているだろうか？

ここの紙に写し取るにしても、ちまちまと石板に書いていたのでは埒《らち》があかないだろう。

＊＊＊＊＊

ロサが夕食を取っている間、ライラがお世話に来てくれた。

栗色《くりいろ》の髪に飾られた真新しい髪飾《かみかざ》りを見つけて褒《ほ》めると、婚約者《こんやくしゃ》に貰ったのだと頰《ほお》を染める。思わず冷やかしたくなるが、真面目で典型的な貴族のご令嬢《れいじょう》であるライラには逆効果だろう。

心の中で笑いをかみ殺し、幸せそうなライラの表情を堪能《たんのう》する。

「ちゅごくよく似合ってりゅ。……お母しゃまは今日も夜会？」

「はい。今日はご夫妻でお出掛《でか》けです」

「しょうなのね。夜会だと夜遅《よるおそ》くて眠しょうだね」

ライラは、屈託《くったく》のないマグノリアの言葉にホッとしながら苦笑いした。

「……お帰りがだいぶ遅《おそ》いので、明日は旦那様《だんなさま》もお休みを取られるかもしれませんね？」

計算通り、ライラはジェラルドの予定を零《こぼ》してくれた。きっと夜中まで不在なのだろう。

今日はツイているようだ。

「朝、起きりぇないもんねぇ」

にっこりと微笑みながら不自然に思われないよう、心にもないことを呟く。


……図書室の書棚は重要度合から考えると、施錠《せじょう》の確認が甘《あま》そうである。見たところ、一応鍵が掛《か》けられているだけであって、実際見られても然程問題がなさそうな書類だった。戸締《とじま》りの際に確認されてしまうだろうか？　もしくは確認が終わった書類を戻す際、閉じられてしまうだろうか。

（親父さんは今日登城しているから、帰って来て夜会の支度《したく》に追われるだろう。この後に図書室に行く可能性は低い筈……）

一気に写せればいいのだが、昼では侍女《じじょ》の眼があるから大量には持ち出せない。かと言って、鍵が開けっ放しである事は偶然《ぐうぜん》。今度いつ遭遇《そうぐう》出来るか解らない。

一《いち》か八《ばち》か、確認するなら今夜だ。ただネックがある。

「……お兄しゃま、淋ちいから一緒に寝《ね》てくれにゃいかにゃ？」

「……。お伺《うかが》いしてみましょうか？」

ライラは困ったように眉《まゆ》を下げた。

ブライアンはあまりマグノリアを好いていない。断られる可能性が高いだろう。

＊＊＊＊＊

「はぁ？　何故《なぜ》僕《ぼく》がマグノリアと一緒に寝てやらないといけないんだ！」

思った通りブライアンの反応は芳《かんば》しくなかった。

しかし最近は（散策以外は）滅多《めった》に無理を言わないマグノリアが言ったのだ。余程《よほど》淋《さび》しくなってしまったのだろうと思い、ライラはもう一度念押《ねんお》しする。

「未だ三歳ですし……お兄様が大変お好きなのでしょう。やはり、お願いを聞いていただくことは難しいでしょうか？」

「イヤだね」

吐《は》き捨てるように言う。ライラはため息を飲み込んで、小さく頭を下げた。

（本当に……何故こんなに蔑《ないがし》ろにするのかしら……？　あんなにお可愛らしい、小さい妹姫《ひめ》が頼《たの》んでいるのに）

「ご無理申しまして、申し訳ございませんでした。マグノリア様にはお断りしておきます」

ブライアン付きの侍女達《じじょたち》も、困ったような顔をしている。

みんな我儘《わがまま》なブライアンよりも、可愛らしく屈託のないマグノリアに、なんとか力添《ちからぞ》えしたいと思っているのだろう。

ブライアンは睨《にら》むようにライラを見ると、退室するよう手を払《はら》った。

最近はお茶会も嫌《いや》がるようになり、兄妹《きょうだい》のかかわりはダフニー夫人の授業以外は無くなり、関係は元に戻《もど》ってしまった。

ライラはがっかりするであろうマグノリアを思うとやるせなく思い、扉を閉めると共に大きく息を吐きだした。

＊＊＊＊＊

「……しょう。確認《かくにん》ちてくりぇてあいがとう。嫌な思いをしゃしぇてちまってごめんね、ライラ」

やはり断られたか。マグノリアにとっては予想通りではあったが、言い難そうに報告するライラについ申し訳なく思ってしまう。

一時期、兄妹の関係は改善したかに見えたが、ここに来て悪化の一途《いっと》を辿《たど》っているのだ。

多分、兄付きの侍女達の様子やダフニー夫人の反応を見て、妹が疎《うと》ましいのだろう。

（三歳のちびっこに本気で嫉妬《しっと》しなくてもねぇ。どんだけちっせぇ奴《やつ》なんだろう。自分が真面目に勉強しろっつーの！）

物理的には今世、そんな奴と血の繋がりがあると考えると切ないものがある。

ついつい心の声も口汚《くちぎたな》くなるというもの。

別に、ブライアンと本当にお泊《とま》り会をしたかったわけではない。

理由は扉《とびら》の重さだ。一見同じ色合いで作られた扉なので解りにくいのだが、明らかにブライアンの部屋の扉とマグノリアの部屋の扉では、重さが違《ちが》うのだ。

……たまたまなのか故意なのかは、考えないようにしている。

（扉を自力で開けるか、窓を伝って忍《しの》び込むかのどっちか）

この場合、窓からは最終手段だ。念のため図書室の一番端《はし》にある窓の鍵は開けて来たが、几帳面《きちょうめん》な使用人に閉められてしまってるかもしれないし。……多分それ以前に、色々と長さが足りなくて遂行《すいこう》出来ない可能性が高い。だから正攻法《せいこうほう》で普通に部屋から出るのだ。しかし扉が開かないのでは本末転倒《ほんまつてんとう》だ。

（ブライアンが眠《ねむ》った後に、こっそり彼《かれ》の部屋から出れたら良かったのだけど……）

「大丈夫よ。一人で寝《ね》れりゅ」

安心させるようにライラに笑いかけると、ややあって、ライラも控《ひか》えめに微笑んだ。

仕方ない。ダメ元で、やれるだけやってやる。そう心密《ひそ》かに気炎《きえん》を吐いた。


ベッドに入りロサに就寝《しゅうしん》の挨拶《あいさつ》をすると、マグノリアは眠ってしまわないように頭の中で何度もシミュレーションをする。

三歳児の身体は不便だ。力も無ければ体力もない。そして夜はすぐに眠くなる。うっかり眠ってしまったら、次に起きるのは間違《まちが》いなく朝だ。

今夜は当主夫妻が居ないので、お屋敷《やしき》の人達もいつもより早く仕事を終えることだろう。

使用人同士で食事や酒を楽しんだり、街へ繰《く》り出したり。部屋でゆっくり寛《くつろ》いだり。

図書室がある区画は、遅くなればそうそう人に逢《あ》うこともない筈だ。

意外にも図書室は施錠しないという。以前、仕事が終わった後に勉強をした見習いが居たそうで、勉強したい者の為に常時開放してあるのだそうだ。

もっとも、現在プライベートで図書室を使う人は殆ど居ないそうだが。

「……しょろしょろ行けりゅかな」

あれから二時間程が過ぎた。小さな声は思ったより大きく部屋に響《ひび》く。気をつけなければ。マグノリアは起き上がると、暗い色のワンピースに着替《きか》えた。そして目立つ髪《かみ》に手巾《しゅきん》をかぶり顎《あご》の下で結ぶ。目立つ髪を隠し、少しでも闇《やみ》に紛《まぎ》れる為だ。……見た目が変だが背に腹は代えられない。

念のため鍵穴《かぎあな》から廊下《ろうか》を確認して、周りに人が居ないことを確かめる。

施錠された扉を開ける為、音が響かないよう慎重《しんちょう》にサムターンを回した。

そして、

(どおぉうりゃあああああぁぁぁぁぁーーーー!!!)

渾身《こんしん》の力で踏《ふ》ん張ってドアノブを掴み、全体重を掛けて押《お》して押して押しまくる。

(つーか、何キロあるんだよっ! このドア!!)

心の中なので、完全に前世の言葉遣《ことばづか》いだ。お嬢様の皮は寝巻《ねまき》と一緒にぶん投げておく。

今はこの、アホのように重い扉をどうにかするのが先だから。長引けば長引く程、ヘタって扉は開かなくなる。

短期決戦、時間との勝負だ。

（ドォ根じょぉぉぉぉおおおおぉぉぉおっっ！！！！！）

小綺麗《こぎれい》な顔は、今現在トンデモナイ事になっているだろう。

『根性《こんじよう》のあるカエルの漫画《まんが》』も真っ青な、歯が剥《む》き出しのいきみ顔。

荒《あら》い呼吸と、低い唸《うな》り声のような音が口から洩《も》れる。きっとホラーだ。

長いのか短いのか。

カチャリ。小さな音を立てて扉が薄く開いた。喜ぶ間も息つく暇《ひま》も無く思い切りもう一《ひと》押《お》しし、急いで大きくなった隙間《すきま》に足を挟み込むと、身体を滑《すべ》り込ませ廊下を見渡《みわた》す。

（誰《だれ》も居ない！）

閉まらないように足と腕《うで》を扉の隙間に挟みながら、身体を抜いて行く。素早《すばや》くポケットから折りたたんだ黒い布をデッドボルト付近に噛《か》ませ、完全に閉まらないようにする。

本当なら、板や踏み台《だい》なんかのしっかりしたものをストッパーにしたいところだが、万一誰かに見られたら扉が開いていることが解ってしまうのでナシだ。

見回りが巡回《じゆんかい》しているときに見つかり難いように、布を噛ませてデットボルトとストライク——小さい閂《かんぬき》みたいな、扉が閉まる仕組み部分——をカバーしておけば、ずっと少ない力で開けられる筈《はず》だ。

そして扉が重いからこそ、しっかり挟まったままでいてくれる筈だ。

（やってやった……！）

大仕事を終え一息つきたいところだが、先を急ぐ。誰も居ないのを確認しながら、暗い廊下を小走りで走り抜ける。窓辺は月明かりが差し込んで、ほのかに明るく闇を照らしていた。マグノリアは明かりを避《さ》けるように影《かげ》の中を走り続ける。

不思議なほどに心が凪《な》いで、頭は芯《しん》がキンと冷えたように冴《さ》えている。何故《なぜ》だか周りの景色がいつもより鮮明《せんめい》に見え、物の輪郭《りんかく》がくっきり見えるように感じた。

図書室の扉は、押せば簡単に開いた。

音がしないようゆっくりと扉を開き中を確認するが、あたりまえのように誰も居ない。安堵《あんど》して小さく息をつく。ひっそりと静まり返って却《かえ》って耳が痛いくらいだ。

鍵付き書棚に手を掛けると、こちらも何の抵抗《ていこう》も無く開いた。中から最新から十年分のノートを引っ張り出して、小走りで中二階の机に急ぐ。そして昼に確認したままに置いてあった紙とペンで、各年の必要事項《じこう》を手早く、しかし漏れがないよう記入していく。

——程無《ほどな》くして全て書き終わり、やっと詰《つ》めていた息を大きく吐き出した。

白い月明かりと真っ黒な木の影をみつめながら、未だ両親が乗る馬車が帰ってこないことを確認すると、机の上を素早く片付け、床下《ゆかした》に痕跡《こんせき》が残っていないか確認し、急いで階下へと下りる。そしてノートを違和感がないよう、並び順や方向を慎重に確認しつつ元通りにしまうと、再び小走りで部屋に向かった。

帰りに誰かに見つかったら、苦労が水の泡《あわ》だ。今頃《いまごろ》になって全身に冷汗《ひやあせ》が流れる。

電気が無い程の時代だ。指紋《しもん》やＤＮＡの判別は万一にもないかと思うが、念のため使っていない手巾で触《さわ》った個所《かしょ》を全てふき取った。

（まるで事件の犯人になった気分）

でもまあ、たとえ無駄《むだ》になったとしてもやらずに後悔《こうかい》するより、拭《ふ》いて安心しておく方が精神衛生上よいだろう。

しばらくして再び寝巻に着替えベッドに入ると、安心からか泥《どろ》のように眠った。

第三話　アゼンダ辺境伯領からの来訪者と、身の振り方と

何事もなかったかのように、穏《おだ》やかな数日が過ぎた。

書棚の鍵は次の日にはそっと閉じられており、静かに普段《ふだん》の様子を取り戻した。

ロサとの時間は贈《おく》り物の製作に充《あ》てる。丁寧《ていねい》にお世話はしてくれるが、多分彼女《かのじょ》と自分では根本的な考えが理解し合えないと思う。だが、侍女の仕事をきちんとしてくれれば充《じゅう》分《ぶん》なのであって、それ以上を望むのはナンセンスだろう。

いきなり小さい子どもになってしまい、知らず知らず身近な人間に依存心《いそんしん》が出ていたのだ。大人なら……かつてのマグノリアなら、友人でも身内でもない他人にそこまで望まなかった筈だ。

積極的な敵にならないのなら問題ない。こちらの世界の一般的《いっぱんてき》な常識や考え方も、マグノリアは未だ良く解っていないのだから、案外この世界では彼女のやり方が正解なのかもしれないのだ。

仮にお互《たが》い間違っていたとしても、個人のアイデンティティやポリシーは曲げられない

し、曲げる必要もない。ある程度互いに努力して、相容《あいい》れないのなら仕方がない。ただ長い時間過ごさなければならない関係なら、出来る限り摩擦《まさつ》を少なく過ごす方がいい。話すことは最小限に、丁寧には丁寧で。誠実には誠実で返す。

お世話になってる間はある程度彼女の納得《なっとく》出来る事をしつつ、替《か》わりにこちらの要望もある程度出す。勿論《もちろん》差しさわりのない範囲《はんい》で。

一応、ギルモア側のバックボーンは解った。

バートン家の方は、多分、母の様子から今後逢《あ》うこともなければ詳《くわ》しい資料も家にないことから、これ以上調べようがないだろう。母親であるウィステリアもあの様子だとマグノリアが関わることは望んでいない筈。無理に近づいて傷つけ合う必要もない。ただ一人の子どもならまだしも、彼女にはちゃんとブライアンが居るのだ。

ましてや今後、弟や妹が出来る可能性も充分にありうる。

両親にとってマグノリアが大した存在じゃないのは解ったのだから、そろそろ次の行動に移る為に切り替えて行こうと思う。

丁寧に細かく、真っ直《まっす》ぐに。気をつけて針と糸を動かす。

ライラにはライラックの花を。デイジーには雛菊《ひなぎく》を。

それぞれの名前の由来である花をフリルを縫《ぬ》いつけた布に刺《さ》す。その布で小さな巾着《きんちゃく》を作り、名前を刺繍《ししゅう》したハンカチを入れるつもりだ。


アスカルド王国が『花の国』と言われる由縁《ゆえん》は、建国の時、アスカルド王と花の女神《めがみ》の婚姻《こんいん》によって始まったと言われている。

それに因《ちな》んで、この国に女の子が産まれると花の名前をつける。その子の一生を、名付けた花の女神が守ってくれるのだと言う。

マグノリアは木蓮《もくれん》。綺麗だが、なかなか渋《しぶ》い花だ。

（人間と女神の異類婚ねぇ）

ラノベか。マグノリアは遠い目をする。いや、神話か。

地球にも至るところに神と人との似たような神話はあったから、人間はどの世界、どの歴史でも意外に同じような反応なんだな、と思う。

（まぁ、異世界から潜《もぐ》り込んで来ちゃったっぽい存在がいるくらいだからねぇ。異類婚も案外本当なのかもしれないよなぁ）

マグノリアの存在そのものがラノベみたいなものなのだ。

非常識な自分の存在に想いを馳せると、ふっ、とシニカルに笑った。

いつでも渡《わた》せるように、作る。いつでも飛び立てるように、機会を窺う。

人生が掛かってるやもしれないなら、尚更《なおさら》だ。準備は万端《ばんたん》に。

＊＊＊＊＊

「おや、お嬢ちゃん。こんにちは？」

庭園にもオランジェリーにも居ないので、作業小屋まで庭師のお爺《じい》ちゃんに会いに来たら知らないお爺さん——オジサンがいた。老人と言う程年は取っていないが、結構年季の入った壮年《そうねん》であることは間違いない。

マグノリアの顔を見て一瞬《いっしゅん》目を見張ったが、すぐに表情を戻した。

恰好《かっこう》は庭師か下働きのように見えるが、何処《どこ》か雰囲気《ふんいき》がおかしい。大人にしては小柄《こがら》だが肩幅《かたはば》や胸板《むないた》が厚く、力が強そうだ。

茶色い髪に茶色い瞳《ひとみ》。細目に細い鼻で一見地味だが、瞳がなんとも……

（……ヤバイ系の人？　尋常《じんじょう》じゃない威圧《いあつ》感が漏《も》れ出してるんだけど）

「……庭師のお爺しゃんは？」

低い声で目の前の男に問う。デイジーにお茶の用意を頼む為《ため》、離《はな》したのは失敗だったか。真昼間の屋敷の中に人攫《ひとさら》いとか泥棒《どろぼう》とか、紛れ込むこともあったりするのだろうかと男の顔をみつめる。だったら物騒《ぶっそう》過ぎる。


年老いた庭師のお爺ちゃんは、昔ギルモアの騎士だったそうだ。怪我《けが》をして引退をしてからずっと、庭師として仕事をして来たらしい。一見ぶっきらぼうだがとても優《やさ》しいので、庭に出ると必ず話し相手になって貰《もら》っている。更《さら》に庭師だからか植物についてかなり博識なので、最近は専《もっぱ》ら毒薬と解毒《げどく》について根掘《ねほ》り葉掘《はほ》り聞いては苦笑いされているのだ。

そのお爺さんが居ない。警戒心《けいかいしん》を強めながら、部屋を見渡す。誰かが縛《しば》り上げられている様子はなく、庭仕事をする為の道具と簡単な水場、小さなテーブルと椅子《いす》。

……いつもの小さな部屋だ。

同時に何か武器になりそうなものを視線で探す。

(出来れば長いものがいい。そして動かなくさせるために躊躇《ちゅうちょ》なく叩《たた》きこむ！)

マグノリアは、むふん！　と気合を入れて鼻から大きく息を吐いた。

男は細い目をちょっと開いたと思うと、ニヤニヤと笑いをかみ殺している。

暴漢や泥棒などに遭遇してしまったら、抵抗せず逆らわず、まずは逃《に》げることが鉄則だ。しかし相対せざるを得ないときは、手加減したり躊躇して相手に怪我をさせては逆上され、かえって命が危ない。

ヤるなら思いっきり、そして確実に。

（どう考えても、走っても逃げ切れない）

部屋の隅《すみ》の小箱に、作業用の鎌《かま》と小さなフォークが。その片隅《かたすみ》には高所にあるものを叩き落とす棒が見える。

ぎゅわんっと決心したように、いつもは下がり気味な眉毛《まゆげ》をつり上げ。ぐっとマグノリアが腰《こし》を落としていつでも動けるよう構えたときに、目の前のおっさんはプルプルしながら苦笑いして両手を上げた。

「スマンスマン。顔が悪人顔だから怖《こわ》がらせてしまったな？　俺《おれ》はガイ。庭師の爺さんとは古い知り合いなんだ」

「…………」

「信用出来ないか。まあこの見てくれだ、仕方ないな。しかし勇敢《ゆうかん》なお嬢《じょう》ちゃんだな」

ガイと名乗った男は可笑《おか》しそうにククク、と喉《のど》の奥で笑う。

「アゼンダ辺境伯領っていうところから、用事で王都に来たんだが。ついでに久々に爺さんに会いに来たら、腰を痛めちまったって言うからちょっと仕事を代わってやってたのさ」

「…………」

アゼンダ辺境伯領。筋肉もりもりの祖父がいる場所だ。

知人を装《よそお》って攫《さら》おうとする手口は常套句《じょうとうく》だ。アゼンダとギルモアの関係性を知っている人は貴族も平民もかなりの人数だろうから、本当にアゼンダ出身だという確証はない。

……更に言えば知ってる出身・人だからと言って危害を加えられないという決まりも全くない。名前も偽名《ぎめい》の可能性もある。

わざわざアゼンダを出す意味は？　初見の人ならこの格好から見て使用人の子どもと考えてもおかしくない。身代金《みのしろきん》など大して見込《みこ》めないだろう。

……髪と瞳。

リリーがアスカルド王国ではギルモア家にしかいない色だと言ってた。

（正体を知られてる？）

きゅっと小さな唇《くちびる》を引き結ぶと、そんなマグノリアを見て困ったように男は頭を掻《か》いた。

「何をやっていなさるんだ？」

嗄《しわが》れた聞き覚えのある声がすると、部屋の中で対峙《たいじ》していた（？）ふたりが振《ふ》り向いた。

開いた扉には弟子《でし》である青年に抱えられ、腰をさする庭師のお爺さんが立っていた。

後ろには困った顔をしながらティーセットを持ったデイジーが。

「いや何。ちょっとばかり人攫いか爺さんの仇《かたき》に間違われていたところだ」

男が肩を寄せておどけると、お爺ちゃんは片眉を上げ、ニヤリと笑った。

「無理もねぇ」

（ああ、本当に腰痛《ようつう》なんだ……）

良かった。ホッとして大きく息を吐きだすと身体から力が抜ける。

「……お客様にゃら、今日は帰りゅね」

マグノリアが庭師のお爺ちゃんに向かって暇を告げると、

「いや、このガイなら嬢様が知りたいことを色々知っていると思いまさぁよ。なかなか話す機会もないだろうから、話すといい」

「でも……」

「なぁに、嬢様がお部屋に帰りなさった後、食事にでも行きまさぁよ」

腰を庇《かば》うようにゆっくり部屋の奥へ移動しながら、かかかと笑う。

「デイジーはここで休んで居るといい。ガイはセルヴェス様の懐 刀《ふところがたな》だ。大丈夫《だいじょうぶ》」

思ってもみなかったが、目の前の男が『悪魔《あくま》将軍』の身内と知り、マグノリアは俄然《がぜん》興味が湧《わ》いた。

（お嬢様《じょうさま》、と言うことはジェラルド坊《ぼっ》ちゃまとクジャ……ウィステリア様の子ども……？　聞いたことがないな……）

ガイは難しい顔をしてお爺さんに向き直る。いつの間にか自分の隣《となり》に移動したお爺さんに、小さな声で、彼にだけ聞こえるように囁《ささや》く。

「爺さん、この『お嬢様』は……」

「ああ。ギルモア家の『隠《かく》されたお嬢様』だ」

「何故」

「さあなぁ」

静かに肯定すると、小さくお爺さんは頷《うなず》く。

「何人もの使用人が旦那様に聞いたが。嬢様とお家の為ということ以外、口を噤《つぐ》んでいらっしゃる」

「……そうっすか」

（これは、思わぬ土産話《みやげばなし》が出来そうだなぁ……）

ガイは主の母親によく似た女の子を見て、心の中で独《ひと》り言《ご》ちた。

オランジェリーの中にある小さな四阿《あずまや》にお茶の用意をしてもらうと、ふたりはいよいよ向き合って話をすることとなった。

「さっきはごめんなしゃい。お爺しゃんは居ないち、貴方《あなた》のタダ者でにゃい感が凄過《すご》ぎて、ちゅい警戒《けいかい》ちちゃって」

「いやいや。そのくらい警戒心が強い方がいいですよ」

放っておいたら問答無用で切り掛かられそうな勢いだったが。ガイはマグノリアの言葉に苦笑いをしながら頷く。

「あっしはガイと申しやす。アゼンダ辺境伯《はく》・セルヴェス様の下で働いていやす」

「わたちはマグノリア・ギルモアでしゅ。父はジェラルド、母はウィステリアでしゅ」

「ありがとうございます。で、あっしに聞きたいというのは何でしょうか？」

（オッサンの言葉遣いが変化したな……何とも掴みどころがない感じだね……）

ガイと名乗る男は胡散臭《うさんくさ》い顔でニコニコしている。

発言を促《うなが》されると、マグノリアはうーんと小さく唸って、どう聞いたものか思案した。

なるべく的確に、しかしマイルドに行きたい。

「……えっと、まじゅ、領地間の人の流れって、どの程度把握《はあく》出来りゅのかちら？」

「ん？」

見た目幼女から放たれる質問に、ガイは一瞬固まった。

……予想していた『幼女の質問』とは随分違《ずいぶんちが》うものだったからだ。

「例えば。他領の修道院や孤児院《こじいん》に秘密裏《ひみつり》に入ったとちて、しょのまま入れましゅか？　貴族の子が行方不明《ゆくえ》ににゃった場合、やっぱち足が付くのかちら」

ガイは困惑《こんわく》する。細い眼でまじまじと幼女を見遣った。

「う～ん……まあ、低位貴族と高位貴族じゃ全然違うと思いやすよ。それに普通、領主のお子様が行方不明になった時点で大騒《おおさわ》ぎでしょうからねぇ。何処《どこ》の修道院でも孤児院でも、小さい子どもが入れてくれって独りで来ても、何の調査も無しでは入れないと思いやすし」

やっぱりそうだよな、とマグノリアは渋々《しぶしぶ》と言ったテイで頷く。

「この世界では、子どもは親にとって搾取《さくしゅ》出来る資源でしゅものね」

「いや……そういうのじゃあねぇと思いやすがね……？」

搾取に資源……何と言ったものか。ガイは明後日の方向から飛んで来る言葉に閉口した。

「じゃあ、他国だったりゃ？　他の国に行くにょ、手形とか許可証とか身分証明書とか必要？　密入国……森を抜けて他の国に入れりゅ？　領地とか国とかを出るのは難ちい？」

「…………」

ガイはいよいよ頭を抱え首を振った。絶句だ、絶句。

（何をする気なんすか！　頼むから、変なことはしねえで下さいよ……！）

マグノリアはマグノリアで、目の前のオッサンの様子に、いつもの質問する勢いは抑《おさ》えたものの、話の内容が大人にとっては少々過激だったらしいと反省した。

姓《せい》を名乗らないことから身バレしたくない――多分隠密《おんみつ》とか、裏のお仕事を請《う》け負う人かと思うのだが。流石《さすが》に子どもに密入国などの説明をするのは気が引けるのだろうか。

「おほほほ。友人にょ疑問を代理で聞いただけでしゅ！」

「…………」

あるあるな言い訳を口走りながら取ってつけたように笑うと、物凄《ものすご》いジト目で見られた。

元々細い目が、チベットスナギツネのようになっている。

むむむ。信用されていないっぽい。

「最後にひとちゅだけ。孤児院の子どもは、養子とちて引き取られる以外に買わりぇる事はありましゅか？」

「はい」

今度は躊躇《ためら》いもせず即答《そくとう》された。そうか。二十一世紀の地球では表向き考えられないけど……やはりそういうものか。

（そうよねぇ、この世界）

渋い顔をしたガイを眺《なが》めると、マグノリアは薄《うす》く笑った。

「では、金額は幾《いく》りゃくらいか知ってりゅ？」

「……年や性別で違いやすが。幼児でしたら、小銀貨二、三枚程かと思いやす」

「しょう。あいがとう、答えてくりぇて」

丁度迎《むか》えに来た侍女と手を振って帰って行く小さい背中を、しばらく目が離せずにずっと見ていた。ため息も出ない。

……口調は身体に比べて幼過ぎるものだったが、内容はびっくりするぐらいスムーズに理解出来た。いや、話した言葉は理解出来るが、内容はとても理解し難く、閉口した。

かなり知能が高く色々理解しているらしい幼女。三歳《さい》と言っていたが、とても信じられない会話。そうかといって、大人をからかっていたずらに聞いた雰囲気でもなかった。

隠されたご令嬢。

アゼリア様そっくりの女児。

最近王宮から、王家から距離《きょり》を取っているギルモア侯爵《こうしゃく》家。

セルヴェス様の覚えた違和感《いわかん》。クロード坊ちゃまの懸念《けねん》。

「つーか……ジェラルド坊ちゃまらしくないじゃねぇですか。何やってんすか？」

大人なのだからある程度放っておくのが本来だし、領を分ける今、場合によっては内政《ないせい》干渉《かんしょう》にもなるかもだけれど。ぎゅっと拳《こぶし》を握《にぎ》りしめる。

（駄目《だめ》っすよ……小さい子どもにあんな覚悟《かくご》した目ぇさせるなら、流石に黙《だま》って見ちゃあいられねぇ）

ガイは大きく息を吐くと、必要な情報を探《さぐ》りに行く。

情報収集は彼の得意とするところだ。何処へだって入り込《こ》んで、必要な情報を手に入れるのだ。

＊＊＊＊＊

最近、ロサに部屋からあまり出ないようにと直接的に言われるようになった。

多分両親のどちらか、もしくは両方かは分からないけど指示を出しているのだろう。

季節の変わり目だから風邪《かぜ》をひかないようにとか、取ってつけたことを言ってるけれど。

絶対嘘《うそ》だ。解《わか》り易すぎだろうというもの。

庭に調理場に、下働きの区画にとチョロチョロしているのが目障《めざわ》りだったのか、それとも誰かに見られたくないのか。

「子どもを部屋に閉じ込めりゅなんて、身体に悪いのに」

秋晴れの空を見てため息をつく。

「こんにちは、マグノリア様」

リリーが今日は私服でやって来た。小花柄《がら》のモスリン地のワンピースがとてもかわいい。素朴《そぼく》な見目に二つ結び。まるでアメリカ開拓《かいたく》時代から飛び出て来たみたいな姿だ。

「ごきげんよう、リリー」

席を降りて挨拶をする。

……何故《なぜ》かブライアンの機嫌《きげん》を損《そこ》ねた為、兄妹のお茶会は無くなったので練習相手にという言い訳をして、時折部屋に遊びに来てくれる。

本当は見て見ぬふりをした方が彼女の為だろうに。正義感が強く、幼き者（物理は。中身じゃない）に優しい女の子なのだ。

今日はライラがお世話係なので、会話の内容も気兼《きが》ねなく楽しめそうだ。

「頻繁《ひんぱん》に来て、お母しゃまに叱《しか》りゃれない？」

「奥様《おくさま》にはお気に入りの侍女《じじょ》たちがいますからね。こんな下っ端《ぱ》侍女の休みの予定まで気にされていませんよ～」

そう言ってあっけらかんと笑った。

美味《おい》しいお茶と料理長特製のお菓子《かし》に舌鼓《したつづみ》を打って、彼女の兄弟の面白《おもしろ》い話を聞く。マグノリアは最近読んだしきたりの本の話をした。

本来のお茶会では芸術の話や社交界の話、経済や対立派閥《はばつ》への対応の話なんかをするそうだが。リリーは三歳とは思えぬマグノリアの話に感心する。

「マグノリア様は色々なことにお詳しいですねぇ」

「しょんなことないよ。本だけだと解らにゃいこともありゅ。例えば『お披露目《ひろめ》』ってどんなことを用意しゅればいいにょ？」

急に下の子の支度をしなきゃいけなくなったときの為――ないとは思うが――学べる時に学んでおくのだ。意地悪で、教わってもいないのにやれとか言われることがあるかもしれないから。例えば弟が生まれたときに、支度の一切合切《いっさいがっさい》、裏方で采配《さいはい》を振ることになる、とか。でもって、出来なかったりしくじったらネチネチ苛《いじ》められるとか。

聞かれたリリーとお茶の給仕《きゅうじ》に就《つ》いていたライラの身体が、一瞬強張《いっしゅんこわば》った。

……どうも触《ふ》れてはいけないことだったらしい。

「……そうですね。お披露目は一歳のお誕生日までに行うことが殆《ほと》どですので、赤ちゃんにお祝い用の豪華《ごうか》なお洋服を用意します。呼ぶのは近親者とお付き合いをするであろう近しい家門の方々でしょうか。高位貴族になるとお付き合いも多いので、招待客が多くなる傾向《けいこう》がありますねぇ」

「へぇ。やっぱり晩餐会《ばんさんかい》型式？」

「いえ、赤ちゃんが中心ですので、午餐会《ごさんかい》になりますね。遠方から来られたり当日お帰りになれない方を夜に招いて、晩餐会も致《いた》しますが」

「にゃる程《ほど》ねぇ」

そりゃあ、何故マグノリアがしてないのかが丸解りだ。

……先日写したブライアンのお披露目会の費用もさることながら、手間も暇も半端《はんぱ》ない。閉《と》じ込めておきたい&ケチりたい子どもにする行事とは思えない。日本でいうところの七五三の感覚でいたけれど、全然重要度が違うものらしい。

「もち、ちない場合は？」

「……貴族ならお披露目の重要性が解っていますから、『しない』ということがまず有り得ないです。ですから、出来ない原因がお子様にある、と思われると思います」

リリーは暗い顔で答えた。普通《ふつう》なら親がしない筈はないので、子どもに瑕疵《かし》があるということになるのだ。

「ふぅん。出来にゃい子ども達《たち》ってどうなりゅの？」

「例えば、弱かったお身体が丈夫《じょうぶ》になって、大きくなってからお披露目される方もいらっしゃいます。その……無理そうな方は、領地で静かに過ごされたり、修道院にてご教育されて、女性でしたら遠い場所に嫁《とつ》がれる場合もあります」

ほうほう。

「確か、『修道院から嫁ぐ』って瑕疵になりゅって聞いたことがありゅんだけど」

「はい。修道院にて教育されても、本来なら嫁入《よめい》り前に家に戻されるのが普通ですから。戻らずそのまま嫁がれるというのは、戻れないからだと思われるかと……」

へぇ。

「なりゅほど～。お披露目ひとちゅにちても、色々大変なんだにぇ」

「そうですね……大切なことだと思います」

リリーは少し考えてから、小さな声で尋《たず》ねた。

「マグノリア様は……ご教育は何も受けていらっしゃらないのですよね？」

「ロサにお裁縫《さいほう》の手習いを受けてりゅくらいかちらね。マナーも教えて欲ちいとお願いちて、しょれも少ち」

聞きながら、リリーは小さく何度も頷いた。

「アスカルドでは七歳くらいから教育が施《ほどこ》されるので、未《いま》だ三歳のマグノリア様が教育されていないのは、そうおかしなことではないのです……一般的には」

「しょうなの？」

「はい。ですが、やはり建前と言いますか。高位貴族……伯爵家《はくしゃくけ》以上ですね。高い家柄《いえがら》になればなる程、お城に上がる機会も増えますし求められる教養が高くなりますから。ダンスや音楽、外国語やマナーなど、早くから取り組まれるものが多いのが現状なんです」

マグノリアは先を促すように頷いた。

「まして、王子殿下《でんか》が五年前に御生《おう》まれになってから、高位貴族の家門は競《きそ》うように教育に力を入れている筈です」

（うわぁ。もしかしなくても王子と同年代なのか……）

新たな面倒《めんどう》事の予感に、思わず眉間《みけん》に皺《しわ》を寄せた。

「ブライアン様も通常通りのご教育のご様子ですし、お仕事のことといい……旦那様《だんなさま》に何かお考えがあるのかもしれませんね……」

「お仕事？」

「はい。旦那様は行政部への配属が有力視されていたのですが、領政があるからと仰《おつしや》って、その……閑職《かんしょく》への配属希望を出されて。元々軍部方面での出仕が多く、要職を務めるのがギルモア家でした。ギルモアの当主が文官を選択《せんたく》するだけでも驚《おどろ》きだったそうですが、とても優秀《ゆうしゅう》であることも知られていましたので、将来は宰相《さいしょう》になられるのだろうとみんな思っていたようなのです」

（おおぅ、親父《おやじ》さんが思ってるよりずっと大物だったっぽい）

そしてリリーが想像より情報通だ。

「まぁ、出仕と家を継《つ》がれたのがほぼ同時でしたので、お若くていらしたので確かに大変だろうと受理されたそうなのですが。王宮は調整で大騒ぎだったみたいですし、正直意外だったみたいですね……」

「リリー、詳ちいね」

「親の世代ではかなり衝撃的《しょうげきてき》な出来事だったみたいです。それと……うちの父が人事部の下級官吏《かんり》なんです」

「ああ……お母しゃまだけじゃなく、お父しゃまにも迷惑《めいわく》かけちゃったのにぇ……」

察した。リリーが苦笑いする。

「何というか……そういうおつもりはないのかもしれないのですが」

「何？　大丈夫よ」

言い難《にく》そうにリリーが言葉を濁《にご》す。

「旦那様は、王家と距離を置こうと思っていらっしゃるのではないかと思えるのです」

「距離……？」

はい。と小さく頷いた。

（ふむ……）

「……公爵《こうしやく》家で、王子と結婚《けっこん》出来りゅ年回りのご令嬢《れいじょう》って、いりゅ？」

「今のところ、公爵家のお子様は未婚《みこん》の方は男性のみですね。あとは外国の有力家門へお輿入《こしい》れされた方、国内の侯爵家にお輿入れされている方ばかりです。まあ、これからお産まれになる可能性もありますが」

「じゃあ、今、王子のお妃候補《きさきこうほ》で有力にゃのは？」

リリーが息を詰めて答える。

「御家柄《おいえがら》的にはマグノリア様かと思います……ですが」

「隠しゃれてりゅ」

「はい」

「次は？」

「筆頭侯爵家・シュタイゼン家のガーディニア様かと。お年はマグノリア様の一つ上。……既《すで》に先を見据《みす》えてご実家ではお妃《きさき》教育を行っているそうです」

マグノリアは今迄《まで》聞いた内容と、状況《じょうきょう》を、ひとつひとつ吟味《ぎんみ》し組み立てて行く。

「家柄……ギルモア家は侯爵家の序列四位じゃ？」

「ああ、それはそうなんですが。実質アゼンダ辺境伯領も『ギルモア家』ですから……事実上ギルモア家は公爵家と同列扱《あつか》いなのです」

なんと。同じ爵位《しゃくい》にも面倒なことに序列があるらしく、アスカルド王国内でギルモア家は侯爵家の中で四番目に配されるとあった。貴族の名簿《めいぼ》みたいな『貴族名鑑《めいかん》』にも侯爵家の欄《らん》の四番目に載《の》ってる。

……書面上では陞爵《しょうしゃく》は免《まぬが》れたものの、現実的には逃《のが》れられなかったということか。

辺境伯は実は伯爵《はくしゃく》ではなく、侯爵と同等以上と言われている。

どちらも有力侯爵家（と同等以上）……の後《うし》ろ盾《だて》を持つ筈の娘《むすめ》を、ワザとお披露目回避《ひろめかいひ》させてるって解ったら世論もだけれど、罰則《ばっそく》とか有ったりしないのだろうかと不安になる。

これは。思った以上に厄介《やっかい》な状況に巻き込まれているクサいと確信を持つ。

（なんだか私ってば、みつかったらちょっとヤバい存在になっちゃってないか？）

ジェラルドは流石に解って隠匿《いんとく》しているのだろうと考える。ウィステリアは気に入らないからお披露目しないくらいの感覚なんだろうか。違《ちが》うと言って欲《ほ》しい。ちゃんと解って選択してるんだよね。そうだと言って欲しい。そう切に願う。

(……親父さん、奥《おく》さんが解ってなさそうなら、まさかちゃんと説明しているよね？)

まかり間違《まちが》って見つかってしまい両親が痛い目見ちゃったときに、めっちゃ恨《うら》まれる(ウィステリアとブライアンに)予感がビンビンである。

それらを回避《かいひ》するつもりでいるジェラルド氏は、何か絶対マグノリアに対してやらかす気でいる筈だ。

「…………」

「マグノリア様？」

「あ、うん。わたち、今後の方針と対策を練り直ちちないと」

「「…………」」

今まで壁《かべ》に徹《てつ》していたライラも、流石にマグノリアの言葉に反応せずにいられなかったようで。ふたりとも絶句してしばし固まっていた。

(ていうか、もう軟禁《なんきん》確定だよね、父)

命を奪《うば》うならとっくに奪ってるだろうから、生かしておくつもりではあるのだろう。

——問、面倒なのにそうする訳は？

——答、面倒事より利点があるリターンがあるからだ。

宰相になれる道筋を蹴《け》り、娘が王太子妃になれる可能性があるのに潰《つぶ》す理由は、リリーの言う通り王家と距離を取りたいのだろう。ほぼ確定だ。

（……まぁ、私がぼーっとしててアホそうだから、王太子妃とか無理って思った可能性もあるよね）

でも、とすぐに続く。家の面目丸潰《めんぼくまるつぶ》れになるリスクを負ってまで貴族の常識であるお披露目をしない理由はあるだろうか……そこまでして王家を避《さ》けたい理由があるのか。もしくは有力な何かを得る為のエサ？

（……クソ親父めぇぇぇ～～～（怒）！！！）

取り澄《す》ましたあの顔面に、めっちゃパンチ打《う》ち込みたい！　そう心の中で叫《さけ》ぶ。

「「マグノリア様……お顔が、トンデモナイコトになってますよ……？」」

（つーか、誰《だれ》に相談すればいいのよ！　居ないんですけど、誰も）

前途多難《ぜんとたなん》。五里霧中《ごりむちゅう》。孤立無援《こりつむえん》の四面楚歌《しめんそか》!!

神様はその人に越《こ》えられない苦難は与《あた》えないって、誰か言ってなかったか。

この難題、どーやって解決せよというのか。

（三歳児に対応出来る範囲超《はんいこ》えまくりなんですけど……）

そう来るならこっちだってやってやろうじゃない⁉

――そう、啖呵《たんか》を切れたらどれだけ良かったことでしょう。

……え？　そこはお嬢様らしく泣き濡《ぬ》れる場面だって？

――そりゃ、必ずヒーローが助けに来てくれる人がやることであって、残念ながら何もない予定の人間がするこっちゃない。

うかうかしてると、あっという間に取り返しがつかないことになる。『まだ大丈夫』『もう少し』……が、『あのとき早くやっておけば！』になるのだ（前世経験則）。

準備は早いに越《こ》したことはない。準備しておいて実行する時期を見極《みきわ》めればいい。

＊＊＊＊＊

王家についてわかる範囲で調べてみたものの、特にこれといった情報は無かった。数年前現国王が即位《そくい》され、今が落ち着いた治世であるということしか見受けられない。王妃《おうひ》様がおっとりされた方だとか、王子殿下がやんちゃ……お元気だといったくらいだ。

だが、何処かに見落としがあるか、外に漏れ出て来ない何かがあるか。実際に接してみないと解らない理由がある筈《はず》だ。

適当に合わせて上手《うま》く躱《かわ》した方が楽なわけで。その方が良い家門の筈が、敢《あ》えてそれをしないというのは必ず原因がある。

まずは。家を出て安全な場所に行くことだ。

マグノリアが貴族の娘として世間にしなければならない務めがあると言うならば、立場上しなければならないだろう。豊かに暮らすことを許された身ならば、その身はそれを施してくれた人々に対して有効に使わないといけない義務があるのは承知している。

けれど親の勝手で貴族としない為、もしくは損なうための諸々《もろもろ》が行われており――もしかしたら巡《めぐ》り巡っては領民の為になる計画なのかもしれないが――その内容が解らないいま自身が必要以上に脅《おびや》かされるなら、回避だ回避。

だって領民の役に立つっていう保証がないのだから。

しかし、三歳という時点でひとり安全な場所に辿《たど》り着くのは困難だ。

平民として暮らすとしても。このまま市井《しせい》に飛び出たとして、三歳では野垂れ死にするか誘拐《ゆうかい》されるか、丸く収まってもストリートチルドレンになるかのどれかでしかないと思う。商売をするのにも元手がないし、就職ないしフリーターになるにしても、まともに三歳児を雇《やと》ってはくれなそうだ。

それにこの見た目が、どのくらいギルモア家と関係しているか解るものなのか……

平民界隈《かいわい》でも知られてるものなのだろうか。疑問は尽《つ》きない。

（うーーーむ）

マグノリアは図書室で借りた地図を広げる。

アスカルド王国は大陸のやや西側にある国だ。北側を大きな森を挟《はさ》みモンテリオーナ聖国と、東側は小さな国々と。西から南にかけ、マリナーゼ帝国《ていこく》と小さな国々が面している。西の一部は唯一《ゆいいつ》アスカルドが海に面している土地で、そこがアゼンダ辺境伯領である。

（森……。森で暮らすことって可能なんだろうか？）

畑仕事をしたり、薬草を売ったり、裁縫をしまくって暮らす。お使いだと言って作ったものを売りに行って。大きくなったら街へ出て何か見習いになるでもいい。

気分は年末スペシャルの無人島生活である。ちょっとの期待に胸躍《おど》らせて、北の森についての書物を読む。

『――――モンテリオーナ聖国は魔法《まほう》の国。かの地にはあらゆるものに魔力《まりょく》が宿り、森も例外ではありません。森には大小さまざまな魔獣《まじゅう》や魔虫《まむし》がおり、土地や木々に魔力が無いアスカルド王国にその被害《ひがい》が及《およ》ぶことは殆どありませんが、時折遭遇《そうぐう》してしまうことがあり、大規模な討伐隊《とうばつ》が編成されることがあります』

……魔獣。そして魔虫。

（魔虫って何？　ラノベで魔獣は聞いたことあるけど、虫まで居るの……？）

無理。背筋に悪寒《おかん》が走る。

大規模な討伐隊が出るような生物に、ひ弱な三歳児が敵《かな》う筈がない。そっと本を閉じる。

（北の森ではなく、アスカルド王国内のどこかの領地の、小さい森の中ならイケるかな？）

取り敢えず森に住む案は置いておいて。

多分、ジェラルドはマグノリアを『修道院から嫁入り』コースに乗せるつもりだろう。目障りなら領地へ閉じ込めて置けばいいのに、そうしないのはマグノリアを知る人間をこれ以上増やしたくないからだろうと思うのだ。そして万一何かが破綻《はたん》したとき、自分で直にリカバー出来るよう、自分で監視《かんし》して置きたいからだ。

家で教育をしないのも、教師達に存在を知られたくないことに加え、はっきりと『修道院で教育された』という瑕疵が欲しいからだと予測する。

多分、そう遠くない時期に修道院行きになる。

修道院自体には、別に忌避《きひ》感などはない。

如何《いかん》せん実情が解らないし、多分貴族として行くならば（札付きのワルとして行くのか、ヤバい人として行くのかは解らないが）最低限、丁寧《ていねい》な扱いをされる筈だ。

ただ、ずっと監視が付く生活になるだろう。

どの程度の自由があるのか想像がつかないばかりか、団体によって違いそうだし、もしかしたら世話人と言う名の監視人《かんしにん》によっても違いそうだ。

婚姻《こんいん》もヘタしたら、ないと思っていた一桁《けた》が決行されかねない。

修道院生活で掛かる金額を少なくするのと、きっちり回収する為、変わったご趣味《しゅみ》の御《ご》仁《じん》に、お金や事業、その他の利権と引き換《か》えに差し出される可能性がある。

普通の人との婚姻より、変な人との婚姻の方が利益（父にとって）が得易《やす》いだろう。

だって貴重なほど高値が付くのはいつの世も同じ筈。

ｗｉｎ‐ｗｉｎの関係（あくまで親父さんと変態が）。

（……多分、王家に知られたくないなら遠い場所に住む人間が相手だろう。そして王家と接点がないような低位貴族……いや、平民の可能性もあるなぁ。ただお金回りがいいか、親父さんか『ギルモア家』に何かしらの利を渡《わた》すことが出来る人物だよね。……そして必要とあればサックリ切り捨てられる人間だ）

そう考えると、修道院に行く前か移動の最中に行方不明になるのが一番良いだろう。もしくは準備が出来次第《しだい》、部屋を荒《あ》らして偽装《ぎそう》して、近々に屋敷《やしき》から夜中に家出をするか。どっちとも、死んだと見せかけられれば多分殆ど捜さないだろう。

Nシステムや監視カメラがある世界じゃない。上手く逃げ通せれば誤魔化《ごまか》しようは幾らでもある筈だ。

なんにしても、侍女達《じじょたち》や関わる従者などに出来るだけ迷惑が掛からないようにしたい。

（移動中の場合、はぐれて襲《おそ》われたように取り繕《つくろ》って……しばらく潜伏《せんぷく》して。ほとぼりが冷めたら孤児《こじ》の振りでもして、どこかの孤児院に収容されるしか生きて行く方法がなさそうだなぁ）

人間、どの道なんだかんだで生きて行かなくてはならないのだ。泣いても笑っても、最終的に選択し決めるのは自分自身だ。

それなら。マグノリアは小さな声で、だけれども力強く呟《つぶや》く。

「わたちは、自由に生きりゅ！」

自分の力で。

なるべく周りに迷惑を掛けずに。誠実には誠実を、優《やさ》しさには優しさを返しながら。

自分の生きる道と場所を探すのだ。ないのならば、作るまで。

先《ま》ずは自分で生きて行く為《ため》の基礎力《きそりょく》をつけなくてはならない。

よって、
・森や川などで取れる食べ物を覚えること
・潜伏しながら生きられるように、内緒《ないしょ》でお金を稼《かせ》ぐこと
・武器の使い方を覚えること
・体力をつけること
取り敢えずの近々の課題が決まった。


（よっし！）

マグノリアは気合を入れて頬《ほ》っぺたを両手で張ると、大きく頷いた。


ロサと一緒《いっしょ》にいるときは今までが比じゃないくらい、延々と刺繍《ししゅう》をする。本当にずっと。

ハンカチを丁寧に丁寧に縫《ぬ》って、花の刺繍をする。

名前代わりに花の刺繍《ししゅう》入りの小物を使うのは調査済みだ。

実入りの良さそうなレアものを作りたいが、如何せん目立つ。

それに同じものを作った方が手際も良くなれば効率もいいし、第一幾つ作ったか解らな

いので数を誤魔化し易い。刺《さ》しやすく、メジャーな名前の花を色とりどりに刺していく。縁《ふち》周りに飾《かざ》り刺繍を入れたり、飾りレースをつける。

（目はしぱしぱするけど、ばっちこい！）

「……お嬢様、少しお休みになられては如何《いかが》ですか？」

ロサが流石に違和感を覚えたのか、休憩《きゅうけい》をちっとも取らないマグノリアを訝《いぶか》しんでお茶を勧《すす》めた。

「大丈夫。もう少ちちたら休むね。ロサ、よかったりゃ休憩ちてて」

にっこり笑うマグノリアを見て、ロサは心配気に眉《まゆ》を寄せた。……そういうことが数日間続いている。ロサは心の中でため息をついてマグノリアを見遣《みや》る。

はじめは外へ出てはいけないと言ったことへの意趣《いしゅ》返しかと思ったが、すぐに考えを改めた。集中度合いと真剣《しんけん》度合いが恐《おそ》ろしい程なのだ。

ロサだって好きでマグノリアを外へ出さないわけではない。ギルモア侯爵に釘《くぎ》を刺されたのだ。マグノリアが生まれてから事あるごとにおかしな選択をする侯爵夫妻に、過去、改善するよう一番に訴《うった》えて来たのはロサだった。

他の人が自分の態度をどう思っているかは解らないが。

自分がお世話するお嬢様だ。幸せになって欲しいし、いつだって笑っていて欲しい。

そんなの当たり前だ。

マグノリアが希望することなんて、ほんの些細《ささい》なことなのだ。すべて叶《かな》えてあげたい。

……ウィステリアはともかく、侯爵はなにがしかの考えがある筈だと思っている。

常識的な人間だった筈のジェラルドが、それを踏《ふ》み外《はず》してのマグノリアへの対応は、同じように彼《かれ》を小さい頃《ころ》から見て来たロサには到底《とうてい》信じられなかった。

ブライアンについては至って極普通《ごくふつう》の対応である為、マグノリアには敢えてそうしているのだと解る。しかし、主人であるジェラルドに強く、『理由があるので構うな』『娘と家の為だ』と言われてしまえば、侍女《じじょ》の身でしかない自分にはどうしようもない。

なるべく侯爵夫妻の目に触れないように。悋気《りんき》にも悪意にも触れないように。

万一関わってしまう場合には、敵意をなるだけ持たれないよう愛想《あいそ》良く振舞《ふるま》えるように。

そう育てる以外に、ロサには守り方が解らないのだった。


リリーが部屋にやって来たときに、こっそりとハンカチが幾らくらいで売れるのか聞いた。

「ものや状態によると思いますが、布代にプラス三〜六小銅貨ぐらいでしょうか……」

小銅貨。マグノリアは道のりの険しさに気が遠くなる。

大陸では、各国同じ共通通貨が使われている。

銅貨が小・中・大の三種類。銀貨が小、大の二種類。金貨も小、大の二種類。国家間で取り扱うような大規模な金額の白金貨の計八種類だ。

価値は、一小銅貨は日本の十円ほど。一中銅貨は百円と言ったところか。

そして十進法だから、十小銅貨は一中銅貨になる。

各銅貨が一枚で十円、百円、千円。銀貨が一万と十万円。金貨が百万と一千万円。白金貨は一億円だ。

——ちなみに一小銅貨以下のお金に関しては、各国で独自に流通して使用している国もあるらしい。


ハンカチ一枚が三〜六小銅貨、つまり三十円〜六十円だ。世知辛《せちがら》い。

売るのに利益も出さなきゃいけないし、原価と考えるとそんなものなのだろう……

現実に、ちょっとしょんぼりする。

「リリーには申し訳にゃいんだけど、もし可能にゃら、何処《どこ》かでハンカチを買い取って貰《もら》って来て欲ちいの」

「……わかりました。お値段の下限はございますか？」

何か思うところもあったんだろうに、黙って飲《の》み込んで必要なことを確認《かくにん》する。

「特には。幾りゃが妥当《だとう》か、解りゃないち」

「ではお急ぎでないのでしたら、お休みのときに行って参りますね」

十枚程ハンカチを渡すと、手すきのときにアイロンをかけてくれると言ってくれた。

みんな細かいところにまで気が回って、本当に有難《ありがた》い。


数日後、マグノリアの手には五枚の中銅貨が載せられた。五百円。

頑張《がんば》って、一枚五小銅貨で売って来てくれたらしい。リリーは満面の笑《え》みで弾《はず》むようだ。

「とても綺麗《きれい》に縫えているって、洋品店の方が褒《ほ》めていましたよ！」

この世界に来て初めてマグノリアが稼いだお金。

金額の小ささに笑ってしまいそうになるけど、同時にとてもかけがえのないものに感じられた。リリーにお礼を言って、強く銅貨を握り締《し》める。

焦《あせ》るときほど確実に。一見遠回りは、最短だったりするのだから。


デイジーと一緒のときにはひたすら本を読む。

動植物に関する本、武器の扱い方《かた》の本。

特に食べられるものと食べられないものの選別は大切だ。無事生きながらえられるかどうかの大きな柱の一つである。

平民の中でのギルモアの識別は、貴族程詳《ほどくわ》しくはないとのことだった。

『悪魔《あくま》将軍』とその親（先代と先々代）のイメージが強く、どちらかと言えば赤毛＝ギルモアという認識《にんしき》の方が強いだろうと言っていた。しかし、やはりこの色合いが珍《めずら》しいのは確かなので、外へ出ればとても目立つのは確かなようだ。

それと、心配そうな顔をしながら、国内外の人の流れについても教えてくれた。

国内は領地によって多少の違いがあるものの、そこまで厳密に取り締《し》まられてはいないらしい。地球の関所のように門番のいる扉《とびら》から出入りし、余程《よほど》目につかない限りは調べられることは少ないようだ。

国外に出る為に高位貴族は王の許可証が必要となる。親戚《しんせき》がいる者や長期休暇《きゅうか》で使われることが殆どで、そんなに頻繁に出入りをする感じではないそうで。

平民は商業目的での出入りはある程度フリーだそうで、商業ギルド発行の身分証があれば大丈夫《だいじょうぶ》らしい。買い付けであちこち行くからなのだろう。同じように冒険者《ぼうけんしゃ》ギルドでも身分証（ギルドカードというらしい）を発行しており、C級と認定《にんてい》されればどの国にも出入り出来るのだそうだ。

商業ギルドに冒険者ギルド。異世界感たっぷりだ。

出来れば登録したいところだが、三歳児はどちらも無理だろう。


ライラと一緒のときは武器の練習をしている。

マグノリア自身も考えてもいなかったのだが、たまたまライラに貴族女性の護身術について聞いたら、意外にも彼女《かのじょ》は武術の心得があったのだ。聞けばご実家は騎士《きし》家系であるそうで、女子も小さい頃から自分の適性に合った武具や武術を習うそうだ。

「わたちもやってみたいのだけど……駄目だよね？」

「…………。マグノリア様はお美しいですからね。将来に備え簡単ではありますが、基礎《きそ》で宜《よろ》しければお教え致しますわ」

少し考えて承諾《しょうだく》してくれた。多分あんなに外に出てワイワイしていたのに、閉じこもって――軟禁されてるんだけど――ばかりで可哀想《かわいそう》と思ったのだろう。

そんなことを思ってたら。

次の日に短剣《たんけん》、長剣《ちょうけん》、サーベル、ファルシオン、槍《やり》、鎖鎌《くさりがま》、大鎌《おおかま》、フレイル、鎚鉾《つちほこ》、ウォーハンマー、バトルアックス（戦斧《せんぷ》）、ハルバード（斧槍《ふそう》）、鞭《むち》が目の前に置かれた。

（（……鞭……））

マグノリアと、休日なので見学に来ていたリリーとデイジーが思わず震《ふる》える。

「体術も加えた方がいいとは思うのですが、未だお小さいですから……お身体を痛めると不味《まず》いので、この辺りがメジャーかと思い一部お持ちしました」

（……うん。身体を痛めてまで習おうとは思っていない。つーか、ライラさんガチやね……）

よく屋敷の中を歩けたな（視線的な意味でも、防犯的な意味でも）と思う。そしてどうやってこの大量の武器を運んで来たのだろう……まさか、抱《かか》えて……？

三人は思わず顔を見合わせた。

「取り敢えず、こちらで試《ため》してみましょう」

「……オネガイイチマシュ」

短い棒を手に持ち、ライラに向かっていく。躱されたり、ライラが持つ棒と軽く打ち合ったり。

次に長い棒を持って、同じように。

「てい、てい。とぉう。てい！」

マグノリアの気の抜《ぬ》けた——本人としては至極《しごく》気合の入った掛け声が続く。

まったく表情を変えず、軽い動きで躱すライラ。対比が酷《ひど》い。

……何というか、じゃれつく小型犬とクールな飼い主のようだ。

しばらく振《ふ》り回していると、大丈夫です、と言われ止める。そしてライラは瞳《ひとみ》を伏《ふ》せ長考に入った。マグノリアは肩《かた》で大きく息をしている。

「……だ、大丈夫ですか？　マグノリア様……」

デイジーがタオルを持ってやって来て、マグノリアの汗《あせ》を拭《ぬぐ》う。

「……あいがと、う……」

ヨロヨロと椅子《いす》に座《すわ》るマグノリアに、リリーが冷ましたお茶を勧める。ペコリ頷《うなず》くと、ゴクゴク音を立てながら勢いよくお茶を流《なが》し込《こ》む。

「ぷはぁ〜！　生き返っちゃ！」

「「…………」」

静かに考え続けるライラを見て、三人は『ライラには逆らわんとこう』と決心した。

しばらくしてライラが口を開く。

「マグノリア様は元の身体能力は悪くないと思いますが、ずっとお部屋の中にいらっしゃるので、体力があまりないと思われます」

（そうでしょうね。苦情はギルモア侯爵《こうしゃく》までお願いいたします）

顔では頷いておき、文句は心の中で言う。

「大きくおなりになれば、どちらでも鍛錬《たんれん》によって使えるようになると思いますが、今はお小さいので相手から距離《きょり》を取って戦えるものが良いと思うのです」

「じゃあ、ハルバードとかですかね……？」

鍛錬……と同時に呟きながら、デイジーが恐々《きょうきょう》と武器を見る。

「しかし。お小さすぎて、上手く使えないと思うのです」

「「「確かに」」」

「暗器の方が良いかもしれませんねぇ」

「「「アンキ」」」

おっとり言われた言葉が物騒《ぶっそう》過ぎて、三人は目をしばたたかせる。

取り敢えずこちらを、と言って比較的《ひかくてき》小さな鎚鉾を渡された。

「練習用なので刃《は》を潰してありますが。ここを押《お》すと、柄《つか》の先端《せんたん》から小刃が出ますので」

言いながらボタンを押すと、シャリン！　と高い音を立てながら柄から大変物騒なものが飛び出て来た。逆に三人の言葉は喉《のど》の奥に引っ込んで行く。

……ピカピカに光ったそれは、切れ味満点とでも言いたそうに冷たい光を放ったままだ。

「鎚鉾で殴《なぐ》って、動きが鈍《にぶ》くなったらこれで」

(((こ、これで……)))

「まあ、色々出来ます（にっこり）」

ついでとばかりに、ドサっという音と共に、ベルトの付いたおもりが幾《いく》つか落とされる。

三人の視線が、おもりに引き寄せられた。

「「「…………（汗）」」」

「当面こちらをつけて準備運動と軽い鍛錬を致しましょう」

室内で出来るものですからねぇとおっとり言われるが、こっちは全然おっとりしない。

こうしてライラによるブートキャンプが幕を開けたのだった。

閑話　隠されたお嬢様（ガイ視点）

一週間ほど前に出会ったお嬢様は、小さい身体でありながら大人の男に歯向かって来ようとする跳《は》ねっ返りのお姫様《ひめさま》だった。

しかし無謀《むぼう》に抵抗《ていこう》しようとしたわけでなく、冷静に状況を判断した上で逃《に》げられない――こちらは襲うつもりなんてなかったけど――そう悟《さと》った上での行動であり、年老いた庭師の爺《じい》さんを心配しての行動でもあった。

普通なら怖《こわ》くて震えるか泣くかするであろうに。多分、将来は国一番の別嬪《べっぴん》さんであるだろう顔をこれでもかというくらいに顰《しか》めて、武器（農具）の在処《ありか》を確認していたっけ。

躊躇《ちゅうちょ》なくこちらの急所に打ち込んでやるという瞳だった。切羽《せっぱ》詰まった顔で睨《にら》んで来たので敢えてどんなもんか、殺気を出して挑発《ちょうはつ》していた自分が悪いのだが。

「くくっ、ボロは着てても心根は『ギルモア』なんすねぇ」

未婚の王女も公女も居ない今、国で一番の高貴な未婚女性である筈のご令嬢はマグノリア様という御名《おんな》だった。御年《おんとし》三歳《さい》。

今はもう消え去った、北の小国の特徴的《とくちょうてき》なピンクの髪《かみ》と朱鷺《とき》色の瞳。セルヴェス様の御《お》母上《ははうえ》であるアゼリア様と同じお色だ。お顔も良く似ていらした。


ギルモア侯爵家とアゼンダ辺境伯《はく》家は、微妙《びみょう》な関係だ。

商業的な関係はすこぶる良好だが、心理的な部分とでも言えばよいか。

十年程《ほど》前、うっかり陞爵されそうになり焦ったセルヴェス様がやらかしたからだ。

見た目優男《やさおとこ》な長男のジェラルド坊《ぼっ》ちゃまは、禍々《まがまが》しい笑顔《えがお》でダンマリを決《き》め込んでいたが、あれはすんごく怒《おこ》っていた顔だ。

……セルヴェス様も、きちんと説明すれば良かったのに。

息子《むすこ》のあまりの怒気《どき》と奥様《おくさま》からの叱責《しっせき》、未だ幼い義息子からの進言。ついでに建領と移領に伴《ともな》うあれやこれやで、てんやわんやだったのもあっただろう。

そして一番駄目《だめ》なのが、息子の優秀さに甘《あま》えて、『解《わか》るよな？』とばかりに中途半端《ちゅうとはんぱ》な説明でうやむやにしてしまったことだ。名将も、家族にはしがないオジサン。家では結構な割合で迷走《めいそう》しているのだなと思う一件だった。

お小さい頃からひたすらに頑張って頑張って、努力されていたのに……せめてもっともっと褒めて差し上げれば良かったのにと思うし、事情や本心をお話しすれば良かったのだ。頑張り過ぎたジェラルド坊ちゃまには、懸命《けんめい》に熟《こな》すばかりに視野が狭《せま》くなり、父親の不器用な信頼《しんらい》だけでは足りなかったし、心には届かなくなっていたのだろう。

そこは子どもなのだから仕方ない。本来子どもにそこまで強《し》いる親の方が悪いのだ。

まあ、言い訳と言われてしまえば仕方ないが、時は戦渦《せんか》の時代。親は親で役割を熟すのにいっぱいいっぱいなこともあるし、いつの時代も親業自体は手探《てさぐ》りだったりと、上手くやれないことは多々あるものだと、主を長年見て来た人間としては思う。

ジェラルド坊ちゃまは……優秀でありながらもどこかで自信が無く、悪い方悪い方に考えてしまったのだろう。それだけ傷ついていたとも言えるし、愛情に飢《う》えていたのだろうし、張り詰《つ》めていたのだろう。

出来過ぎるというのも案外良くないものなのだなとガイは思う。

ただ、だからこそ、自分や周りを必要以上に傷つけるような行動をしないでも良かったのに、とも思う。

まず、怒れる坊ちゃまは騎士団《きしだん》をアゼンダ辺境伯領にぶん投げて来た。

これは私設の騎士団を同じ家門が複数持つのは過剰《かじょう》戦力になるだろうと、貴族間や王家との力関係を懸念《けねん》していろんなあれこれが牽制《けんせい》し合い……領地を分けるに当たって（外野が）揉《も》めていた。物理的にも距離が離《はな》れているので、国家を守る戦力としては侯爵家と辺境伯家両方に騎士団があった方が良いと思うのだが。結果、

「痛くない腹を探《さぐ》るおつもりか？　今迄のギルモアの王家への献身《けんしん》をお疑いになると？　そのように思われるのは不本意ですので。当方いりません故」

と。笑顔で『元帥《げんすい》が引き取って国境を警備されよ』とあっさりぶん投げて来たのだ。

そして更《さら》にそれを証明するように、彼はギルモア初の文官になった。

王宮も期待の新人（予定）を失った軍部も、セルヴェス様もびっくりだ。

——泣いた。全軍部の役人（特に事務方）が泣いた。

それなら国政の中枢《ちゅうすう》へ！　そう言われたのにもかかわらず（ジェラルド坊ちゃまは頭もすこぶる良かった）、何処から見つけて来たのか聞いたこともない閑職《かんしょく》を希望したのだった。

「急な世襲《せしゅう》で、ましてや成人したばかりの若輩者《じゃくはいもの》。不慣れですので身に余る役職は残念ながら御受《おう》け致《いた》しかねます。お聞き届け頂けねば残念ながら出仕は取りやめ、直ちに帰領し領政に専念致します」

確かに……ギルモア侯爵領はなかなかに広大だ。だが実際のところ、長年子どもながらに領政を担《にな》って来たジェラルド坊ちゃまなので、実務なんぞ手慣れてすらいるのだが。完全な当てこすりである。

言っている顔は全然残念そうじゃないし。

しかし実情も事情も知らない貴族たちは、もっともだと頷いた。急な世襲も、長きにわたる当主不在状態であったにもかかわらず、領政を教授する時間も碌《ろく》に取らず移領させることになった事実を鑑《かんが》みれば……諸先輩方は若者の負担を減らそうと頷くしかなかったのである。

王宮も行政部（軍部に行くと思ったのにラッキー!!　と思っていたらしい）も、当てが外れてんやわんやだったそうだ。

勝手にそちらが画策してたんでしょ、と内心で呟きながら涼《すず》しい顔はジェラルド坊ちゃまだけである。……ま、それを見越《みこ》した嫌《いや》がらせないし対応なのだろうと思うわけだが。

そして、極《きわ》めつきは孔雀《くじゃく》みたいな見た目の嫁《よめ》さんを貰ったことだろう。

あてつけ以外の何ものでもないのだろうが、一生を左右する結婚《けっこん》まで犠牲《ぎせい》にする必要なかったのに……本格的に周囲の気持ちを折りに行きたかったのだろう。

奥様が窘《たしな》めたが、全く聞く耳をお持ちにならなかった。

まず、奥様と孔雀嫁《くじゃくよめ》の相性《あいしょう》が最悪だった。孔雀嫁は説明しても説明しても、家政を全く理解しなかった（その辺は坊ちゃまの計画通りだったのだが）。

優秀《ゆうしゅう》な義弟《ぎてい》であるクロード坊ちゃまは信じられないという目で呆《あき》れ果て。脳筋っぽいけど意外に書類仕事も熟すセルヴェス様も、嫁の出来なさ加減とキンキラキンさに呆気に取られていた。

……移領の準備の為、奥様も途中《とちゅう》で匙《さじ》を投げることとなる。

更に、美しさを鼻にかけ（そこそこ美しい。けどケバい）、傲慢《ごうまん》で浪費家《ろうひか》。

ギルモア侯爵家は代々質実剛健《しつじつごうけん》がモットーの家門。

いつも許され周りに甘えて来た孔雀嫁にとっては、なんやかんや厳しい姑《しゅうとめ》も、うるさい舅《しゅうと》も、冷めた目で相手にしない義弟も嫌《きら》いになるのに時間は掛からなかった。家を分けてから殆《ほとん》ど会うこともせず、どうしても会わなくてはいけない場合（ブライアン様のお披《ひ》露目《ろめ》等）はジェラルド坊ちゃま以外は居《い》心地《ごこち》の悪い針の筵《むしろ》の上状態だった。

なので、当然のように用事や挨拶伺《あいさつうかが》いは王城のセルヴェス様の部屋か、アゼンダ辺境伯家の王都のタウンハウスかで。当たり前のようにジェラルド坊ちゃまが来て済ませて行く。

クロード坊ちゃまが何度も取り成したが、駄目だった。

ギルモア侯爵邸《こうしやくてい》に行くと言えば濁《にご》され、躱され、断られる。特にここ数年は徹底《てってい》していた。流石《さすが》に何かおかしいのでは？　とクロード坊ちゃまが声を上げた。

彼はジェラルド坊ちゃま以上に冷静な坊ちゃまだ。

兄を尊敬しており、小さな頃から慕《した》ってもいたのでこの関係悪化を一番苦慮《くりよ》した御人《ごじん》だろう。小さい子どもに責任なんてあるような内容じゃなかったのだが、家族がバラバラになったのは自分の責任だと気に病《や》んでもいらした。

セルヴェス様も、年々頑《かたく》なになるジェラルド坊ちゃまの対応に違和感《いわかん》を覚えていた。

……しかし元はと言えば自分のせいでどんどんドツボに嵌《はま》って行った為、行動を起こせば起こすたび、説明しては悪化して行く関係に今更《いまさら》と踏み込めないでいたのだ。

そうしてガイが周辺国ときな臭《くさ》い国内貴族などの偵察《ていさつ》から戻《もど》され、数年ぶりにギルモア家へと出向き密偵《みってい》を任されたという流れだった。

まずあの後庭師の爺様《じいさま》に詳《くわ》しく尋《たず》ねたが、ジェラルド坊ちゃまは具体的なことを口にしなかったそうだ。

庭師の爺様はその昔、斥候《せっこう》を専門にする騎士だった。

騎士団を辞《や》めた後もギルモア家の『お庭番』だった人物。

屋敷の使用人の話を紛《まぎ》れてさらって行く。問題のお嬢様の境遇《きょうぐう》とご様子。するととても信じられない、聞くに堪《た》えない内容が語られた。

お嬢様の存在隠しだ。

ジェラルド坊ちゃまは情報統制にかなり気を付けていたらしく、お嬢様の存在は外へ殆《ほとん》ど漏《も》れていない様子だ。使用人にも契約書《けいやくしょ》を書かせ、強く口止めしている。

セルヴェス様への複雑な感情以前に、王家に対しての不信感があるのだろう。確かに、現王は危《あや》ういところがある。更に次代はかなりヤバいと専《もっぱ》らの評判だ。

王宮に勤め、噂《うわさ》だけでない何かを嗅《か》ぎ取ったのだろうか。

もしくは何かを掴《つか》んでいるのかもしれない。八つ当たりだけでするにはリスクが大きい。

そして、驚《おどろ》くべきことにギルモア付きの隠密《おんみつ》の存在が無くなっていた。国の護《まも》りを担うギルモア家に諜報《ちょうほう》は欠かせない筈なのに。

詳しく顛末《てんまつ》を聞こうとしたら、屋根裏にも物陰《ものかげ》にも、何処《どこ》にもいなかった。仕方なく裏ギルドで確認を取る。顔なじみの人間に聞けば、坊ちゃまは必要な情報は都度金で買うことにしたらしい。戦争も無ければ、軍事にも国の中枢にも関わっていないので、以前ほど後ろ暗いことがないのだろう。影《かげ》の存在など必要になることも少ないのだろうと言う。

——余程のことがない限り、家門のあれこれを探らないというスタンスが発見を遅《おく》らせたのだ。ましてやセルヴェス様がいろいろやらかしているので、下手に探って余計に怒らせたくないという心理が働いていたのだ……文官をしているとはいえ、本来は騎士団を継《つ》ぐ立場だった方だ。気配に聡《さと》く侵入者《しんにゅうしゃ》にすぐ気づいてしまうだろう。並みのお庭番では歯が立たないので『触《さわ》らぬ神に祟《たた》りなし』というヤツだったのだ——

そのうえ領政は至って明朗会計。真っ白・真っ当以外の何ものでもなく。王宮でも国でも地位を得ようなんて思っていないことから、策略もしない・されないらしい。ある意味、全く非の打ちどころがない。

自分と家門の問題があったときに後腐《あとくさ》れなく情報を買取り、流したり操作したりすればいいという合理主義で過ごしているそうだ。

主に忠誠心を持つ危ない人間を飼い慣らすのは有益なことも多いが、深く家の内情を知る存在になるともいえる。まして忠誠心は、目に見えることもあるが見えないこともあるのだ。

そういう存在と距離を取り、必要なときだけ自らだけが赴《おもむ》き、家という巣箱に頑丈《がんじょう》な鍵《かぎ》をかけたのだ。

お嬢様は囚《とら》われている。その存在をないものとして扱《あつか》われる為に。

せめてセルヴェス様に近況《きんきょう》をお伝えしようと、孫姫《ひめ》さまの部屋を覗《のぞ》き込んだ。

勿論《もちろん》窓から。

……偵察しやすいような木が無く、足場を確保するのにかなり苦労した。

「……相変わらず徹底してやすねぇ……」

目の前にはいない陰険《いんけん》なジェラルド坊ちゃまに向かって思わず愚痴《ぐち》を零《こぼ》す。

「ふっ！　はっ!!　とう！　やぁ!!　えいっ！　やぁ!!　さっ！」

「？」

お嬢様は寝《ね》てるかと思いきや、小さい鎚鉾を両手に片足を上げたり飛び跳ねたり、走ったりしている。

…………。暗い中何をしていなさるんだ？

今度は何やら険しい顔で両手を交互《こうご》に突《つ》き出し、正拳突《せいけんづ》きのような真似《まね》をしている。

ガイは一瞬《いっしゅん》あっけに取られたあと、身体を小刻みに震わせるとたまらず噴《ふ》き出した。

「ぶっふぉ!!」

マグノリアが見たら憤慨《ふんがい》である。

（つーか、今度は一体何をしようってんすかね？）

ヒーヒー声が出るのを必死で抑《おさ》え、腹筋と表情筋がプルプルしている。

「だ……駄目だ……反則っすよ……ぐふぅっ！」

鼻を膨《ふく》らませながら変な踊《おど》りを踊っている（？）小さなお嬢様を見て、図太いな、と思う。

（いいっすね、お嬢《じょう》。気に入りやしたよ）

「ていやあぁ～!!（ビシィッッ！）」

ポーズが決まったところで、ガイは崩《くず》れ落ちた。不覚である。

梟《ふくろう》は大きな目をぐるりと回し、夜カラスが小さく「アホ～」と鳴いた。

第四話　嵐の誕生日

ガイ自身もジェラルドがそう遠くなく、マグノリアを修道院に移動させるつもりであるのを裏付ける情報しか入手することが出来なかった。かと言って、そう差し迫《せま》ったものではなく今しばらくは余裕《よゆう》があるだろう。

しかしそれより先に、マグノリアの方が飛び出して行きかねない。全くもって油断ならないお嬢様なのだから、一刻も早い対応が必要だろう。

王都から三日掛《か》かる道のりを無理を承知で短縮し、二日程でセルヴェスとクロードの待つアゼンダ辺境伯領へと急いだ。

ガイからの報告を聞いたセルヴェスは奥歯《おくば》をギリギリと噛《か》み締め、クロードは非常に困《こん》惑《わく》した表情を浮《う》かべていた。

「……本当に、兄上の子で間違《まちが》いないのか？」

「はい、裏は取れておりやす。それに、アゼリア様にそっくりでいらっしゃいやしたから」

「お祖母様《ばあさま》に……」

クロードは考えをなぞるように呟くと、青紫色《あおむらさきいろ》の瞳を伏せて考えを纏《まと》めているようだった。

それよりも、奥歯を噛み締めたままのセルヴェスが心配だ。奥歯が砕《くだ》けるんじゃないかと思ってガイは自らの主人である辺境伯を仰《あお》ぎ見る。

……。…………。

……鬼《おに》だ。鬼がいる。

鬼が低く唸《うな》りながら問うた。

「名は……名は何と言った」

「『マグノリア』様。マグノリア・ギルモア様です」

「…………」

「ミドルネームはないのか？　……侯爵家の令嬢《れいじょう》であるのに」

「はい。ゆくゆくは地方の口の堅《かた》い低位貴族にお輿入《こしい》れ予定とかで。周囲に身元を邪推《じゃすい》されないようにお付けにならなかったのではないかと推測してやしたねぇ」

「――――」

聞いたままで黙《だま》り込んだ父の代わりにクロードが確認したものの、返って来た答えに父と同じように唇《くちびる》を引き結び、両手を握《にぎ》りしめた。

アスカルド王国では、侯爵以上の家柄《いえがら》に生まれた子どもにミドルネームをつける風習がある。名を見ただけ、聞いただけで高貴な生まれとわかる仕組みだ。なので高位貴族でありながら、数がそれなりに多い伯爵家《はくしやくけ》には適用されない。

ミドルネームが無いということは侯爵家の認めた子ではないと、親が明確に意思表示したようなものだ。養子でありながらミドルネームを与《あた》えられたクロードからすれば、まだ見ぬ小さな義姪《ぎてつ》が不憫《ふびん》でならなかった。

食事こそ与えられているものの、家族に顧《かえり》みられず、粗末《そまつ》な服を纏い……あろうことか自由を奪《うば》われ、部屋に留《と》め置かれているなど。あるべき名を与えられず、披露目もされず。本人に瑕疵《かし》が無いにもかかわらず、修道院に押し込まれようとしている。

侯爵令嬢《こうしやくれいじよう》でありながら周りに身分を隠し、無駄《むだ》に瑕疵をつけて低位貴族へ嫁《とつ》がされる予定だろうという。

（兄上……）

「そのマグノリア様のお誕生日が、週末っす」

「誕生日⁉」

「週末って、明後日じゃないか！」

セルヴェスは開いた口を唸りながら閉じると、一度瞳《ひとみ》を閉じ、ゆっくりと開く。

すると今迄《まで》溢《あふ》れていた怒《いか》りは霧散《むさん》し、沸々《ふつふつ》とした覇気《はき》が漲《みなぎ》っていた。

これは。戦場に立つ主のようではないかとガイは思う。

冷静沈着《ちんちゃく》なクロードが、静かな声で諫《いさ》める。

「父上……くれぐれも穏便《おんびん》にですよ」

「解っておる。出る」

短く言うと、外套《がいとう》を鷲掴《わしづか》み大きく音を立てて羽織り、颯爽《さっそう》と大股《おおまた》で部屋を出て行った。

齢《よわい》六十になるとは思えない身のこなしは、流石《さすが》悪魔《あくま》将軍。

出陣《しゅつじん》だ。

「して、マグノリア……は今どのように？」

「金を貯《た》めて、身体を鍛《きた》えて……近々出奔《しゅっぽん》するおつもりっす」

「……出奔？」

思ってもみない言葉が飛び出してきて常識人のクロードは閉口する。そして戸惑《とまど》いながらクロードも外套を引っ掴み、足早に父の後を追う。

早足で近寄る心得た家令に、歩きながら留守の指示をして外套を纏った。

＊＊＊＊＊

黒い大きな青毛の馬が先頭を切って走り抜ける。その後ろを鹿毛《かげ》二頭が列をなして走っている。

紅葉が交じる樹々《きぎ》と抜けるような青空は本来目を楽しませるものであろうに、理不尽《りふじん》なことにただただ舞《ま》い上がる砂塵《さじん》と共に流れ去って行く。馬を休ませる以外は不眠不休《ふみんふきゅう》で二日間駆《か》け抜けてきた道を、再び戻ることになったガイを時折気に掛けるように振り返るクロードを、本人は苦笑いで見遣《みや》った。

クロードは、事の決着をどのようにつけるべきか思案していた。

父と兄が和解して子どもの待遇《たいぐう》が改善すれば良いが、果たして改善したからといって全て解決かと言えばそう単純なものでもない。

姪がもう少し大きくなって色々な判断がつくようになれば、自分がどれだけの事をされたのか思い知ることになるだろう。父と兄以上に関係の断絶になることは想像に容易《たやす》い。

一般的《いっぱんてき》にアスカルドでは親に子の処遇《しょぐう》を決める権利があるとはいえ、義姉《ぎし》や義甥《ぎせい》の様子も聞くにあたり、そのまま一緒《いっしょ》に暮らし続けても誰《だれ》が幸せになるのか疑問であった。

（低位貴族に養子に出すことを進言すべきか……）

勿論、意見を求められればだが。信頼する貴族の家に養女として貰い、体調が戻ったとしてお披露目をすると言うのが一番穏便なパターンだろう。

低位貴族の子女であるなら早々王家と関わることも少ない筈《はず》。

（しかし、お祖母様によく似ているということはギルモアの血だということを隠しようがない……色々と手詰《てづ》まりだな……）

綺麗な顔が、苦虫を噛み潰《つぶ》したようになる。それに、父の分が悪いとは言え、それを理由に関係のない子どもまで意図的に不幸にするのはやり過ぎだ。

（しかし、何故《なぜ》？）

兄らしくない報告の数々に、妙《みょう》な引っ掛かりがある。

まあ、今更言ったところでどうにもならないのだが……

――もしくは、自分の代わりにアゼンダを継いでもらうかとの考えが頭をよぎる。

元々、父の持ちうる全てを継承《けいしょう》するのは本来兄であるべきこと。自分は元の『男爵家《だんしゃく》の嫡男《ちゃくなん》』に戻ればいいだけだ。父がごねるであろうことは避《さ》け難《がた》いが……どうしても反対されれば、自分が分家を作れば良いと思う。

彼女は正統なギルモアの嫡出子《ちゃくしゅつし》。

名前の問題もあるが……女子本人が家督《かとく》を継ぐなら、そのようなものは吹《ふ》き飛ばすくらいの功績を持てる人間になるであろうし、極々普通《ごくごくふつう》の人間だったなら、家を継ぐだろう結婚相手にその辺の事情も汲《く》めるような人間を選んでもらえば済むことだ。

どちらにしろ、ギルモア侯爵家の中だけで済みそうならこちらが必要以上に出張る必要もないし、収拾《しゅうしゅう》がつかなそうなら提案の一つとして挙げれば良いだろうと結論づける。

山道と街道が分かれる少し手前、セルヴェスの馬が速度を落とした。

もう少しで地方都市であるサンタナの街がある。

――走り通しで、流石に宿を取るつもりなのか。クロードとガイも不思議に思いながら速度を落とす。

俯《うつむ》くセルヴェス。

ぷるぷる震えるセルヴェス。

（ご自分のやらかしが齎《もたら》した結果に、慄《おのの》いていらっしゃるのか……？）

訝《いぶか》し気《げ》にクロードが声を掛けようとすると、セルヴェスは凄《すさ》まじい勢いでふたりを振り返った。

ぐりんっっ!!　……風が見えた気がした。ふたりはちょっと仰《の》け反《ぞ》って、セルヴェスの焦った顔を見る。

「どうしよう……っ!!」

「……どうかされましたか？」

ぐいーーーっと顔をクロードに近づけると、切羽詰まったようにがなり立てた。

「誕生日なのに！　プレゼントを用意するのを忘れた!!」

「「……は？」」

「贈《おく》り物《もの》じゃ、贈り物！　……マグノリアは、四歳の女の子は何が欲《ほ》しいものなんだ!?　周りが男ばかりで見当もつかん！」

「…………」

ガイは、何やら面白《おもしろ》い様子に陥《おちい》っている主をみてニヤニヤしているが。

クロードは黙ったまま冷たい視線を、頭を掻《か》きむしるセルヴェスに浴びせていた。整い過ぎた顔が冷気を纏うと、物凄《ものすご》く冷酷《れいこく》に見えるものだ。

「……知らぬ。どうでもよい」

冷え冷えとする低い声が響《ひび》く。同時により低い声が唾《つば》を飛ばす勢いで反論する。

「どうでもよくないぞ！　だからお前はモテないんだぞ!!」

「いやいや、クロード坊ちゃまはモテるでしょうに」

ガイがセルヴェスの言葉を否定する。確かに家柄良し、器量良し、能力良し、財産良し。

現在十九歳のクロードは、今も昔も未婚《みこん》女子の垂涎《すいぜん》の的である。輿入れを狙《ねら》う相手として不足なし！　と常日頃《つねひごろ》ギラギラした目でみつめられ、げんなり気味なくらいである……

「坊ちゃま言うな。それもどうでもよい」

「贈り物は保存の利《き》く干し肉とか、万一の解毒薬《げどくやく》とかが喜ぶんじゃねぇですかねぇ？」

「干し肉は解るが、解毒……毒っ!?　毒でも盛られているのかっっ!?」

「往来で大声はお止め下さい。……ガイ、そうなのか？」

「いや、目端《めはし》の利くお嬢ですからねぇ。万一に備えて調べてたみたいっすねぇ」

何とも言えない回答にホッとしていいのか眉《まゆ》をひそめればいいのか。

「あと、四歳児は男女とも干し肉も普通《ふつう》は要《い》らないですよ、父上」

「旨《うま》いがなぁ」

「ずっとだと飽《あ》きやすがねぇ」

壮年《そうねん》の大男と小男、青年の大男が三人寄れば意外にかしましい。

……して、ここは往来。


「ちょっと、端《はし》っこ歩きなさいよ！」

後ろから来た、手押《てお》し車《ぐるま》を引いた鬼バb……ご婦人に勢いよく叱《しか》られた。

めっちゃコワい顔だった。反射的に三人の背筋がピッ！　と伸《の》びる。

「「「スマン！　……デス。」」」

男たちは小さくなって、小さな声で詫《わ》び、すごすごと端っこに寄った。

王都まで、後半分。

＊＊＊＊＊

凄まじい勢いで走る複数の早駆の蹄音《ていおん》と、断続的に低い地響《じひび》きがする。

こんな邸宅街《ていたく》に珍《めずら》しいこともあるものだ。馬にはスピード違反《いはん》はないものなのだろうか。

屋敷《やしき》の主人が殆どは城に居る為《ため》、伝令の早馬が来ることは滅多《めった》にない。

……いつもは静かなギルモア侯爵邸がにわかに騒《さわ》がしくなり、程《ほど》なくして廊下《ろうか》を走る足音があちこちで響くようになる。

「…………？」

いつものように刺繍《ししゅう》に精を出すマグノリアは、不思議そうに首を傾《かし》げた。

最近はダフニー夫人の授業にも碌に出させてもらえないので、近隣国《きんりんこく》の言葉での挨拶《あいさつ》や簡単な会話を頭の中で練習しながら針を動かす。

……挨拶と簡単な会話なのは、難しい内容は独学では厳しいからだ。出来ないなら出来ることを完璧《かんぺき》に。必要なものを学ぶのだ。

ちょっとイラッとしないわけでもないが、将来設計と言う計画ないし妄想《もうそう》をして過ごす。

大きくなって孤児院《こじいん》を出、ある程度移動が可能になったならば、大国に紛れて暮らす方が安全なのか。それともアスカルド王国との国交が稀《まれ》な小国でひっそり暮らした方が良いものなのか迷いどころだ。

……この厄介《やっかい》なピンク色がある程度居る国の方がよいだろう。元々北の方の国の色だという。北方面の国に紛れれば目立たないだろうか？

そんなこんなを妄想していると、何やら下の方で怒鳴《どな》り声が聞こえ始める。

流石におかしいと思い窓の外を覗くと、使いの者が屋敷から転がり出て行くのが見えた。

（何だろ？　まさか敵襲《てきしゆう》？　……今って平和な世の中なんだよね⁇）

不安そうに扉《とびら》をみつめるロサを見て、腰《こし》に括《くく》りつけた鎚鉾《つちほこ》を撫《な》でる。

（……まさか修道院に入れるにあたり、人に攫《さら》われたテイにするの？　そんなことよりこっそりナイショで連れ出した方が簡単なんじゃない⁉）

病気療養《りようよう》とか養子に出したとか。使用人達《たち》への言い訳なんて幾らでもある。

それに攫うテイにするにしても、何も人目の多い真っ昼間に騒ぎを起こすよりも夜中にこっそりしたらいいだろうに。

それとも、ウィステリアがついに本気で排除《はいじよ》に動いて、ガチの人攫《ひとさら》いを送《おく》り込《こ》んで来たとか……そんな物騒なことを考えてもみる。

もつれるような足音。激しい衣擦《きぬず》れ。焦《あせ》る声音《こわね》。

「……様！　先ぶれは如何《いかが》な……いました！」

「先ぶれな……出し……ところで締《し》め出される……オチ！　そもそも戦場で相……に先ぶれなど出さ……わ！　奇襲《きしゆう》あるのみ‼」

「ち……うえ、穏便……、お……にですよ！」

奇襲……。マグノリアは微妙な表情で扉をみつめた。

家令と執事長《しつじ》の声がする。それと聞いたことのないがなり声。もう一方は冷静で低いバリトンボイス。

小さな足音と重そうな足音。何か重いものを引きずる音。それらが段々と絡《から》まりながらマグノリアの部屋に近づいて来ている。

ロサは青い顔で固まっていた。

（……ロサは知らされていないのか……）

と、いうことは茶番じゃないのかと視線を巡《めぐ》らす。

それともリアリティー重視の味方にも教えていないってやつなのだろうか。そう小さく独《ひと》り言《ご》ちて針を針山に刺《さ》し、スカートの糸くずを払《はら》うとロサを庇《かば》うようにやや前側に立つ。

本来立場が逆な気もするが……まあそこはそれ。人攫いの茶番なら酷《ひど》く傷つけられはしないだろう。本当だった場合は……どうだろう。あまり考えたくない。

強盗《ごうとう》なら強盗で、今の主人は文官だとは言え、ギルモア家に喧嘩《けんか》を売る奴《やつ》なんているのだろうか。


ズバアァァァンッッッ！！！！

アホのように重い筈の扉が、凄《すご》い勢いで開け放たれた。

（ちょっ！　……ドア、壁《かべ》にめり込んでないよね⁉　ぶっ壊《こわ》れてない⁉）

思わず煙《けむり》が上がりそうな勢いと音に呆気に取られて、マグノリアは壁と扉を交互に見る。

そして。

開け放たれた扉の前には、右肩《みぎかた》に家令、左腕《ひだりうで》に執事長。腰に守衛と護衛騎士《きし》をぶら下げた、赤毛が波打つ筋骨隆々《りゅうりゅう》の大男が立ち塞《ふさ》がっていた。

（…………。グリズリーみたい……デカい）

悪魔《あくま》将軍。

先代のギルモア侯爵《こうしゃく》ことセルヴェス・ジーン・ギルモア――アゼンダ辺境伯だ。

（……肖像画《しょうぞうが》は実に写実的だったと証明されたよ）

そしてその後ろには、相変わらずニヤニヤした顔のガイと。

頭が痛そうにげんなりした顔をした、への字口の、黒髪《くろかみ》のやや癖《くせ》のある髪を肩《かた》に流したとても麗《うるわ》しい青年が立っていた。

マグノリアの目の前には、二メートルを超《こ》すであろう筋肉の塊《かたまり》がぷるぷると震《ふる》えていた。

少年漫画《まんが》真っ青なマッチョを超越《ちょうえつ》した堅牢《けんろう》な筋肉に慄くが、こげ茶色の瞳《ひとみ》は優《やさ》しく、普《ふ》段《だん》は厳《いか》つい顔つきなんだろうに。それが切なげに歪《ゆが》められていた。

（……ああ、この人はちゃんと愛情を持った人なんだな……）

人間は、上手《うま》く取り繕《つくろ》っていたとしても意外に本心が透《す》けて見えるものだ。それが良きにつけ悪しきにつけ、その感情が強ければ強いほど隠《かく》しきれない。

少なくとも自分に対して敵意はない。マグノリアは無意識に握りしめていた鎧鉾から手を離す。そして、詰めていた息を小さく吐《は》きだした。

観念したらしい家令達は静かにセルヴェスから離れると、数歩後ろへ下がった。

セルヴェスはゆっくり小さな孫娘《まごむすめ》の前に膝《ひざ》をつく。

「……マグノリア……？」

かすれた声。大きな自分が小さな子どもからどう思われるか解っているのだろう。少しばかり逡巡《しゅんじゅん》すると、恐《おそ》る恐る太く大きな右腕《みぎうで》をゆっくり伸ばしてきた。

「……おじいしゃま、でしゅか？」

一歩前へ進み出て、屈《かが》んでも自分の目線より上にある祖父の顔を真《ま》っ直《す》ぐみつめる。

何度も何度も、無言でセルヴェスは頷《うなず》く。言葉を出せないのだろう。彼《かれ》は奥歯を噛み締めて頷く。

しばらくして、やっとセルヴェスは小さな声を発した。

「ああ。おじいさまだ」

なんてことのないたった一言に、万感《ばんかん》の想《おも》いが籠《こも》っている声音だった。

その場に居合わせた使用人一同は、揃《そろ》って視線を落とす。

「わたくちはマグノリアと申ちましゅ。初めまちて、おじいしゃま。宜《よろ》ちくお願い致《いた》ちましゅ」

そう言い終わるや否《いな》や、太い腕《うで》で抱《だ》きしめられた。

「マグノリアァァァァアアッ！！！！」

「ぐえっっ⁉」

カエルを踏《ふ》み潰したような声がマグノリアの喉《のど》から発せられると同時に、耳元での大音《だいおん》声《じょう》に耳がキィィィンと鳴る。

（い、息が……ぐ、ぐるぢぃぃぃ……っっ‼）

タップタップ‼

慌《あわ》てて腕を叩《たた》くが、相手は昂《たかぶ》った感情のまま高速で頬《ほお》ずりして気づいてない。そして頬ずりされているほっぺが削《けず》れるが如し……‼

「セルヴェス様、お嬢が潰れちまいやすよぉ？」

「父上‼　幼児をそんなに抱きしめたら複雑骨折しますよ！」

のんびりしたガイの声と、焦ったクロードの声がして、べりっと引き剥《は》がされた。

（し、死ぬところだった……！）

複雑骨折。遠くなりそうな意識の片隅《かたすみ》でかすめた不穏《ふおん》なワードに、ギルモア屈指《くっし》の伝説の騎士の恐ろしさを感じる。くわばらくわばら。

「……大丈夫《だいじょうぶ》か？」

マグノリアはよれよれと萎《しお》れ、セルヴェスがオロオロしているのを横目で眺《なが》めながら、ため息交じりにクロードが声をかけた。

「あい。クロード……叔父《おじ》ちゃま？　お兄しゃま？」

彼は一瞬虚《いっしゅんきょ》をつかれたように驚いた顔をすると、マグノリアの言葉にちょっと困ったように微笑《ほほえ》んだ。——初めて会う筈なのに、どこか懐《なつ》かしい表情。

それを見て何故か騒めくような自分の感情に、マグノリアは内心首を傾げた。

「一応叔父だが、まあ呼びやすい方で構わん。俺《おれ》はクロード・アレン・ギルモアだ」

そう言って右手を差し出す。マグノリアは小さな手で握り返した。が、温かい大き過ぎる手に、まるで握り込まれるように包み込まれた。

（……知ってる……）

何だろう、この感覚。

親父《おやじ》さんやブライアンのことを初めて思い起こしたときと同じ感覚。

知らない筈の人間を、知っている感覚。

はっきりと、何を、というのではないのに……肖像画を見たから、というのとはちょっと違《ちが》う感じ。

（モヤモヤするんだよなぁ……）

そんな気持ちを振《ふ》り払うように、目の前の若い叔父をまじまじと見る。

すんごいイケメンだ。前世も今世も見たことないクラスの美貌《びぼう》。

眼福というやつなんだろうが、美しすぎて若干《じゃっかん》落ち着かない。

「マグノリアでしゅ。よちなにお願い致ちまちゅ。……随分《ずいぶん》変わりまちたねぇ……」

「ん？」

マグノリアの思わず小さく漏れた心の声を聞くと、眉を片方上げた。

何とも絵になる様である。


肖像画で見た彼の姿は、線の細い、氷の妖精《ようせい》のような綺麗《きれい》な子どもだった。

子どもらしく切り揃えられていた黒髪は、今は無造作に伸びて肩と背中に散っている。

切れ長ではあるが子ども特有に丸みを帯びていた青紫《あおむらさき》の瞳は、年相応に艶《あで》やかさが加わったように見えた。

絵より細くなった頬も、高い鼻も、引き締まった口元も。綺麗と言った方がしっくりくるものの、男らしい精悍《せいかん》なそれだ。

ただ十九歳《さい》という年齢《ねんれい》のせいか、未《いま》だどこか少年めいてはいるが。

何より祖父程《ほど》ではないものの、百八十を優に超えるであろう高い上背に、見上げるマグノリアはそっくり返るのではないかと思う。肩幅《かたはば》も広い。

「肖像画でしゅ。女の子みたいに可愛《かわい》かったでしゅのに」

「女の子……可愛い？」

言われたクロードは、ボソリと釈然《しゃくぜん》としないような表情と声色《こわいろ》だ。

「おや、お嬢はイケメンはお嫌いで？」

「うーん。イケメンは色々大変しょうでしゅからねぇ」

渋《しぶ》い表情のマグノリアの言葉に、社交後の不機嫌《ふきげん》なクロードを見ているようで、アゼンダの三人組は苦笑いをした。


しばらくして落ち着くと、セルヴェスとクロードは部屋の中を見回す。

白い家具で取り揃えられた部屋は美しいが、子どもの、それも幼女の部屋には到底《とうてい》見えなかった。ついでに言えば、これらの家具はセルヴェスの妻であるルナリアが、以前この屋敷で使用していたものである。

「……子ども用の家具が一つもないのか……」

子ども用家具を揃えることを渋ったウィステリアによって、物置に置かれていたものを見繕《みつくろ》い、使用人によって運《はこ》び込まれたとガイが確認《かくにん》済みだ。

何度も家具を替えるのが面倒《めんどう》だから、質も良いし充分《じゅうぶん》だろうということらしい。

クロードは椅子《いす》に座《すわ》る為の無骨な踏み台《だい》と、高さを調節するために重ねられたクッションを見て小さく眉を寄せた。

「マグノリア、誕生日なのに着替《きか》えないのか？」

当然のようにクロードが確認すると、マグノリアはきょとんとした。

「……誕生日？　誰のでしゅか？」

セルヴェスとクロードは、息を詰《つ》める。

「自分の誕生日を知らないのか……？」

「今日はわたちの誕生日なのでしゅか？」

クロードを仰ぎ見て、次にセルヴェスに視線を移す。

「……えーと。どんな服ならいいのでしょう？　同じようなものちかないでしゅけど」

そう言って固まったままのふたりをクローゼットのある部屋にいざなった。

開け放たれたクローゼットを見てふたりは絶句する。

「他に服は……？」

「ごじゃいましぇんよ。もっと古いのが一着、洗濯《せんたく》に出てまちゅけど」

大きさの合わないだろう令嬢らしいドレスが二着と、くたびれた木綿《もめん》と麻《あさ》のワンピースが合わせて三枚。木綿のブラウスが一枚。

それがスカスカのクローゼットにぶら下がっている。

「「…………」」

ガイは絶句する主人達をじっと見ていた。

セルヴェスもクロードも良家の子息として育っている。

彼等は常に尊重され大切に御身《おんみ》を扱われる。子どもの頃《ころ》、座るのに難儀《なんぎ》な椅子を使うことなど無かったであろう。戦地や野営等でボロボロになることはあろうとも、家へ帰れば上質で清潔な服を身に纏う。

それはとても有難《ありがた》いことであるのだが。ふたりも充分に理解している。

だが理屈《りくつ》では解っていても、それらは当たり前であり、普段気にすることは殆《ほとん》どないだろう。素材を気にすることもないので、彼らは木綿でも絹でもそう頓着《とんちゃく》しない。

鍛錬《たんれん》や練習で汚《よご》すので普段は汗《あせ》を吸う木綿のシャツを羽織ってることもままある。そしてそれらは常に充分な数があり、そしてその時々に必要な品質のものが複数取《と》り揃えられている。

高位貴族として体面を保つための豪華《ごうか》な礼服達も同じ。

彼等は決して浪費家《ろうひか》ではない。

しかし質実剛健《しつじつごうけん》とは言え、必要なものは常に充分に与えられ満たされている。

物も心も。それはここには居ないジェラルドも同じこと。

戦地で常に危険と隣《とな》り合わせであろうが、家でその身を邪険《じゃけん》に扱われることもなければ、疎《うと》まれることもない。愛され、丁寧《ていねい》に大切にされ、尊重されるのだ。

ガイは敢《あ》えて待遇について詳《くわ》しくはふたりに伝えなかった。無論、状況《じょうきょう》は余すことなく伝えたが。『子ども用の家具が無く、大人用の家具で不自由している』『粗末な服しか与えられてない』『家族に顧みられていない』……そんな風に断片的《だんぺんてき》な事実達を報告した。

聞いて、令嬢なのに不憫だと思っただろう。

そしてふたりの想像で、よもやここまでの待遇の悪さだとは思っていなかった筈だ。

実際に見てもらって、感じてもらった方がよい。低位貴族でさえ、お下がりであったとしても出来る限りの心配りで、その子の成長に合わせた設《しつら》えが揃えられることだろう。家具然《しか》り、服然り。

ドレスを除けば貴族どころか富豪《ふごう》の平民でもなく、大して裕福《ゆうふく》ではない平民のそれだ。

マグノリアは舌ったらずの例の口調で『みんなが丁寧に洗濯してくれるから、いつも綺麗に着ることができて有難い』と洗濯係《せんたくがかり》の下女に言ったらしい。そして『いつも洗濯してくれてあいがとう』と続くのだという。

下女は、他の三人にそんなことは言われたことどころか、声掛けされたことがないと静かに涙《なみだ》を浮かべた。高貴な人間は頭を下げない。されることは当たり前の権利であり、下々の者と気安く話したり、ましてや頭を垂れるなど貴族のマナーに反するからだ。

マグノリアは荒《あ》れた手で渡《わた》された粗末なお菓子《かし》を下女から受け取り、それにも礼を言うと一緒に薄《うす》いお茶を文句も言わずに飲んだそうだ。次に会ったときは、庭師に貰ったのだとマグノリアが摘《つ》んだ果物を荒れた手に載せられたらしい。

「お嬢様《じょうさま》の為、家の為って言うけど。正直そこまでする必要があるのかわからないよ」

そう言っていた。調理場でも、清掃係にも。暑い日に外に立つ守衛にも。会えば挨拶をし丁寧に頭を下げ、労をねぎらっていたという。

（まあ、お嬢にとっては情報収集で相手の懐《ふところ》に入り込む為もあったんでしょうけど。でも

必ずしもそんなことをする必要もないっすからねぇ）

使用人だって平民だって、人間だ。マグノリアは未だ幼いが、それを知っている人間らしい。元々の人間性なのか。未だ貴族らしい教育をされていないからなのか。それとも、既《すで》に違う常識を学んでいるのか。

世界は、人生は理不尽だ。

戦争で蹂躙《じゅうりん》される様々なものを見て来たセルヴェスは充分に知っているだろう。

小さい頃から領政に携《たずさ》わるジェラルドも、クロードも、領地や人間の暗い部分を知っている筈だとガイは思い、心の中で問う。

――さあ。それが他人事でなく、自分の身内に起こったらどうされやすか？

自分が引き起こしたら、どう決着つけやすかと、ガイは心の中で問う。

「そうか。……マグノリア、これを」

苦い何かを噛み締めるように呟《つぶや》いてから、セルヴェスはマグノリアの手にずっしりとした塊を載せる。手のひらでは支えきれないと察すると、慌ててマグノリアは抱《かか》え、無造作に包まれた塊と祖父の顔を交互《こうご》に見た。

「お誕生日おめでとう、マグノリア」

厳つさについつい目が行ってしまうが、よくよく見れば意外に整った顔をしている祖父。

彼は優しい瞳で笑うと、マグノリアの誕生を祝った。

ポカンとしていたマグノリアは、遅《おく》れて、それが自分の為に用意された贈り物であり、今ようやく、初めてこの世界の身内に誕生を言祝《ことほ》がれたのだという事実を理解した。

じんわりと、心に言葉と感情とが沁《し》み込んで行く。

「あいがとうごじゃいましゅ」

丁寧にカーテシーをする。そしてずっしりとした包みを見て何度も瞬《まばた》きをする。

「……開けてもいいでしゅか?」

「勿論《もちろん》」

ガイはニコニコとしており、何故《なぜ》だかクロードは苦虫を噛み潰したような顔をして断言する。

「開けて驚《おどろ》くぞ」

「?」

包みを開けると。何やら無数の黒い塊が。

（これ何？　……香辛料《こうしんりょう》の匂《にお》い？）

くんくんと鼻を動かしているマグノリアに、クロードはため息とともに短く伝えた。

「干し肉だ」

「良かったっすね、お嬢《じょう》。『冒険《ぼうけん》』には食料と水、大事っすよ！」

ガイはいい笑顔《えがお》でサムズアップする。


というわけで。

ピロリ～ン！　マグノリアは食料（干し肉）を手に入れた！


――誕生日に干し肉って……そう思いながら干し肉の塊を見る。

いや。あったな、前世でも。確か……今では名前が思い出せないかつての友人に、高い酒とビーフジャーキーを貰った筈だ。

（つーか、幼女にジャーキーの塊って……）

マグノリアは心の中で苦笑《くしょう》した。

「……あいがとうごじゃいましゅ！」

家出するときに、ガイの言う通り保存食として持って行こう。そうしよう。

きっとお腹《なか》も心も満たされる筈だ。

＊＊＊＊＊

そんな頃、城の廊下を伝令を受けたジェラルドが走っていた。

（この前家に入り込んでいた『ネズミ』はもしやガイか……周辺国を調べていると聞いたが。それにしても随分動きが早いな。今、父上は領地に居る筈……王都に来ていたのか？）

まさか六十を超え、二日間ほぼぶっ通しで馬を走らせて来たとは思うまい。

――体力的に不可能ではないのは充分知っているが。よもや顔も知らぬ孫娘の為にそこまでするとは思ってもいない。

今日はギルモア家では普通の一日の筈だった。

ジェラルドは城に。ウィステリアは友人宅のお茶会へ。ブライアンは最近出入りが許可された王宮騎士団《きしだん》の練習場に。

焦燥《しょうそう》感をねじ伏せながら馬舎へ行き、馬を借りる。

慣れた様子でひらり飛び乗ると、軽快にわき腹を蹴《け》って屋敷へと走り出した。

＊＊＊＊＊

お茶の用意がサロンに運ばれ、祖父と叔父と幼女が穏《おだ》やかに会話をしている。

内容はあまり和《なご》やかではないが。

花の国の名前通り一年中花で溢《あふ》れるこの国では、庭がよく見えるように部屋を作ることが多い。ギルモア家のサロンからも見頃《みごろ》の秋バラを始め、パンジーやビオラ、オキザリス、ケイトウ、撫子《なでしこ》、プリムラにスイートアリッサム……と、色とりどりの花が緑の中に溢れていた。

「マグノリアは普段何をしているのだ？」

「しょうでしゅね……、軟禁《なんきん》しゃれていりゅので大体部屋で刺繍をちてましゅ」

「軟禁……」

平然と紡《つむ》がれた言葉を大人ふたりが繰《く》り返す。

「確かにお嬢の部屋の扉だけ、べらぼうに重いっすもんねぇ」

「多分、一人で自由に出りぇないようにでしゅよ。事実確認はちてないけど、他の部屋は開けりぇましゅもん。わざわざ手間とお金が込んでましゅ」

「…………」

セルヴェスとクロードの後ろに控《ひか》えるガイだが、ちょいちょい掛《か》け合い漫才《まんざい》のようなマグノリアとの会話を聞く度、クロードは内容に苦い顔をする。

「……刺繍、好きなのか？」

「いえ、じぇんじぇん。先々にょ為の訓練（収入源）でしゅね～」

「それは偉《えら》いな！　ちゃんと先を考えているのだなぁ」

セルヴェスは見た目はともかく好々爺《こうこうや》と化している。

「後、ライラ……侍女《じじょ》しゃんに教わって、鍛錬を始めまちた」

「その、鎚鉾っ、すよね……？　ぐふぅ……」

腰に括られた鎚鉾を指さすと、途中《とちゅう》変な音が漏《も》れるガイに、マグノリアは小さく頬を膨《ふく》らます。

「ライラ……？」

何か引っかかったのかクロードが確認すると、こっくり頷き壁際に控えるライラを見遣る。アゼンダの三人組も視線を辿《たど》る。部屋には数人の使用人が給仕《きゅうじ》やら様々な仕事の為壁際《ためかべぎわ》に控えているが。

視線の先には栗毛《くりげ》の、良家の子女らしい侍女が佇《たたず》んでいた。

「……ああ。やはり『切り裂《さ》きライラ』か……何故ここに？」

クロードの発した物騒《ぶっそう》な二つ名に、危《あや》うくマグノリアはお茶を噴《ふ》き出しそうになった。

『切り裂きライラ』

(何それ、コワい呼び名なんですけど!!)

セルヴェスは思い出したように呟く。

「バーナード子爵《ししゃく》の娘御《むすめご》か。……確か東狼侯《とうろうこう》のところで騎士になるんじゃなかったか？」

ライラは自分の名が挙がり、一歩前へ出て礼を取る。

「……侍女の身故、ご挨拶が遅れ失礼いたしました。バーナード子爵が娘、ライラでございます。マグノリア様のお世話のお手伝いをさせていただいております。以後お見知りおきを」

「ライラは婚姻《こんいん》が決まって、春に結婚《けっこん》しゅるのでしゅ」

「はい。学院時代はペルヴォンシュ侯爵様の下へ参ずる予定でおりましたが、父が縁談《えんだん》を纏《まと》めまして……」

「そうか。折角《せっかく》の人材を東狼侯も残念じゃな。しかし、婚姻が纏まり、おめでとう」

「ありがとうございます」

ライラは穏やかに笑うと、頭を下げ再び壁に控えた。ガイが小声で教えてくれる。

「ライラさんは学院時代に街で悪人を捕《つか》まえて。お役人に引き渡したら犯人が抵抗《ていこう》したんで、持ってる武器で服をズタズタに切り裂いたから『切り裂きライラ』って呼ばれてるんすよ」

（ズタズタ……）

……淑女《しゆくじよ》以外の何ものでもない雰囲気《ふんいき》なのに。人とは解《わか》らないものである。

服で良かったというべきなのか。

軍部で有名人なんすよ、と付け加えられ、役人の前で引き裂けば、そりゃそうでしょうねとしか思えなかった。


……そんな雑念を断《た》ち切るかのように、遠くから急ぐ蹄《ひづめ》の音が聞こえてくる。

「……帰って来おったな」

セルヴェスの声に、クロードとガイが小さく頷き返す。

（さっき人が出て行ったのは親父さんに知らせる為か……）

何だろう。これはもしかしなくても揉《も》め事《ごと》の予感だろうかと首を傾げる。

（……私か？）

自分の境遇《きようぐう》をガイに聞いたふたりが、己の処遇改善の為に乗り込んで来たのかと思い至る。

なんだかムズムズする気持ちに蓋《ふた》をして、どう対応するのがよいものか高速で頭を回転させた。

目の前の彼等の人間性も目的も、解らないことだらけだ。仮にガイに聞いたとして、何故《なぜ》顔も知らない子どもの為、わざわざここに来ることにしたのか。

それに、実際面と向かってジェラルドに蔑《ないがし》ろにする理由を聞いたわけでもない。

(……考えたって解んないよねぇ。そんなときは出たとこ勝負っしょ!)

臨機応変に、女は度胸だと気合を入れる。

冷めたお茶をぐいーーっと一気に飲み干すと、むん!と鼻息を吐いた。

ジェラルドが屋敷のアプローチを駆《か》け抜《ぬ》け玄関前《げんかんまえ》に降り立つと、顔色を悪くした家令が待っていた。

「父上はどちらに?」

「サロンに……クロード様とガイ、マグノリア様とご一緒《いっしょ》でいらっしゃいます」

頷くと家令へ手袋《てぶくろ》を渡し、大股《おおまた》でサロンへ向かう。

(さて、どう出るのか)

……出来れば知られる前に全てを片づけておきたかったが、仕方ないと切り替《か》える。

ジェラルドがサロンの扉を開くと、意外にも和やかな雰囲気で小さなお茶会が開かれていた。その様子に、ほっと息を吐く。

久々に見るマグノリアの腕には、何故か干し肉がたんまりと載せられていたが。

「よう、ジェラルド。久《ひさ》し振《ぶ》りだな」

大きなセルヴェスが小さく見えるカップでお茶を飲む姿は、珍妙《ちんみょう》にも感じるが誰《だれ》も気にしていないらしい。

「お久し振りです、父上。……いらっしゃるなら先触《さきぶ》れを出して頂けるとありがたいのですが。辺境伯《はく》をお迎《むか》えするのに家の者の支度《したく》もありますし、予定がありますし故」

言いながら弟であるクロードを観察する。この場は口出しする気はないらしく、いつものように静かに成り行きを見守るに徹《てっ》している様子だった。

「いや、何」

言ったと思いきや。

一瞬《いっしゅん》のうちに、大きな身体がどうしたらそんなに速く動くのか解らない動きでジェラルドに寄ると、高い金属音が部屋に響いた。

「……ほう。腕は鈍《にぶ》ってないみたいだな？」

「……お人が悪いですね。通常、邸内《ていない》で抜剣《ばっけん》は禁止ですよ？」

ニヤリと笑うセルヴェスが覆《おお》いかぶさるように剣《けん》を押《お》し付け、ジェラルドは何処《どこ》かに隠していたらしい仕込《しこ》み杖《づえ》でその重い剣を受け止めていた。

（……何、この親子？　じい様も大概《たいがい》だけど、親父さんも存外すげぇな……）

全くふたりの動きが見えなかったマグノリアは、心の中、すっかり前世の口調で独り言ちた。

ジェラルドが武闘派《ぶとうは》だというのは誇張《こちょう》ではないらしい。

若い使用人は息を詰めて固まっている。そりゃあそうだろう。偉い人ともっと偉い人がいきなりの刃傷沙汰《にんじょうざた》を、部屋の中、自分の目の前で始められたら引く。ドン引きだ。

張り詰めた空気の中、セルヴェスは剣を鞘《さや》に収めると、ポン、とジェラルドの肩に手をのせた。

「……本気で話し合いを……謝罪をしなければと思ってな」

「普通《ふつう》、話し合いや謝罪の前に切りかかったら決裂《けつれつ》しますよ？」

「いやぁ、普通、死んじゃいやすよね！」

ガイが空気を読まずに割って入ると、ジェラルドとクロードが渋い顔で奴を見る。

そして全員が……あいつは少し怒《おこ》られた方がよいと思った。

セルヴェスは何てことない様子でさっきまでマグノリアが座っていた場所に座ると、孫娘を手招きする。マグノリアは素直《すなお》に祖父の隣《となり》に座っておく。寄らば大樹の陰《かげ》だ。

「……謝罪とは？」

セルヴェスの正面の席に着くと、ため息交じりに父に問うた。

（おおぅ。個人の部屋でなく、ここで始めるのですね？）

「跡目《あとめ》と移領の件だ」

「今更《いまさら》ですか？　もう十年前で……」

「今更でもだ」

被《かぶ》せるように発せられた言葉に、ジェラルドは視線で先を促《うなが》す。

「お前にギルモアを継《つ》がせたのは、お前が名乗るにふさわしいと思ったからだ。他意はない。儂《わし》が上手く伝えられなかった故、お前を深く傷つけたこと、心より謝《あやま》る。本当に申し訳なかった」

深く頭を下げる。ここまで素直に、そして頭を垂れる父の姿に内心ぎょっとしつつ、ジェラルドは誰にも気づかれないように小さく息を呑《の》んだ。

「言葉が足りなかったのは儂の傲《おご》りだ。小さい時分から家族の、家門の、領民の為《ため》によく尽《つ》くしてくれた。今更だが礼を言う。本当にありがとう。……そして不安な、淋《さび》しい、迷う気持ちを解ってやれず済まなかった」

「……謝れば許されると？」

ジェラルドの言葉に壁に控えている使用人全員が驚いて目を見開いた。

当然のように受け入れると思ったのだろうが——声を誰も漏らさなかったのは流石《さすが》というべきか。

この世界で家長の言葉は重い。

今は同じ領主同士ではあるものの、彼らは親子である。何処か当然のように、セルヴェスが頭を下げたなら許されるべしと思っていたのだろうことが窺《うかが》える。

しかし、この程度で受け入れるくらいならここまで事態は深刻化していなかっただろうと、セルヴェスだけでなく、クロードもマグノリアも、そしてガイも思う。

それに、人の気持ちというのは謝られたからといって、それが正しいと思ったとして、はいそうですかと飲《の》み込めるようには出来ていない。

「いいや。許して貰《もら》う為に謝るのではない。悪いことをしたから謝る。謝らねばならぬから謝るのだ」

「…………」

真意を測りかねるように、ジェラルドは注意深く自分の父をみつめた。セルヴェスは、息子《むすこ》の長年にわたる気持ちのわだかまりを軽くするには……彼の中の満たされない小さな子どもに、どう言えば伝わるのかを考える。

親としてしてやれることはそう多くない。ましてやもう大人、しっかり者の息子に手を貸すようなことも殆ど無いであろう。

かと言って何か小細工をするつもりはない。きちんと全てを広げ見せる必要がある。

「領地を統合しなかったのは、アゼンダをアゼンダのまま彼の地《ち》に返したかったからだ」

「返す？」

セルヴェスはどう説明すれば理解されやすいかを考える。いや、理解されなかったとしても、理由をきちんと伝えなければ。……賢《かしこ》い息子であれば、自分の拙《つたな》い説明でも意を汲《く》んでくれるではあろうが、万が一にも再び違って受け取られてしまうことは避《さ》けたいと思っていた。

「……確かに公爵《こうしゃく》となるのを避けたかったのも本心だが、それよりもアゼンダを変えたくなかったのだ」

ジェラルドは怪訝《けげん》そうな表情で小さく頷く。

「アゼンダ公国の歴史は知っての通り、昔より周辺国の緩衝国《かんしょうこく》となって来た。二十年ほど前に砂漠《さばく》の国と幾《いく》つかの小国の連合軍に攻《せ》め入られ、占拠《せんきょ》されてしまったが」

「国境を接する我《わ》が国《くに》が介入《かいにゅう》して奪還《だっかん》したのですね？」

歴史書をなぞるようにジェラルドが相槌《あいづち》を打つ。

「うむ。酷《ひど》い有様だった。しかしそれまでも時の権力者や時勢に左右されながら、アゼンダの民は長い時を、いかなるときも我慢《がまん》強《づよ》く生きて来たのだ。儂はその姿に敬意を持っている。儂が……いや、ギルモアが一時的に守護したとしても、いつか民のもとにそのまま返せればよいと思っている」

「――お偉方《えらがた》が当時検討していた領地の引き直しは、後々返還《へんかん》するときに新たな問題や遺《い》恨《こん》を残しかねないから避けたかった、と？」

「そうだ」

ジェラルドは髪《かみ》よりやや濃《こ》い色合いの睫毛《まつげ》を伏《ふ》せて何やら考えている。

新しい領地に線引きを変えてしまえば、元に戻《もど》すのは色々と困難になる。人も移動すれば、様々なものが変化するのが摂理《せつり》だからだ。

「……なぜ当時それを仰《おっしゃ》らなかったのです？」

「……言ってもそんなこと、普通は理解されまい？　それに当時周囲から不要な詮索《せんさく》を避ける為、力を分散する形にもしたかった」

「詮索……？」

セルヴェスは当時を思い出すかのように遠くを見る。

「アゼンダを得、陸爵《しょうしゃく》されるとなると、当家が必要以上に力を付けることを良しとしない人間がありもしない噂《うわさ》を声高々に主張していたのだ。……もう一つ、公国大公家の人間が生きており、その勢力と組んで何か事を起こそうとしていると見做《みな》す人間も少なからずいたのだ」

ジェラルドは当時を振り返る。陸爵を言い出したのは先王であり、褒賞《ほうしょう》の内容も場所の指定も王家が行った筈《はず》。……まあ、そう思わない人間も居るということだろう。人間は見たいように物事を見る生き物だ。

「……大公家の方々は皆亡《みなな》くなったのですよね？　それとも本当はご存命なのですか？」

「人間、大きな力は怖《こわ》いものなのだよ。あってもなくても、目に見えなければ余計にな。時代も時代だ。皆、疑心暗鬼《ぎしんあんき》だった」

「…………」

マグノリアは、納得《なっとく》しきれない顔の父親と、哀《かな》しい瞳で誠実に対応しようとする祖父が対峙《たいじ》しているのを瞳《ひとみ》に映しながら考える。

ジェラルドについては理由が不当であれ正統であれ、凝《こ》り固《かた》まった気持ちはすぐに納得できるというものではないだろう。正式に謝罪され、今後どうするのかは彼《かれ》が決めることだ。

——一般的《いっぱんてき》には丸く収まるのがよいのだろうが、心は自由だ。許せないなら無理に許さないでもよいのだ。

セルヴェスがジェラルドをギルモア家の当主に指名したのは、能力も資質も問題ないからがひとつ。力不足どころか、彼こそが当主と決めていたようだ。

公爵家に陞爵されたくない為、領地を分けたのがひとつ。

小国とはいえ一国と、広大なギルモア領と同じ規模の領地が合併《がっぺい》した場合、それは広大な領土となる。王の信頼《しんらい》も厚い。まして独自の戦力も持っている家門だ。

国の中でギルモア家の権力集中を懸念《けねん》した人たちや、独立ないしクーデター的なものを画策していると想像していた人たちが居た為、領地を離《はな》して分散しているように見せたかったということ。そんなんで見せかけられるのかは不明だが。焼け石に水とは言え、他に方法もなかったのであろう。

もうひとつはアゼンダ領をいつか元の公国に戻したいが為。

長い間耐《た》え忍《しの》んだかの国の人々を思い、将来的に元の国に戻せるようにしておきたいから、そのままの形で維持《いじ》したかったという真相だ。ただ、普通そんな考えは理解されない。

領地や家門を盛り立てることを考えるのが領主の仕事だ。

元に戻したいからと説明しても理解されないばかりか、ヘタをするとふたごころを抱《いだ》いているように捉《とら》えられかねないので上手《うま》く説明出来なかったといったところか。

それ以外に言えないことがあるのか、全てなのかは解らないけど。セルヴェスなりに精《せい》一杯《いっぱい》の説明なのは真摯《しんし》な対応から解った。


「儂がしてしまったこと、足りなかったことについてはこれからも謝るつもりだ。だが」

続く言葉に、ジェラルドは剣呑《けんのん》な瞳を向ける。

「マグノリアにお前がしていることは許容出来ん」

「結局お説教ですか？」

ジェラルドは鼻で笑うように言い捨てる。

「そうではない。お前なりに何か理由があり考えて行ったことなのだろうが、理解の範疇《はんちゅう》を超《こ》えている」

「子の処遇《しょぐう》を決めるのは親の筈ですが」

「そうだが、子に何をしてもよいというわけではない。その子を守り、幸せになるような道筋を整えるのが親の役目ではないのか？」

「マグノリアが不幸だと？」

「傍目《はため》にはそう見えるだろう。じゃあお前は、あるべき名を与《あた》えられず、披露目《ひろめ》もされず、食事すら一緒に取ることもない。家族の誰とも触《ふ》れ合わずに、閉《と》じ込《こ》められて暮らす生活が幸せだと？」

静かに応戦は続く。

「勝手に瑕疵《かし》をつけられ修道院に入れ、その後どうするつもりなのだ？　それがマグノリアの幸せになると？」

「王家に使い捨てられるよりいいでしょう。それどころか……」

何かを言いかけて、ジェラルドは口を噤《つぐ》んだ。

セルヴェスは問いかけるようにジェラルドを見たが、握《にぎ》りしめられた息子の拳《こぶし》をみつめ話すつもりがないのを察すると、再び口を開いた。

「……お前が王家に何を思おうと構わん。だが、如何《いか》なる理由があろうとも、マグノリアへの対応は間違《まちが》っている」

「言えた義理なのですか？」

ふたりの視線は厳しいものだ。声を荒《あら》げていないのに、部屋の空気の密度が濃くなったように息苦しさを感じる。

「間違えたからこそだ。そして家族が間違った選択《せんたく》をするのなら、窘《たしな》めるのもまた家族故」

セルヴェスは小さく息を吐《は》く。

「お前は、後悔《こうかい》してもしきれなくなるぞ。『ギルモアの中のギルモア』であるジェラルドよ……だが娘への護《まも》りはギルモアに非《あら》ず！　ギルモアとは、常に自らが守護する者の楯《たて》になる者のことだろう」

緊迫《きんぱく》した空気が一気に部屋の中に広がる。

色も匂いもしない筈の張り詰めたそれは、重々しくピリピリと部屋の全員を黙《だま》らせた。

（おぉう……。今度は私のことでおっ始める気か……詰め込み過ぎなんじゃないのよ？）

軟化《なんか》するかもしれないジェラルドの態度も、がっつり元に戻ってしまいそうだなと思う。

……良いのだろうか。

（……それにしても、ふたりとも、めっちゃぶっちゃけてるね？）

壁際《かべぎわ》には執事長《しつじ》、マグノリア付きのロサ、客室付きのライラともう一人、屋敷《やしき》付きのデイジーが在室のままだ。事情をよく知っている人間が多いとはいえ、ついに修道院に入れるつもりなことから若干《じゃっかん》の王家批判までぶっちゃけ出した。

（うーむ、親父《おやじ》さんの部屋でするなり人払《ひとばら》いするなりせんでもよいものなんだろうか？）

ちらりとクロードを見遣《みや》ると、静かな表情ではあるが心配そうな瞳でこちらを見ている。

整い過ぎている為に一見冷たそうに見えるが、心優《こころやさ》しい青年らしい。

そんな様子を見て内心ひとり密《ひそ》かにほっこりしていると、何やら扉《とびら》の外で話し声がするのが聞こえた。若干揉《じゃっかんも》めているらしい雰囲気。もしかして……

ここは邸宅街《ていたく》。馬車の音は日常的なのでBGMとして聞き洩《も》らしていたが、もしかしなくても帰宅していない方々が帰っていらっしゃったのか。

思った瞬間《しゅんかん》、大きく扉が開け放たれた。全員の意識がそちらへ集中し、セルヴェスとジエラルドの話も中断する。

「おじい様！　叔父上《おじ》！」

ブライアンが叫《さけ》びながら、頰《ほお》を紅潮させ入室して来た。憧《あこが》れの騎士《きし》ふたりを目の前に嬉《うれ》しそうに駆け寄るが、マグノリアが隣にいるのを見ると眉《まゆ》を顰《ひそ》めた。

「マグノリア、そこを退け！」

入室の許可を取るでもなく挨拶《あいさつ》をするでもなく。いきなり小さな妹を怒鳴《どな》りつける様子に、全員が苦い顔をする。

「ブライアン、まず挨拶をしなさい」

父に注意を受けると、何故か兄はマグノリアを睨《にら》みつけた。

（うっわ、理不尽《りふじん》！　私じゃなく言ったの親父さんじゃん!!）

そして、ドレスの衣擦《きぬず》れの音と共にウィステリアも登場した。

今日も決まってますね！　と言わんばかりなキメキメだ。貴婦人は大変である。

白い肌《はだ》に深みのあるピーコックグリーンの生地《きじ》を使ったドレスがよく映《は》える。銀糸と金糸を使って施《ほどこ》される細やかな刺繍《ししゅう》はとても緻密《ちみつ》。

昼の装《よそお》いらしく肌の露出《ろしゅつ》は少ないが、替わりに豪華なレースが飾《かざ》る。そしてデコルテを覆うような豪奢《ごうしゃ》な金地に細かなダイヤが敷《し》き詰《つ》められたネックレスと、頭を飾る羽飾《はねかざ》りがロココ感満載《まんさい》だ。

何故かセルヴェスとマグノリアの後ろで、ガイがプルプル震《ふる》えているが。

……どうせロクでもないことを考えているに違《ちが》いない、そうマグノリアは思う。

「御義父様《おとうさま》、クロード様。ご機嫌麗《きげんうるわ》しゅう。いきなりのご来訪、如何《いかが》なさいまして？」

愛らしい声で、やんわり棘《とげ》のある言葉を吐き出した。

秋晴れの麗《うら》らかな午後。綺麗《きれい》な花々が咲《さ》き乱れるお庭の見える素敵《すてき》サロンで。

苦い顔の男性陣《だんせいじん》。睨む男児。皮肉な微笑《ほほえ》みを浮《う》かべる絢爛豪華《けんらんごうか》な貴婦人。固まる使用人一同。

そしてプルプル震えるオッサンと干し肉の山を持つ幼女。

何これ。

遠い目をしてマグノリアが惚《ほう》けていると、ウィステリアがちらりと娘の姿を目の端《はし》へ入れると、不快とばかりに柳眉《りゅうび》を顰めた。

シュバッ!! 音をたて総レースの黒い扇《おうぎ》を広げ、紅《あか》い口元を隠《かく》す。

「何故お前がいるの？ そのような格好で、みっともない。部屋に戻りなさい！」

堂々とした、人に命令をしなれた人間の声だった。

――しんと静まり返るサロン。

(……おおぅ。誕生日なんだったら、とんだバースデーだね？ 一生の想《おも》い出に残りそうだよ)

マグノリアは小首を傾《かし》げて父を見る。合わない視線はどう収集するか考えているのだろう。

(それよりも貴方《あなた》の奥《おく》さん、義親と義弟《ぎてい》の前だけど。窘めなくていいの？)

兄を見る。

(未《いま》だ睨んでいる……コイツは意外に粘着質《ねんちゃくしつ》なんだな。ガタイの割にちっちぇ奴《やつ》)

母を見る。

(義親の前でも通常運転か。なかなか強心臓だなぁ)

そして隣のお爺《じい》。

……なんか、ヤバいオーラが滲《にじ》み出てる気配を感じる。

ちらり、見上げると。

……鬼《おに》だ。鬼がいた……‼

――――――――。

パチン、と小さな手のひらを合わせて立ち上がる。

よし。今だ。チャンス到来《とうらい》だ。

刹那《せつな》の逡巡《しゅんじゅん》。

「了解致《りょうかいいた》ちまちた。収拾《しゅうしゅう》がちゅかなくなりゅ前に、話を纏《まと》めまちょう」

言いながら干し肉をガイに渡《わた》す。

「持っててくりぇりゅ？」

「はい」

ガイは素直に頷《うなず》く。

マグノリアの表情を見遣って安心すると、途端《とたん》ニヤニヤし出した。思わず眉を顰める。

（コイツは。高みの見物かましていやがるな……）

「まじゅ、お父しゃまとおじいしゃまの件はご自分達《たち》でどうじょ。丁度いいので話題に上がっていた、わたくちの処遇にちゅいてのお話をちたいと思いましゅ」

これを見てくだしゃい、と言いながら数枚の紙をテーブルに広げる。

記載《きさい》内容を見て、ジェラルドが一瞬目を見張った。

「これは……？」

ジェラルドが帰宅して以降、ようやく何処か遠慮《えんりょ》がちだったクロードが口を開いた。

「ギルモア家の家政費用の一部を抜粋《ばっすい》ちた、十年分でしゅ」

家政費用。マグノリアの言葉を聞いて、執事長が青ざめる。

自室からサロンへ来るときに、万一に備えて持って来た例の写しである。

「原本は図書室にありましゅ。必要でちたら後ほど数字に誤りがないかお確かめくだちゃい。……執事長しゃん、証拠《しょうこ》を隠滅《いんめつ》ちたり破棄《はき》ちたりちないようお願い致ちましゅ」

いたいけな幼女の穢《けが》れなきまなこ（※当社比）でお送りしておく。……執事長の顔が青から白に変わった。

「これは……酷いな」

「被服費《ひふくひ》が毎年マグノリアに対して、ブライアンが十～五十倍。ウィステリアに至っては千倍以上……」

クロードとセルヴェスが記載された金額に愕然《がくぜん》としている。

「……この、『プリマヴェーラ』というのは誰だ？」

「猫《ねこ》でしゅ」

「猫？」

怪訝そうにクロードが繰り返す。

「お母しゃまの猫ちゃんでしゅ」

「…………」

アゼンダのふたりは閉口して、まじまじと写しをみつめた。

「自分の産んだ娘が、猫の十分の一なのか……」

セルヴェスの声が哀し気《げ》に響《ひび》く。

そう、猫も大切な家族だ。飼い主にとっては。

そして飼い主にとってはそこまで外れた感覚ではないだろう。裕福《ゆうふく》であれば尚更《なおさら》だ。

（でもまあ、猫ちゃんと面識ないお爺さんからしたらそう思うよねぇ）

「アチュカルド王国では女児は跡取《あとと》いという面で大ちて役に立ちましぇんち、こりぇを見るに愛玩《あいがん》対象とちても役目は果たしぇないかと思いまちゅ。また、今までの生活環境《かんきょう》に鑑《かんが》みても命の危険性こそありましぇんが、家族とちて遇ちていりゅとは言い難《にく》く、軟禁ちている状態は明白。今後修道院に収監《しゅうかん》ち、都合がよい家門へ押ちちゅける計画を立てっていたことから見ても、家族が持て余ちているると言えるでちょう。……まあ変質者へ売りちゅけて、莫大《ばくだい》にゃ利益を得りゅ場合はちょっと違って来ましゅが」

「愛玩……変質者……」

写しを見ながら、クロードが低い声で呟《つぶや》く。壁に控える侍女たちが慄《おのの》く。

「要ちゅるに、不要にゃ者。しょういう場合、どうしゅるか。一般的に売りゅか捨てるかでしゅ」


――不要な者は、売るか捨てるか――


話している内容と子どものたどたどしい口調とがちぐはぐ過ぎて、口が回る筈のジェラルドまで呆気に取られている。

（……よしよし）

呆然《ぼうぜん》としている内に先制パンチだ。相手が正気を取り戻す前に一気に畳《たた》み掛ける。考えさせてはいけない。混乱に乗じて衝撃的《しょうげきてき》な言葉を並べ、難しい言い回しで煙《けむ》に巻く。

「要《い》りゃない子どもとして捨てりゅ場合、普通は孤児院《こじいん》に行きましゅ。逆に孤児院の幼児を『買い取りゅ』場合、一般的に小銀貨二、三枚とのことでしゅ」

部屋にいた全員が息を呑む。

「申し訳ないのでしゅが、小銀貨を三枚貸ちていただけましゅか？　お金が出来次第《しだい》、必ず返ちましゅ」

クロードに穢れなきまなこビームでお願いすると、躊躇《ちゅうちょ》せず渡してくれた。

(恩にきます、とっても若い叔父さん)

そのままジェラルドの前へ進み出ると、大きな手を取り、銀貨を載せる。

シャリン、と。擦《す》れて小さく音をたてた。

「あい。こりぇが『あなたの子どもだった者』の価値でしゅ」

「…………」

食い入るように三枚の銀貨をみつめるジェラルドを、暫《しば》し静かにマグノリアもみつめた。

「これで、わたくちは買われ、居なくなりまちた。もう侯爵《こうしゃく》ちゃまが忙ちい中、手数をかけりゅ必要もありましぇんち、侯爵夫人とご令息ちゃまが気分を害しゅることもあいましぇん」

わなわなと震えるウィステリアはきっ！　とマグノリアを睨みつける。

「何て生意気な子どもなんでしょう！　狡賢《ずるがしこ》くて、嫌《いや》な子！」

ドレスを翻《ひるがえ》し足早に部屋を出て行こうとする。

（あーあ。謝まるどころかキレて、有耶無耶《うやむや》にする気？　……義親や使用人の手前、恥《は》ずかしいし引っ込みつかないんだねぇ。でも普通、ここは周囲の手前良い顔しといて、後でイジめんのがセオリーじゃないの？）

痛い目みなきゃ解らんなら、おばちゃんがゲンコツかましたるまでよ。

マグノリアはにっこり微笑む。後ろ姿の母へ。

「侯爵夫人」

呼びかけられ、反射的に足を止めた。しかし振り返らない。

マグノリアは姿勢を正し、粗末《そまつ》なスカートを広げ優雅《ゆうが》に腰《こし》を落とす。暇《ひま》に任せて何度も練習した淑女の礼。

「産んでいただき、大変お疲りぇ様でございまちた。次のご懐妊《かいにん》は是非《ぜひ》とも男児でありましゅこと、心よりお祈《いの》り申ち上げましゅ」

黙ったまま、ウィステリアは手に持った扇を勢いよく床《ゆか》に叩《たた》きつけると、振り返らずに部屋を出て行った。

（くれぐれも、次の子どもに同じことしてくれてんじゃねーぞ!!）

「しゃようなら『お母しゃま』」

セルヴェスは貴婦人さながらに美しい礼を取る小さな孫娘《まごむすめ》の背中をみつめながら、面白《おもしろ》いと思った。本来小さな子どもが置かれる境遇として有り得ない状況《じょうきょう》を面白がるのは人としても祖父としても不謹慎《ふきんしん》だし駄目《だめ》だろうと思うが、泣くでも癇癪《かんしゃく》を起こすでもない様子に、驚愕《きょうがく》と感嘆《かんたん》と畏怖《いふ》と、少しの憐憫《れんびん》さを覚えていた。

（何という胆力《たんりょく》）

彼のふたりの息子はどちらも大変優秀《ゆうしゅう》であったが、それとはまた違った優秀さだ。可愛《かわい》らしい見た目に騙《だま》されると間違いなくこちらが喰《く》われる。

（身内に、それも孫娘に喰われるならそれも本望《ほんもう》だが。今暫《しばら》く自分の役目を果たさねばな）

見事自身で自由をもぎ取ったとはいえ、まだ幼い。

悪魔《あくま》将軍と呼ばれた男は、厳しくも温かい指揮者の瞳をしていた。

クロードは自分を蔑《さげす》む母親に対し、美しい微笑みを向ける小さな姪《めい》を見て深い寂寥《せきりょう》感を覚えていた。

本当の両親を幼くして亡《な》くした彼は、血の繋《つな》がりに深い憧れがある。

義理の家族はとても良くしてくれ、自分は養子だなんて卑屈《ひくつ》に思うようなことは無かったけれど。子どもの頃《ころ》、友人たちの親が子を思《おも》い遣《や》る姿を見る度、甘《あま》やかな感情が心の奥を掻《か》き乱した。

（なのに実の親に見捨てられて、更《さら》に子がその親を捨て返すのか……？）

四歳《さい》の女の子の不自然な老成さ。

ふくふくとした頬が目立つ愛らしい顔には、未練は微塵《みじん》も感じられなかった。

（何故なんだ？）

……目の前の子どもは、自分が知る子どもとは全く違う得体の知れない存在に思えた。

親は子に無償《むしょう》の愛を持つというのは嘘《うそ》だったのか。目の前で見た義姉《ぎし》の姿も、愛情に溢《あふ》れる母親の姿では決してなかった。クロードは何者でもない何かへと問う。

それならば、血とは？　家族とは？　連綿と今へ至る筈の繋がりとは何であるのかと。

ジェラルドは変わってしまった娘《むすめ》をみつめながら、誤りを悟《さと》った。

（何処《どこ》で変わった？　いつ？）

決して過去の見立てが見誤りだとは思わない。――が、何故か事態は知らぬ間に急激に変化していたのだ。このところ感じていた違和感《いわかん》の数々を思う。

別人になった娘は、自分で自分をその小さな手に取り戻した。

……若干反則めいた手であり実際穴もあるが、そこを指摘《してき》するのは止めておくことにする。

もう怯《おび》えることもなければ、甘えてジェラルドに手を伸《の》ばすこともないだろう。代わりに大きく翼《つばさ》を伸ばし、自由に遠くへ羽ばたいて行くことだろう。

だがそれで却《かえ》って良かったと思えた。未来は変わる筈だ。

……たとえ無責任と罵《ののし》られようと、幸せになってくれるのだったら。その可能性が広がるのなら、その方がいいのだから。

(さようなら。かつての『小さなマグノリア』)

手のひらの銀貨は軽くて重い。

銀貨に移った子どもの高い体温と、視《み》えない筈の『何か』を見据《みす》えて、ジェラルドは淡《あわ》く微笑んだ。

ガイはギルモア一族をみつめながら、過去と未来を思う。

新しい明日は、果たして輝《かがや》くのか。朧《おぼろ》げに、曖昧《あいまい》に、不明瞭《ふめいりょう》に。未来は常に形を変える。

——形が定まらないなら、好きに作ればいいと。

マグノリアは思案する。

後腐《あとくさ》れないように。そして迷惑《めいわく》は最小限に。感傷に浸《ひた》っている暇はない。

必要な結果を最上級に取りに行く。矛盾《むじゅん》をつかれないうちに。相手が全体を把握《はあく》しないうちに。可及的速《かきゅうてきすみ》やかに。

「おじいしゃま、お願いがありゅのでしゅ」

「なんだ?」

「侍女《じじょ》しゃんのことでちゅ」

「侍女?」

壁際に立つ侍女たちも息を詰めるように立ち尽くしていたが、自分達のことが口にのぼり姿勢を正す。

「あい。今回にょことや書類にょことで、侍女しゃんは何も関わっておりましぇん。偶発《ぐうはつ》的《てき》に入手ちたのでしゅ。でしゅが、関与《かんよ》が疑われ肩身《かたみ》の狭《せま》い思いをちたり、最悪、クビになったりしゅる可能性がありゅでちょう? 幸い、わたくちに付いてくりぇる三人のうちふたりは数か月以内に退職が決まっておりまちゅ。問題なければ早期退職とその補填《ほてん》を。そうでにゃい者は本人の希望も確認《かくにん》の上、新ちい職場の斡旋《あっせん》をお願いちたいのでしゅ」

「マグノリア様……」

「私たちは大丈夫《だいじょうぶ》でございます。ご心配頂かずとも、必要とあれば自ら対応させていただきます故」

「…………」

デイジーは涙《なみだ》を浮かべて言葉が続かず。ライラは唇《くちびる》を噛《か》み締《し》めながらマグノリアへ頷く。

ロサは空をみつめたまま動かない。

「相《あい》、解った」

セルヴェスは頷く。孫娘の今回の願いは、可能な限りすべて叶《かな》えるつもりだ。

「それと、ギルモア侯爵。今迄のわたくちの生活費をどうしゅるかお話ち致ちましょう」

「そのようなものまで……必要なかろう？　誰《だれ》だって小さい子どもは育てられるものだろう？」

ジェラルドではなく、クロードが力なくマグノリアに言う。

「しょうではないのでしゅ。……一般的にはしょうであっても、場合によって対応は変わりゅのでしゅ。きちんと話し合っておくことはお互《たが》いの為に大切なのでしゅよ」

家政費用の写しの一枚を裏返すと、なにやら計算したものが書かれている。

まるで、こうなるのを見越《みこ》していたかのように。

「食費。食事の量はブライアンちゃまより小しゃいので沢山《たくさん》食べりぇないのでしゅが、一応同じで計算ちてありましゅ。雑費をどう計上しゅるかは難ちい問題でしゅが、一応目に見えりゅ服飾費《ふくしょくひ》はこちら、教育費は無ち、交際費も無ちです。しょれと、出産に必要だった医療費《いりょうひ》の計上も必要でありぇば医師に確認の必要があるかもちれません」

ジェラルドはゆっくりと写しから瞳を外すと、マグノリアに向き合う。

「……それらの受け取りの放棄《ほうき》は可能かい？」

「…………。お金で解決出来りゅものは、利用ちた方が明確で後腐りぇにゃいと思いまちゅが」

「……放棄は可能かい？」

マグノリアは小さくため息をつく。

「人間は、何か不都合なことがあったとき、思いも寄らにゃい行動を取りゅことがあいまちゅ。今はしょんなこと、と思うでしょうが。この先何かしらがあって、わたくちを引き戻しょうとなしゃる事態に陥《おちい》ったとき、しょこを有耶無耶にしゅると争点にないまちゅ」

幼女が領主の仕事を熟す父親に、言い含《ふく》めるように金銭での後腐れない解決を再押《お》しする。

自分が戻ることは全く勘定《かんじょう》に入れていない様子に、決意の深さを感じた。

しかし静かな瞳でみつめるジェラルドに、彼も引く気がないことを悟ると、マグノリアは再び小さく息を吐いた。

「では、互いが納得出来りゅ契約書《けいやくしょ》を？」

契約書。

クロードはどう口を挟《はさ》んでよいものか、黙ったまま成り行きを見守っているが、目の前の馬鹿げている話し合いが夢でないことが不思議で仕方なかった。

確かに破綻《はたん》した親子関係ではあるが……姪が生家を後にするにしても、もっと子どもの気持ちに配慮《はいりょ》するような、大人同士での話し合いを提言するつもりでいた。

そしていつかお互いのわだかまりが無くなったら、元の形に戻れるように……

ところが子ども――それも幼児が淡々《たんたん》とこの場を仕切り、大人顔負けの内容で自らも周りも切り離して行く様は、酷く現実味がない。

いつもは感情豊かなセルヴェスが、自分と同じように静かに見守る様子も違和感を覚える。

父は人との繋がりを大切にする人間だ。

命の儚《はかな》さと強さを知るからこそ、余計にそこにこだわるようにすら思えたのに。

「承知した」

兄も、本来ならもっと上手く回避《かいひ》するなり遣り込めるなりするだろうに。

クロードは酷く痛む心のまま、小さな姪っ子をみつめてはきつく拳を握った。

「……お前、本当、生意気だ!!」

唸《うな》るような子どもの声が、マグノリアにぶつけられる。

忘れ去られたかのように所在なく立ち尽くしていたブライアンだ。

「ブライアンしゃま。短い間ではごじゃいまちたが、お相手いただきあいがとうごじゃいまちた」

悪びれる様子もなくマグノリアは礼を取る。

「お前なんか出ていけ！」

今迄の話の内容がいまいち飲《の》み込めていないのだろう。ブライアンは妹を傷つけようと捨てゼリフを吐く。

「はい、出て参りましゅ。御機嫌《ごきげん》よう、どうじょお元気で？」

両手をぐっと握り締め唇を噛むと、もう一度マグノリアを睨み、勢いよく駆《か》け出し部屋を後にした。大きく叩きつけるように扉が閉められる。

ブライアンを黙って見送ると、セルヴェスが満を持して口を開く。

「マグノリア。この後、一体どうするつもりなんだ？」

「しょうでしゅね。基本的には孤児院に入りゅ予定でちゅが？」

「「「…………」」」

「国内の孤児院が色々……まあ、難ちいようでしたりゃ、誰か外国の孤児院に伝手《つて》はないでちゅか？」

本当は、家を出るなり輸送中に行方《ゆくえ》不明になるなり、しばし潜伏《せんぷく》して孤児《こじ》の振りをして、何処《どこ》か遠くの孤児院に潜《もぐ》り込むつもりでいたのだが……今のこの状況では、それも難しいだろう。

せっかく国内有力貴族が揃《そろ》っているのだ。素直《すなお》に広い顔を貸して頂こうというもの。

うーん、とセルヴェスが濁《にご》す。マグノリアは愛らしい垂れ目をパチパチと瞬《まばた》いた。

「……孤児院は難しいと思うぞ」

「世間体《せけんてい》とか矜持《きょうじ》の問題でしゅか？」

「いや、違う。その色だ」

「いりょ？」

小首を傾げる。

（またこのファンシーピンクか……イラっとするな、本当）

「北の国特有の色なんでしゅよね？　目立たないように、北の国があった周辺の孤児院は駄目でしゅか？」

同じ色味が沢山いますよね？　きっと。そう心の声が聞こえた。

あ〜……、と言わんばかりに、セルヴェス・ジェラルド・クロード・ガイが残念な者を見る目でマグノリアを見遣る。

「……いや、それな。北の国の『王族』特有の色だぞ。我々は亡き国の王家の血が入っておる。小国とはいえちょっと変わった国だったから、孤児なんぞになったらあっという間に多分どっかの国に取り込まれて、面倒《めんどう》なことにしかならんぞ」

「えぇぇぇぇぇ〜〜〜〜……」

（そんなん、聞いてないよぉぉ……！）

面倒とは……一難去ってまた一難とは、このこと……？


やっと子どもらしくガックリと頭垂れる姿を見て、クロードは薄《うす》く笑って膝《ひざ》をついた。

俯《うつむ》くマグノリアの顔を下から覗《のぞ》き込むと、ニヤッと意地悪く笑う。

「借金を返すまで館に来ればいい。……踏《ふ》み倒《たお》されると敵《かな》わんからな？」

「……しょれは反則になりゅので嫌にゃのでしゅけど。しょれに、お金が出来たりゃ返すと約束ちまちたのに！」

マグノリアが叔父の助け船に口を尖《とが》らせて反論すると、クロードが言い捨てる。

「嫌なら今すぐ返せ。耳を揃えて」

「…………」

美貌《びぼう》の叔父さんは、取り立てがキツい。

マグノリアは、齢《よわい》四つにして闇金《やみきん》（精神的な）に手を出してしまったらしいと悟った。


「あの……っ！」

扉近くの壁から、リリーが意を決して声掛《か》けする。

ウィステリアの帰宅の際他の侍女と一緒《いっしょ》に迎《むか》えに出たが、騒《さわ》ぎに乗じてウィステリアと一緒に（こっそり）入室し、ずっと柱の陰《かげ》から一連のやり取りを見ていたのだった。

屋敷の主人と、悪魔将軍と、黒獅子《じし》と、陽気な暗殺者（リリー視点）に一斉《いっせい》に見られ、ちょっとガクブルしながら陳情《ちんじょう》する。

「私を、マグノリア様と一緒にお連れくださいませ！　きっとお役に立てるよう頑張《がんば》ります！」

マグノリアはぎょっとする。

「リリー……！　ご家族はどうしゅるの⁉」

家族の為《ため》に働くリリーの事情を知っている。そんな彼女《かのじょ》を不安定な立場に追いやるのはマグノリアの本意でない。

「大丈夫です！　家族には、マグノリア様が出奔《しゅっぽん》する際はついて行く旨《むね》了承《りょうしょう》済みです‼」

リリーは決めたのだ。この小さなお嬢様《じょうさま》に何が何でもついて行くのだと。

ぐぐぐ、と拳を握る。

「出奔、バレてたっすね？」

ガイはマグノリアを揶揄《からか》うように笑う。

「給金はマグノリアにつけておこう」

クロードも当たり前のように言うと、ぽん、とマグノリアの頭に大きな手を置いた。

「さあ、支度《したく》をしておいで。何、誰もタダで置いてやるとは言ってない。こき使ってやるから安心しろ」

全く安心出来ない言葉だが、不思議と安心する、優《やさ》しい響きを持った声だった。

悪魔将軍と黒獅子とアブナイ隠密《おんみつ》に脇《わき》を固められては、移動中に行方不明にはなれないだろう……きっと。

＊＊＊＊＊

「お叱《しか》りにならないのですか？」

ジェラルドの執務室《しつむしつ》へ移動した一行は、それぞれ腰をおろすとさっきまで一緒にいた小さい女の子に想いを馳《は》せた。

「そんなくたびれて萎《しお》れてる奴に、今更塩を塗《ぬ》り込んでもなぁ」

セルヴェスは苦笑いをして淹《い》れ直された茶を啜《すす》った。

「まあ、精々後悔するといい」

「……後悔はしませんよ。する資格がないことをしていたのです……嘆《なげ》くのは、嘆く資格のある者だけが出来るのですよ」

淡々と持論を語るジェラルドに、セルヴェスはため息をつく。さらさらと契約書を書く手元を見ながら、揶揄い交じりに確認する。

「お前は相変わらず頑固《がんこ》だなぁ……経費、払《はら》うか？　その方がマグノリアも安心するだろう」

「……要りませんよ。別に、あの娘《こ》が心配しているような事をするつもりもありませんしね。それよりもクロードの借金を返済しましょうか？」

兄の自嘲《じちょう》めいた軽口を受けて、今度はクロードが苦笑いをする。

「まさか借金なんて。あの娘を手助けするための方便ですよ。……多分、『あげる』と言ったら受け取らなかったでしょうからね。それよりも……」

クロードは言い淀《よど》んだ。

「どうした」

「その、変質者というのは……」

クロードが言わんとすることを察すると、ジェラルドがじっとりとした目で見遣る。

「それこそ、そんなわけあるまい。あの娘の勝手な想像だ……地方の口の堅《かた》い誠実な低位貴族に持参金を上乗せして送り出す予定だった」

「……そうですか」

ちょっとホッとしながらも、このままで良いのかと確認すべきか迷った。が。……たとえジェラルドが態度を改めたところで、先ほど見た義姉と甥《おい》っ子の様子からも、到底《とうてい》家族として上手《うま》く行くとは思えず口を噤《つぐ》んだ。

暫し、時間と距離《きょり》を置いた方が良いのは誰の目にも明らかだから。

「……結果的には瑕疵《かし》になってしまうものの、離《はな》れた場所の修道院に隠し、地方の低位貴族へ嫁《とつ》がせればそうそう王都へ来ることもないかと思っておりましたが……」

「言ってることは解《わか》らんでもないが、嫌なやり方だなぁ」

セルヴェスは自分の赤毛を引っ張ってはねじり、引っ張ってはねじってつぶやいた。

断ったところで存在が知れれば王家に聞き入れられないと思ったからこそ、ジェラルドの判断だったのだろう。

「……お前の眼から視て、王家はそんなにか」

「…………。先王がお亡くなりになり残念です。取り敢《あ》えず領政に力を入れるつもりです」

「そうか」

セルヴェスは静かに返事をした。

各々《おのおの》、これからのことを考える。そして。ジェラルドは瞳《ひとみ》を伏《ふ》せると、心の中でマグノリアのこれからの幸運を祈った。

（決して口に出してはならない。そんな資格は自分にはないのだから。それどころか自分には本来、祈ることすら許されないだろう）

それだけの事をしたのだ、娘を護《まも》る為とはいえ。

そんな苦い思いを何度も噛み締めるようにくり返しながら、それでもジェラルドは願わずにはいられなかった。

同じ頃、リリーとガイによってマグノリアがアゼンダ辺境伯領《はくりょう》へ移動することが、多くの使用人達に知らされていた。

　春のそよ風というよりは春一番と例えた方がよいようなお嬢様の移領の話は、淋《さび》しさをもたらしながらもその身が自由になったことを喜びを持って迎え入れられた。


　そしてマグノリアの部屋では、侍女達《じじょたち》とマグノリアが別れを惜《お》しんでいた。

　デイジーは声をあげて泣き始め、ライラは心底心配だと言わんばかりな様子だった。

　ロサは静かにそんな様子を瞳に映していた。

「マグノリア様、借金とか駄目、駄目ですよ。私たちが立て替《か》えますから、今すぐお返しいたしましょう！」

「こんなにお小さいのに大丈夫なのでしょうか……」

　デイジーは『それは汚《きたな》いから、ぺっしなさい！』みたいなノリで言っていて面白い。

　真剣《しんけん》に言ってくれているのに、ついつい笑ってしまいそうになる。

「大丈夫よ。多分だけど、話を合わしぇる為にああ言ってくりぇただけだよ。お金の用意が出来たりゃちゃんと返しゅし」

「そうでしょうか……」

　納得《なっとく》がいかなそうな様子に、苦笑いが漏《も》れる。

クロードにとって小銀貨三枚など、子どもにお小遣《こづか》いとして渡しても痛くも痒《かゆ》くもない金額だろう。

「そりぇよりも。ふたりを送り出しゅつもりが、わたちが先に出て行くことになってごめんにぇ」

はい、と言ってデイジーとライラに、各々の刺繍《ししゅう》が入った乙女可愛《おとめかわぃ》い巾着《きんちゃく》を渡す。

「今までお世話してくりぇて、あいがとうごじゃいましゅ。幸しぇになって」

ぶわぁあっと、一気に涙がデイジーの瞳の縁《ふち》に盛り上がった。

「うわぁぁぁあん、マグノリア様～!!　あいがどうごじゃいまじゅぅぅ!!」

……おおう。大洪水《だいこうずい》だ。デイジーの瞳が溶《と》けてしまう。苦笑いして手巾《しゅきん》を渡す。

目を潤《うる》ませながら宥《なだ》めるライラにデイジーを任せ、ロサの前に立つ。

「ロサも、今まで沢山《たくさん》あいがとうごじゃいまちた。こりぇ、ロサに教えてもりゃった刺繍よ。どうじょ」

ローズ。ラテン語でロサ。

バラの刺繍がされたハンカチを渡すと、ハンカチをぎゅっと抱《だ》きしめて深く頭を垂れた。

小さく震《ふる》える肩《かた》をマグノリアはみつめた。

「こちらこそ……色々……至らず、申し訳、ございま……んでした……」

「お父しゃまとお母しゃまと、色々折衝《せっしょう》ちてくれたのでちょう？　お世話を掛けまちた」

後悔《こうかい》に苛《さいな》むような、打ちひしがれるようなロサを見て、マグノリアは苦く笑う。

最低限とはいえ恙無《つつがな》く暮らすことが出来たのは、ロサの尽力《じんりょく》によるところが大きい筈だ。

「この後おじいしゃまが細かい手配をしゃれる筈《はず》でしゅが、居辛《いづら》い場合は王都のアゼンダ辺境伯家のタウンハウスで身柄《みがら》を預かって貰《もら》えるしょうでしゅ。流石《さすが》にお父しゃまも配慮しゃれると思いましゅが、目が行き届かない処《ところ》で何かあった場合、覚えておいてくだしゃい」

大切なことなので、三人にしっかりと伝える。


マグノリアの荷物はびっくりするほど少なかった。

クローゼットにあった数着の洋服とネグリジェ、数組の下着と靴下《くつした》。ダフニー夫人からの木札。お針箱と製作物、余った端布《はぎれ》。そして忍《しの》び込《こ》んで写した抜粋書は念《ねん》の為の証拠として保管しておくつもりだ。更にはジェラルドと交《か》わした契約書。

何処へも出かけることがなかったマグノリアには鞄《かばん》すらなく、大きな布に包んで背中に回して括《くく》りつける。

高価そうなドレスは置いて行く。沢山練習した借り物の石板も。

ギルモア家に残すべきものは全て置いて行くのだ。

誕生日とはいえパーティーどころか晩餐会《ばんさんかい》の用意も勿論《もちろん》ない。通常通りの食事であるのを見越して、セルヴェスが知り気分を害さないよう、夕食前に屋敷《やしき》を出発することにした。

多少無理をすれば数人分の食事を用意するくらい可能だろうが、楽しい晩餐《ばんさん》になろう筈もない。

それでもクロードは家族の別れの時間を取るべきだと思い、マグノリアに言ってみたものの、一緒に食事を摂《と》ったことはないうえ、あんなに怒《いか》り心頭な様子では一緒のテーブルにつかないであろうと言われ、引かざるを得なかった。

夕方に差し迫《せま》ったギルモア家の玄関前《げんかんまえ》には、沢山の使用人が並んでいた。

オレンジ色と濃《こ》い紺色《こんいろ》が交じり合う中、多くの人影《ひとかげ》が長い影を落とす。

使用人と言っても下女下男が多く、通常主人達の目には触《ふ》れない使用人たちが多かった。

「お嬢様、これ、ポテト芋《いも》とチーズのカリカリ焼《や》きのレシピです」

「わぁ！　いいのでしゅか⁉」

「はい。あちらでもお召《め》し上がりください」

マグノリアの好物だ。料理人として大切な筈のレシピを譲《ゆず》り受け、はわわ～と花を飛ばしながらほくほくするマグノリアを見て、一同は小さく笑う。

「こりぇは鍋敷《なべし》きと鍋掴《なべつか》みでしゅ。調理場の皆《みな》しゃんで使ってくだちゃい」

「……ありがとうございます。大切にいたします」

淋し気な顔で料理長と料理人達《たち》は頭を下げる。

「お嬢様、行っちゃうんだねぇ」

「遠い場所なんだよね……？」

洗濯係《せんたくがかり》のおばちゃんは、グスグスと鼻を鳴らしながらしんみりした。通いの彼女たちは、律儀《りちぎ》にも帰宅時間を過ぎているのにも拘《かか》わらず、見送りの為に待っていてくれたのだった。

「うん。色々教えてくりぇてあいがとうね。お茶の時間も楽ちかった」

「あたし達もだよ！」

おいおい泣き出す人も居て、マグノリアは困ったように笑う。

「こりぇ、お茶の時間に使うシートよ。こりぇ敷《し》いてお茶会したら楽ちいよ！」

カラフルにあまり布をつなげてパッチワークにしたレジャーシートもどきだ。

「お嬢様が作ったのかい⁉　相変わらず凄《すご》い子だねぇ……」

「とっても嬉《うれ》しいよ。ありがとう、お嬢様」

「ワシからはこれを」

庭師のお爺《じい》さんは、ゆっくりと歩み寄って来ては小さな包みを手渡《てわた》してくれた。

……包みを振《ふ》ると、カシャカシャと音がする。

「こりぇは？」

「植物の種でさぁ。機会があれば、お世話してくださいさい」

「あいがとう。わたちからはこりぇを」

これから寒くなるので、ロサから貰った毛糸で編んだ帽子《ぼうし》だ。

庭師のお爺さんはゆっくりと膝立ちになる。

「ありがとうございます。嬢様《じょうさま》、どうぞお達者で」

深い嗄《しわが》れた声に、マグノリアは笑って頷《うなず》いた。


中央にはジェラルドが見送りに出ていた。他に、母の姿も兄の姿もない。

代わりに家令と執事《しつじ》長、侍女頭が揃って並んでいた。

マグノリアは姿勢を正し、父の前に立った。

「侯爵ちゃま……いえ、お父しゃま。今まで、生きりゅためのご手配をいただき、誠にあいがとうごじゃいまちた」

ジェラルドは優雅に礼を取る娘をしばし瞳に焼き付けた。

「…………。侍女達のことは心配しなくていい。身体に気をつけなさい」

「あい。お父しゃまもどうぞご健勝で」

母の部屋と兄の部屋に一度目を向けると、目の前の全員を瞳に映し、最後にデイジーとライラ、そしてロサを見て微笑《ほほえ》む。

マグノリアは深々と礼を取った。

「今まであいがとうごじゃいまちた。皆しゃま、どうぞお元気で有いましゅよう」

使用人一同はそれぞれ礼を取り、深く深く、頭を下げた。

＊＊＊＊＊

祖父と叔父《おじ》に連れられて、妹が馬車へ乗り込む。

その様子をブライアンは自室の窓から食い入るように、拳《こぶし》を握《にぎ》りしめながらみつめている。

（あいつばっかり気に食わない！　一体何処へ出掛《でか》ける気だ⁉）

夕闇《ゆうやみ》の中、四人を乗せた馬車は門へ向かい、カラカラと軽快な音をたて始めた。

「……なんでマグノリアがおじい様たちと出掛けるんだ⁉　泊《とま》りに出かけるのか？　僕《ぼく》だってお話ししたかったのに‼」

サロンから出て来てから絶賛不機嫌《ふきげん》中のブライアンが、近くの侍女に問いただした。

「違《ちが》います。マグノリア様は孤児となられ、ご自分でご自分を買い上げられ、辺境伯領へお住まいを移すことになったのです」

「えっ、孤児？　あいつは父上と母上の子どもじゃなかったのか⁉」

侍女は困ったように　ブライアンを見た。

「……お嬢様は、勿論ご両親様の御子《おこ》でございますよ。ですが親が亡くなってしまったり、生きていても不要とされれば、特に平民などは孤児院《こじいん》に預けられることがあるのです。ですから、それと同じように……お嬢様はご自分から孤児となり、誰にもその身を損《そこ》なわれないようお金でご自分で買い上げて自由を得られました。ですがそうなればこちらでは暮らせないので、辺境伯領へお出になったのです」

「…………」

（え……、出て行った？　自分で買った？　どういうことだ……勝手にそんなこと出来るのか……？）

哀《かな》し気《げ》な侍女達の瞳に気づかないまま、ブライアンは呆然《ぼうぜん》と窓の外を見る。

外は、高い木々の影が暗さを増し、もうじき夜がやって来ることを物語っていた。

小さな車輪の音は消え去り、遠くに、小さな馬車の影が見えるばかりとなっていた。

＊＊＊＊＊

晩秋の夜は意外に早い。

さっきまで茜色《あかねいろ》をしていた空はだいぶ暗くなり、小さく星が瞬き始めた。

いつの間にか遠駆けの範囲《はんい》を超《こ》えてこき使われた馬の代わりに、アゼンダ辺境伯家の馬車が王都にあるタウンハウスより届けられ、それに祖父と叔父と一緒に乗り込み、護送……いや、王都をゆっくりと走っているところだった。

「えっと、このままアジェンダへ行くのでしゅか?」

クロードの隣《となり》でマグノリアは小首を傾《かし》げる。背中に背負っていた風呂敷包《ふろしきづつ》みを膝の上に置き、ちんまりと座《すわ》っていた。

「いや、ガイを休ませてやらないと。四日間不眠不休《ふみんふきゅう》なんだ」

隣からクロードの低い声が降って来る。

不眠不休が、四日間。三徹《てつ》なのか四徹なのか。

「うわぁ……」

(何それ、労働基準法(無いだろうけど)どこ行ったのよ⁉　ブラック過ぎる労働環境《かんきょう》じゃん‼)

馬車を走らせているガイに、無言で手を合わせておく。

ひとり恐怖《きょうふ》の職場環境に慄《おのの》くマグノリアを見下ろして、クロードは嫌《いや》そうに眉《まゆ》を寄せた。

「誰のせいだと思っているんだ。俺達《おれたち》も二日間寝《ね》てない。タウンハウスで一泊《ぱく》して帰る」

「わたちのちぇいなのでしゅか⁇」

今いち了見《りょうけん》が飲み込めないマグノリアは、盛大《せいだい》に首を傾げた。

「マグノリアの為なら一週間でも一か月でも休まんぞ！」

すっかり爺《じい》バカになりそうなセルヴェスが、くねくねしそうな勢いでマグノリアを見ている。

(……コワい。そして馬車が狭くない筈なのに窮屈《きゅうくつ》‼)

四人乗りの筈の優美な馬車は、筋肉もりもりのセルヴェスと長身のクロードが一緒に乗っている為、広い筈なのに妙《みょう》に圧迫《あっぱく》感があった。

「父上はお年を考えて下さい」

「ああ！　女の子は可愛いのう」

「「………」」

どうにも気持ち悪いことになっているセルヴェスに、クロードとマグノリアはジト目を向ける。

なるほど。

今までがややデカい息子《むすこ》とデカい息子、やはり平均よりもデカい孫息子と騎士《きし》に囲まれているため、小さい女の子がハムスターか何かに見えてる病というヤツか。

「ええと。お時間は取りゃしぇないので、キャンベル商会に寄ってもらえまちゅか？」

「何か買うのか？」

「いえ、ちょっとご挨拶《あいさつ》に」

「挨拶？」

保護者ふたりは不思議そうにマグノリアを見た。

キャンベル商会は王都でそこそこ人気の洋品店だ。

平民がちょっと奮発して購入《こうにゅう》できるものから、貴族の衣装《いしょう》まで取り扱《あつか》う。

本来、平民向けと貴族向けとで店舗《てんぽ》を分けることが多いが、キャンベル商会ではそうせず、お互いが節度と良識を持って共存出来る事をモットーにしているそうだ。

いざキャンベル商会の前に馬車をつけてもらったものの、果たしてこの服装で入店して良いものかマグノリアは自問自答する。

「どうしたんだ、マグノリア？」

祖父と叔父が不思議そうに振り返った。

（……うーむ。威圧《いあつ》感と威圧感もダブルで入店して大丈夫だろうか？）

店舗……というより、海外のオシャレなメゾンといった外観。

ピカピカに磨《みが》き上げられたウィンドウに、思わず朱鷺《とき》色の瞳を向けた。

（まあ、ちょっと挨拶するだけだし。デカいふたりの陰に隠《かく》れていれば見えないか）

保護者は壁《かべ》か柱扱いである。

少しの間躊躇《ちゅうちょ》していると、中から責任者らしい、落ち着いた雰囲気《ふんいき》の女性が扉《とびら》を開けて出て来た。

「これは、アゼンダ辺境伯様。……お久《ひさ》し振《ぶ》りでございます、マグノリア様」

目線を合わせ優しい笑顔《えがお》で呼びかけられ、取り敢えず会釈《えしゃく》する。こちらをご存じらしい様子に記憶《きおく》を辿《たど》るが……会ったとすれば採寸をしたときだろう。

「当店にご用命でしょうか？」

「会頭のサイモンしゃまにお会いちたいのでしゅが。お約束はちていにゃいのでしゅ。お忙ちいようなら伝言だけでも……」

突然《とつぜん》の訪問に嫌な顔せずにこり、笑うと、

「畏《かしこ》まりました。只今確認《ただいまかくにん》してまいります。応接室にご案内いたします」

そう言って奥《おく》の応接室に通して貰った。

ＶＩＰ待遇《たいぐう》に慣れているであろうふたりは、すっかり寛《くつろ》いで部屋の中をぐるり見渡《みわた》している。


出されたお茶が飲み頃《ごろ》になった頃、慌《あわ》てた様子でサイモンがやって来た。

「お待たせいたしまして申し訳ございません。会頭のサイモン・キャンベルです」

「こんばんは。急な来訪で失礼ちまちた」

サイモンはセルヴェスとクロードにも挨拶をすると、マグノリアに向き直った。

「……私めにご用事とか。如何《いかが》なさいましたか？」

「長期でアジェンダ辺境伯領に行くことになりまちて。先日にょお洋服が出来たりゃ、そちらへ送って欲ちいのでしゅ」

せっかく作ってくれるのに、屋敷でそのまま放置……もしくはゴミ箱行きでは悲し過ぎるではないか。マグノリアの心情を察してか、サイモンは快く頷いてくれた。

「承知いたしました」

「あと、お店で手作りの商品を買い取りちていましゅか？」

「はい、致《いた》しております。勿論商品の出来にも依《よ》るのですが……」

サイモンの返事を聞いて、持っていた包みから数枚の巾着を取り出してテーブルの上に並べる。

カラフルなピンクや水色、黄色など若い娘《むすめ》が好みそうな色味だ。

そんなドレスに合いそうな生地《きじ》で巾着を作り、その上にオーガンジーを、あるいはシフォンを合わせ、下側を縫わずに、上側だけ縫《ぬ》い付けてふんわりとスカートのようにしてある。巾着の紐《ひも》をきゅっと締《し》めると、まるで小さなドレスのような見た目になるのだ。

紐はサテンのリボンにしてある。ウエストで蝶々《ちょうちょう》結びをするような形にも出来て、本当のドレスのように可愛《かわい》らしい。

「!!」

「ドレスの余り布で作りぇばお揃いになりましゅ。また、憧りぇのドレスをちぇめて巾着で、という声にも応えることが出来るでしゅ」

にっこり笑うと、マグノリアは追加の巾着を出す。

小花柄《がら》、ストライプ、水玉。無地だがよく見ると織地に模様が浮《う》かんでいるもの……等。

「こっちはぐっとお手頃《てごろ》なワンピースの生地でしゅ。エプロンのように小しゃい白い布を中央上部だけを挟んで縫ってましゅ」

同じようにきゅっと縮めると、エプロンをかけたように見える。

平民が着るワンピースのようだ。エプロンも四角いもの、裾《すそ》側が丸みを帯びているもの、長いもの、フリルがついているものとある。

「これは、素晴《すば》らしいですね……お売りいただけるのですか？」

「あい。幾《いく》りゃになりましゅか？」

「こちらの四枚が合わせて五大銅貨。六枚が一小銀貨と五大銅貨で如何でしょうか？」

ハンカチに比べて凄い金額だ。

（ドレス仕様は倍か……大銅貨が五と五。それと一小銀貨、合わせて二小銀貨……）

結構頑張った値段設定だろう。有難《ありがた》い。しかし、あと一小銀貨足りないのだ。

「そりぇでお願いちましゅ。あと、こちりゃを見てくだしゃい」

臙脂《えんじ》のベルベットに似た布で巾着が作られ、その上に沢山《たくさん》のオーガンジーが本物のペチコートのように幾重《いくえ》にも重ねられている。その上に再び臙脂の布が重ねられていた。よく見れば実に細やかな刺繍で飾《かざ》られており、随所《ずいしょ》にまるで宝石のようにビーズがちりばめられている。

同じ商品でありながら、観賞用とも言えるような美しい品となっていた。

サイモンは深い感嘆《かんたん》のため息をつく。

デザインが可愛らしいので、若い娘たちによく売れるだろう。布やデザインを変えれば価格帯も変えられる。こちらの高級版は大人にも売れる筈だ。

そして、この前手習いを始めると言っていたのに、この手わざ。製品はきちんと縫われており、充分《じゅうぶん》売りものとして通用する。

侍女《じじょ》の誰《だれ》かが考え、作ったと言った方がしっくり来るが。

「……これはマグノリア様が？」

「そうでしゅよ？」

不思議そうにマグノリアが返事をする。

サイモンは食い入るように使われている生地をじっくりと確認《かくにん》し、次に刺繍やビーズを見た。

手芸の練習を始めた頃、スカートをリメイクしたのを見た侍女達から次を作るときにと、余っている布を色々と貰ったのだった。この上等なドレスの生地はデイジーから。ビーズはライラに。

オーガンジーとリボンは半端《はんぱ》な安いものを何種か、リリーに買ってきて貰ったものだ。

ハンカチを何度か売って、ほんのちょっと元手が出来た。

なのでハンカチ製作の合間を縫って、逃走《とうそう》資金用の試作品を作っていたのだ。前世にタオルで出来た『ドレスタオル』というのがあったと思い出し、巾着の形もスカートに似ているので、何か作れないかと試《ため》したのだった。

それが、予想を大きく上回って好感触《こうかんしょく》である。

……今までにない品物というのは、想像以上に使えるのだと再認識《さいにんしき》した。


「こちらは、一小銀貨で如何でしょうか」

サイモンは全て合わせた分の小銀貨三枚をマグノリアの前に出す。

「あい、お願いしましゅ」

お互《たが》いにっこり商談成立だ。……一小銀貨って、一体巾着を幾らで売るつもりなのかとマグノリアの頭を過ったが、余計なことは言わないでおく。

「また御作《おつく》りになられますか？」

「しょうでしゅね、そのつもりでしゅ」

「では、次出来ましたら是非《ぜひ》当店へお声がけくださいませ」

「……そうちたいのでしゅが。アジェンダで遠いのでしゅ」

サイモンはいつもの微笑みを湛《たた》えながら、

「あちらに伝手《つて》がありましてよく行き来するのです。差し支《つか》えなければ時折、お屋敷にご挨拶に伺《うかが》わせていただきます」

丁寧《ていねい》に見送られ、三人で店を後にする。

再び馬車に乗り込むと、早速《さっそく》マグノリアはクロードに向き直った。

「あい。お借りした小銀貨三枚と、利ちでしゅ」

「利子……」

先程《さきほど》キャンベル商会の会頭から受け取った分に合わせて、胸元《むなもと》から小さい革袋《かわぶくろ》を出すと小銅貨三枚を抜《ぬ》き取り、合わせて六枚、大きな手のひらに載せた。

「あい。こりぇで借金はチャラでしゅよ？」

クロードはまじまじと手のひらの硬貨《こうか》とマグノリアを見比べた。

……姪《めい》のことだから、いつかは返してくるのだろうとは思っていたが。なんと当日に返って来たらしい。微々《びび》たるものだが利子までつけて。

「いいのか、大切なお小遣いだろう」

セルヴェスが、ゴシゴシと目をこする孫娘《まごむすめ》に聞く。疲《つか》れたところに馬車に揺《ゆ》られ、眠《ねむ》いのだろう。今日は彼女にとって、張り詰《つ》めた一日だったに違いない。

「いいのでしゅ……借金返しゃいはお早めに、でしゅ……そりぇに、暫《しばら》く……森では、暮らしゃない……で、資金は……ない、で、しゅよ」

疲れたのだろう。こっくりこっくり船を漕《こ》ぐ姪っ子の背中を優しく叩《たた》く。

「森？　暮らす……？」

「……潜伏《せんぷく》、先、でしゅよ……」

とんでもない話にセルヴェスとクロードは顔を見合わせながら、苦笑いをした。

「しばらく眠りなさい……」

「……あ、い……」

優しい揺れと温かさに、マグノリアはいつの間にか瞳を閉じていた。

ちょっと硬《かた》いけど逞《たくま》しい腕《うで》にそっと守るように包み込まれ、優しい指が乱れた髪《かみ》を撫《な》で耳に掛ける。

程《ほど》なくして、規則正しい寝息《ねいき》が聞こえ出す。

「……本当に出奔するつもりでいたのか」

「まさかと思いますが、本当に遣《や》りかねないのが何とも」

クロードは小さなため息とともに、腰《こし》に紐で巻き付けた鎚鉾《つちほこ》を指で軽く弾《はじ》く。

セルヴェスは目の前で眠る孫娘を愛《いと》おしそうにみつめた。

「恐《おそ》ろしく賢《かしこ》い子だな。腹も据《す》わっておる」

「……猫《ねこ》を比《ひ》較《かく》対象に並べてくるあたり、イイ性格もしていますね」

「その辺はジェラルドに似たのかもしれん」

馬車の中に小さく低い笑い声が響《ひび》いた。

目の前には彼《かれ》らが帰るタウンハウスが見えて来た。

エピローグ　タウンハウスにて

高位貴族は王都にタウンハウスを所持していることが多い。ほぼタウンハウスに住んでいる家、社交の時期しか利用しない家と実に様々であるが。

勿論、この国で一番遠くに領地を持つアゼンダ辺境伯家にもタウンハウスが存在する。


「お帰りなさいませ。お待ちしておりました」

真っ白な髪をピシリと撫で付けた、優しそうな老紳士《ろうしんし》が四人を出迎《でむか》えた。

すっかり眠りこけたマグノリアは、セルヴェスの腕の中で……と言うよりも手のひらに乗せられて、割れ物を運ぶように慎重《しんちょう》に、恐る恐る運ばれていたのだが。

「……そちらのお嬢様《じょうさま》がマグノリア様でいらっしゃいますか？」

「うむ」

道すがら伝書鳩《でんしょばと》代わりの伝書鴉《からす》を、四人で帰るので部屋を用意して欲《ほ》しいという走り書きを括りつけ飛ばしておいた。

「お部屋をご用意してございます……私がお運びいたしますか？」

「いや、大丈夫《だいじょうぶ》だ」

タウンハウスの家令を務めるトマスは、いつになく緊張《きんちょう》してゆっくり動くセルヴェスに微笑むと、恭《うやうや》しく頭を下げた。

「畏まりました」

クロードは周囲に若干の違和感《いわかん》を覚えつつ、トマスに向き直った。

「急な事で済まなかったな。変わりはないか？」

「はい。王宮からの急ぎの伝言などはいただいておりません。そして大変申し訳ございませんが現在、使用人数名が風邪《かぜ》をひいておりまして寝込《ねこ》んでおります……皆様《みなさま》に伝染《うつ》りませぬよう、部屋で安静にしてもらっております」

「だから静かなのか……皆、体調は大丈夫なのか？」

屋敷の中が妙に淋しい違和感の理由が解ると、気遣《きづか》わし気に青紫色《あおむらさきいろ》の瞳を揺らした。

昔からの使用人が多い為《ため》、辺境伯家もタウンハウスも比《ひ》較的《かくてき》使用人の年齢《ねんれい》が高い。

病気の際、治療《ちりょう》方法といえばハーブを用いた民間療法《りょうほう》や対症療法《たいしょうりょうほう》が主だ。風邪は甘《あま》くみるとあっという間に拗《こじ》らせて、衰弱《すいじゃく》したり重篤《じゅうとく》な病気に罹《かか》ってしまう万病の元だ。また別の病の初期症状《しょうじょう》と重なるものも数多くあり、意外に診断《しんだん》が難しくもある。

頻繁《ひんぱん》に罹り易《やす》いうえ、軽《かろ》んじていると厄介《やっかい》なこととなりかねない、なかなか手強《てごわ》い病だ。

「ええ。数日休めば問題ございません」

「症状が辛いなら医者に来てもらうか?」

「ありがとうございます。今のところは大丈夫かと思います」

「そうか……熱が下がらなかったり、体調が悪いのならば無理せずに医者を呼ぶように」

「ご配慮《はいりょ》ありがとうございます」

綺麗《きれい》すぎて一見冷たくすら見える青年が、実は心根の優《やさ》しい人間であると知る家令は、にこにこしながら頭を下げた。クロードはクロードで、ちらりと窓を覗《のぞ》いていたお庭番に目配せをする。お庭番の男は、心得たとばかりに小さく頷いたのであった。

使用人……特に平民であると、医者に掛かることに遠慮《えんりょ》をするきらいがある。気持ちは解らなくもないが、拗らせてしまうよりも素直《すなお》に診察《しんさつ》してもらいたいと思うので、お庭番に罹《り》患者《かんしゃ》に適宜《てきぎ》にと指示をしておく。

マグノリアは翌朝、ふかふかのベッドの上で目を覚ました。上掛《うわが》けから元気よく飛び出している手足が寒くて、急いで引っ込める。

秋も深まって来たせいか、朝夕は冷《ひ》え込むようになった。

夕食を食べずに眠り続けるマグノリアを心配しては、セルヴェスとクロードが何度か様子を見にやって来たが、精神的な疲労《ひろう》が大きいだろうことを考慮《こうりょ》して敢えて起こさずにゆっくりと眠らせておいたのだ。

目を覚ましたマグノリアは、暖かなベッドの上で昨日あったことを反芻《はんすう》する。……夢でないのは、見たことのない部屋の様子から判断した。

（馬車の中で眠っちゃったんだ……）

クロードはタウンハウスで一晩泊《と》まると言っていた。よってここは辺境伯家のタウンハウスなのであろう。

「失礼いたします」

「あい」

ノックと共に落ち着いた女性の声がした。返事をすると、湯気の立ち昇《のぼ》る洗面器を持った侍女が入室して来た。

「おはようございます、マグノリア様。お目覚めでしたら身支度《みじたく》をお手伝いいたします」

寒いのでお湯は有難いが、着替《きか》えを手伝ってもらうことには未《いま》だ慣れず、丁寧に断って自分で着替える。一人で着替え終えると手放しで褒《ほ》め称《たた》えられ、居たたまれず苦笑いをした。

食堂へ案内されると、セルヴェスとクロードが着席してマグノリアを待っていた。

「良く眠れたようだな」

クールな口調ではあるが、どこか気遣わし気な表情の彼に再び苦笑いが漏れる。

「マグノリア、お腹《なか》が空《す》いただろう？　食事にしよう！　嫌《きら》いなものはあるか!?」

一人、めちゃくちゃテンションが高いセルヴェスを見て、今度は笑顔のまま顔を引きつらせる。

「……大丈夫でしゅ」

和《なご》やかに……孫娘フィーバー中らしいセルヴェスに、マグノリアもクロードもドン引きしつつ、楽しい食事を過ごしていたときだ。

「タウンハウスの者たちに風邪が流行《はや》っているそうだ。子どもは大人に比べて体力がない。伝染らないうちに出発するとしよう」

食事も終盤《しゅうばん》に差し掛かる頃、クロードがそう切り出した。同意と頷くセルヴェスを見て、マグノリアは考えながら口を開いた。

「風邪でしゅか……症状はどんにゃでしゅか？」

風邪とひと口にいっても色々な症状がある。発熱を伴《ともな》うものや粘膜《ねんまく》が炎症《えんしょう》を起こすもの、吐き気やお腹にくるもの……更《さら》には本当は風邪ではなく、インフルエンザやコロナウイルスのような似て非なるものの場合も往々にしてあるわけで。

（集団でってことは、たまたまなのか。それとも感染力《かんせんりょく》の強い菌《きん》やウイルスなんだろうか？）

ロタウイルスやインフルエンザのようなものだったら大変だろうと思い、幼児らしくない様子で眉間《みけん》に皺《しわ》を寄せた。マグノリアの質問にクロードとセルヴェスがトマスを見る。つられてマグノリアも視線を動かした。どこかで見たことのある顔をした、初老の家令を見ては首を傾げたが。それよりも今は体調不良の原因についてだと思い直す。

「多少発熱している者もおりますが、そこまで高熱の者はおりません。咳《せき》や鼻水が主な症状でございます」

「お腹は大丈夫でしゅか？　お医者しゃまには診《み》せまちたか？」

「罹患《りかん》中ですので、頭痛や腹痛を伴っている者もおりますが、大きな症状としての共通性はないかと思います。お医者様には、未だ診察を願う程ではないかと……」

トマスは小さな子どもの質問にも丁寧に受け答えをしてくれる。家令を務めていると言って丁寧に挨拶をしてくれた老紳士だ。

「お薬とかはありましゅか？」

「薬草を症状に合わせて配合する感じだな」

「なりゅほど……」

薬草。セルヴェスの言葉に民間療法の範囲であろうと推測する。

二十一世紀の地球でも風邪薬《かぜぐすり》はあってないようなものだ。有効成分や薬効成分がこの世界よりは格段に優《すぐ》れてはいるだろうが、熱や咳などの症状を緩和《かんわ》させる成分が混合されたものであった筈だ。

(取り敢《あ》えず、免疫力《めんえきりょく》を上げること。殺菌《さっきん》、消炎《しょうえん》作用。あとは身体を温める、かな)

酷《ひど》くなっても抗生物質《こうせいぶっしつ》がないだろう世界。体力がないものはあっという間に肺炎《はいえん》になってしまうだろう。マグノリアは地球時代の無駄《むだ》な雑学知識をフル回転で引っ張り出しては、朱鷺色の瞳《ひとみ》を左右に動かした。

一宿一飯の恩義でもないが、気休め程度にはなるだろう。少しでも回復が早まるならば。

「出発前に少ち、お時間をいただいてもいいでしゅか?」

「うん? まあ、構わんが……」

不思議そうに顔を見合わせる大人たちに向かって、更に付け加えた。

「そりぇと、調理場を見ちぇてもらってもよいでしゅか?」

「おや、どうしたんすか？」

マグノリアが侍女に調理場へ案内してもらおうとしたら、何故《なぜ》だかセルヴェスとクロードもついて来ることになった。調理場の近くには使用人たちの食事や休憩《きゅうけい》をする場所があり、丁度食事を摂っていたガイが不思議そうに主家の三人と、案内役らしい侍女と家令とを見比べる。

「風邪に効く物がありゅか、確認ちたいにょ」

滋養《じよう》に富んだものということなのか、はたまた薬草のように症状が改善するものがあるのか。

……僅《わず》か四歳《さい》であるマグノリアは何か有効な知識があるのか、トマスの話を聞いて躊躇なく調理場へ行きたいと願い出た。

火や刃物《はもの》があって危ないと心配全開のセルヴェス。同じように幼児が心配四割、どんな知識があるのか興味津々《きょうみしんしん》であるのが六割のクロード。そしてニコニコと底が知れない家令と侍女がマグノリアの後ろを固めている。

「料理長しゃんは、いらっしゃいましゅか？」

「……わたくしでございます」

白い帽子を手に取り、小太りな中年男性が頭を下げた。料理長はいきなり現れた主家の人間に、内心何事かとビクビクだ。

「お忙ちい中、お邪魔《じゃま》ちてしゅみましぇん。少ち調理場を見ちぇていただけましゅか？」

見たことのない、もの凄く愛らしい少女……いや、幼女がちょこんと首を傾げる。名乗らずとも、その色味を見れば幼女が主家に連なる者であることは明白だ。

「どうぞどうぞ！」

「あいがとうごじゃいましゅ」

小さく頭を下げるマグノリアを見て、トマスと侍女はほっこりする――同時に笑顔のままセルヴェスとクロードを見た。ついでにガイも主たちを見遣《みや》る。

「……忙《いそが》しいところを邪魔する」

「大人数で押《お》しかけ、すまぬ」

何とも言えない表情でふたりがそう言うと、料理長は勢い良過ぎる程に首を横に振った。

マグノリアは調理場にある食材を順に見て回り、手に取っては何やら確認をしている。

この世界の食材は、知る限り見た目も味も、地球で食べたことがあるものとほぼ同じだ。名前も『人参《にんじん》』『玉ねぎ』といったように地球と同じものが多いが、時折違う呼び名で呼ばれるものもある。例えば、通常のトマトは『赤トマト』と呼ばれ、じゃが芋《いも》は『ポテト芋』と呼ばれている。マグノリアが実家の調理場でポテト芋の名を聞いたとき、秘《ひそ》かに『チゲ鍋《なべ》』みたいだなと思ったのを思い出した。

（栄養素までは同じなのか解《わか》らないけど、同じと考えるしかないよなぁ）

玉ねぎを切ったら涙《なみだ》が出るし、かつて侍女たちは美容と健康の為にヨーグルトを食べると言っていた。なのでそう大差ないのではないか……と思っているが。

「病気の人の食事はどうちていましゅか？」

「賄《まかな》いと一緒《いっしょ》に作っております……普《ふ》通《つう》の賄いよりも消化の良いものでしょうか」

主にスープや麦粥《がゆ》、パン粥等だそうである。

「ではそりぇに、ほうれん草や人参、ブロッコリー、南瓜《かぼちゃ》などを多めに入りぇて欲ちいの」

体調が良くなって来たら、魚のすり身を団子にして入れて欲しいとお願いする。ビタミンＡＣＥにミネラルといった免疫力を上げる食材達《たち》だ。果物も有効であろう。更に、一部の乳酸菌《にゅうさんきん》が感染症《かんせんしょう》予防に有効だという説もあった為、ヨーグルトも良いと付け加える。

ふと素《す》焼《や》きの壺《つぼ》を見れば、生姜《しょうが》に似た塊《かたまり》が目に入った。掴《つか》んで匂《にお》いを確認すればお馴染《なじ》みの爽《さわ》やかな香りがする。確か、過去の中世ヨーロッパでは高額だったと記憶していたが。大きな塊をみて、この世界では比較的安価に出回っているらしいことに安堵《あんど》した。

――生姜は生の状態で食べると『ジンゲロール』という成分が身体を冷やしてくれる上、殺菌効果も高い。火を通すと『ショウガオール』という成分に変化し、身体を温め、抗酸《こうさん》化《か》作用と抗炎症《こうえんしょう》作用に優れているといつかどこかで聞いたことがある。

（体内に炎症が起きてるだろうし、熱を下げるにも身体を温めるにもピッタリじゃない？）

消炎作用のある蜂蜜《はちみつ》と一緒に取れば、味も効果もいい感じであろう。

「こりぇを、すりおろちて貰えましゅか？　あと、蜂蜜とぬる目のお湯をお願いちましゅ」

ぬる目のお湯にするのは、ジンゲロールとショウガオールの両方を摂取《せっしゅ》する為だ。ゴブレットに入れてかき混ぜれば、スパイシーで爽やかな香りが辺りに広がっていく。

「一度に全部でなくとも構わにゃいので、出ちてみてくだしゃい」

「畏まりました」

ただ出せでは納得《なっとく》出来ないだろうと、途中《とちゅう》に不自然でない程度の簡単なウンチクと効能も一緒に伝えてある。それを聞いた料理長とトマスは酷く感心した上で、素晴らしいと連呼しながら恭しく頭を下げた。

一方、はじめは騒《さわ》がしくマグノリアを褒めたり、身を守る為――火や刃物から――壁になったりしていたセルヴェスだったが、ちらりと窺《うかが》うようにクロードの顔を見る。

確かに生姜は身体によいとされている。それ故生姜を摂取させるということに否はないので誰も何も言わなかったが……ここまで具体的、かつなぜ健康に良いのかという理由を聞いたのは皆《みな》初めてだった。

途中簡易な言葉に言い直していたが、薬師からも聞いたことがない言葉での説明の数々。ましてや生姜だけのことではなく、沢山の食べ物についてだ。効能だけではなく、その利用方法までを熟知している様子をみせる——どう差し引いても、物知りな子どもという範囲を超《こ》えている。

クロードは何かを考えるように難しい顔をしながら、生姜がすり下ろされる様子をじっとみつめていた。

そんな中、マグノリアの指示はまだまだ続く。

「あと、定期的に部屋の空気を入りぇ替《か》えて欲ちいの。出来たりゃお湯を沸《わ》かしゅか、お湯を張った桶《おけ》を部屋に置いて湿度《しつど》を上げてくだしゃい」

「了解《りょうかい》っす！」

ガイが頷《うなず》いて、使用人部屋の方に走って行った。

表情には表さずとも、ガイもマグノリアの規格外さに気付いていることだろう。

換気《かんき》に気を付けた方がよいことも、気温や湿度が下がると菌やウイルスが活発になることも、地球では子どもだって知っている事実だ。ついでに手洗いうがいの徹底《てってい》、度数の高いアルコールで定期的に取っ手等を拭《ふ》くと予防によいと付け加えておく。

侍女には綺麗な手巾《しゅきん》やハンカチ、手頃な細い紐を集めて欲しいとお願いする。


そして今。セルヴェスとクロード、トマスと侍女と換気と火起こしから戻《もど》って来たガイと一緒に、談話室で簡易マスクを作っている。……かつて地球にいた頃、コロナ禍《か》でマスクが手に入らなくなったときに急場しのぎで活用した、『縫わない・切らないマスク』を折っているのだ。

「広げて、しょれから三ちゅ折りにちて、ひだを作って……」

出来たそれらを、今度は左右を三つ折りに畳《たた》みながら、重なった部分に紐を通す。本当はゴムがよいのだが、今まで一度も見ていない。未だ製品としては存在しないのかと思う。

「こうやって鼻と口を覆《おお》って下しゃい。飛沫《しぶき》には風邪や病気の原因の『バイ菌』という悪いものが沢山《たくさん》含《ふく》まれていましゅ。それを吸《す》い込《こ》まにゃい為につけりゅのでしゅ」

セルヴェスは太い指でちまちまとひだを作っては、感心したように言った。

「マグノリアは、よくそんな事を知っているな」

（うっ！）

痛いところを突《つ》かれる。高速で頷くトマスと侍女から視線を外し、マグノリアは朱鷺色の瞳を左右に揺らした。

「……何かで読んだか……誰だったかに、聞いたのでしゅ？」

「……このような知識は聞いたことがないが……なぜ疑問形なのだ？　それはどんな本だ？　誰に聞いたのだ？」

見極《みきわ》めるような視線を投げるクロードへ誤魔化《ごまか》し笑いをし、急いで侍女へと向き直る。

「く、苦ちくないなりゃ風邪をひいていりゅ人にも、バイ菌を飛ばしゃないように着けりゅように言って下ちゃいまちぇ。使用ちた物は、キチンと煮沸《しゃふつ》消毒ちて干ちて下ちゃい」

次亜塩素酸《じあえんそさん》などはないであろうから、煮洗《にあら》いして天日干しが確実な筈《はず》だ。

数時間後。元気な使用人達がマスク姿で一斉《いっせい》に見送りに立つ。

（……何だか怪《あや》しい集団だけど……。貴族のお屋敷《やしき》的には大丈夫なのかな？）

自分が勧《すす》めたのではあるが。お仕着せとマスクのミスマッチさに思わず閉口した。

「マグノリア様、我々の為に貴重な情報をご教授いただき、またお骨折りいただきありがとうございます」

トマスがそう言って白髪《しらが》の頭を下げた。他の使用人も一斉に頭を下げる。

「い、いやぁ……？　しょこまでのことでは……」

思わぬ過大評価に口篭《くちご》もる。かつて過ごした時代では誰でも知っている範囲《はんい》のことだ。

……若干《じやっかん》雑学方面に詳《くわ》しいのは、好奇心《こうきしん》が旺盛《おうせい》であるのと同時に面倒臭《めんどうくさ》がりだからで。

それというのも、後で同じ内容を調べたり覚え直すのが面倒《めんどう》なので、調べるついでにその周辺知識を仕入れることが癖《くせ》のように結びついているからだ。地球の歴史にしろ地理にしろ、はたまた英語の構文の数々にしろ……何度も都度調べ直すより一度に関連知識を覚えてしまった方が結局早いという、教訓めいた事実に行き着いただけなのである。

どこまでも調べてしまう人間であれば研究者向きであろうが、如何《いかん》せん面倒臭がりなので広く浅く、ただの雑学止まりだ。

「マグノリア様はアゼンダの領民、ひいてはアスカルド王国を導く灯《あかり》となられましょう！」

トマスの言葉にセルヴェスと侍女はイイ笑顔で頷き、他の使用人たちは拍手《はくしゅ》をする。

「……えええぇ～～？」

トンデモな発言と巨大《きょだい》過ぎる展望に、マグノリアはドン引きだ。

隣《となり》でニヤニヤしているガイに睨《にら》みを利《き》かせながら、クロードに促《うなが》されて馬車に乗り込む。

これからリリーの実家に寄りピックアップして、新天地のアゼンダ辺境伯領《はくりょう》へと向かうのだ。

「マグノリア様。何かございましたら、何なりとお申し付けくださいませ」

トマスがそう言うと、並んだ使用人一同と共に礼をとった。

「は、ははは……はぁ」

マグノリアは引きつり笑いをしながら、窓の外へと手を振《ふ》る。


カラカラと車輪が回る音がする。

ガイの操《あやつ》る馬車は、滑《すべ》るように軽快に王都の石畳《いしだたみ》を進んで行く。

「トマスのテンションがやたら高かったなぁ」

苦笑いをしながらセルヴェスがマグノリアの頭を撫でた。大きい大きい手は温かくて、マグノリアはそっと目をつむる。

「使用人たちも年嵩《としかさ》の者が多いですから心配なのでしょう。その上マグノリアが親身に対応してくれたので、余程《よほど》嬉しかったのでしょう」

何よりもその心根が、と。クロードの言葉にセルヴェスはそうだなと返した。

「まあ、無理に国の灯になんかならずとも、家族はいてくれるだけで既《すで》に他の家族の灯なのだよ」

両親から始まり、妻。実子に養子、嫁《よめ》も孫も……様々な形と立場でそれぞれの家族と過ごして来たセルヴェスの言葉は、誇張《こちょう》することも無く静かに紡《つむ》がれる。

「トマスだけでなく他の使用人も、もちろん儂《わし》もクロードも遠慮なく頼《たよ》ってくれればいい」

「…………」

当たり前の家族としての善意と好意。

マグノリアは何の躊躇《ためら》いもなく与《あた》えられた愛情に酷く困ったような顔をして、クロードを仰《あお》ぎ見る。深い青紫色の瞳が優しく細められたのを見て、何故《なぜ》だろうか、自分の存在が、居場所が、あるべき場所に辿《たど》り着いたような感覚を覚えていた。

＊＊＊＊＊

タウンハウスを発《た》って三日後。全員が回復したとトマスから伝書鴉が飛んで来た。

未だ帰路の途中であるが。休憩がてら街の露店《ろてん》で軽食を購入《こうにゅう》していたところだった。

……もうしばらく馬車に揺られれば、アゼンダ辺境伯領が見えて来る頃《ころ》だろう。

何も知らないリリーは首を傾《かし》げ、相変わらずのガイは何だかニマニマと笑っている。

「凄《すご》いな、マグノリアは！」

セルヴェスは喜び勇んで腕を高く伸《の》ばしては、高速で縦横にマグノリアを振り回す。最後は空高く……数メートル程放り投げられて、無事キャッチされた。絶叫《ぜっきょう》マシンのようである。

リリーが何やら顔を青ざめさせていたが……なんとも豪快《ごうかい》な遊び方だ。

「……父上、その『たかいたかい』は幼児には恐怖《きょうふ》ですよ？」

呆《あき》れたような声でため息をつくクロードは通常運転だ。

これは『たかいたかい』なのか。そう、リリーとマグノリアは心の中で疑問を呈《てい》すると。

「して、マグノリア。料理長とトマスに言っていた『免疫《めんえき》』に『乳酸菌』、『抗酸化作用』と『抗炎症作用』……とはなんだ？」

マグノリアはくらくらする視界に朱鷺《とき》色の垂れ目を瞬《まばた》かせながら、何だか訳もなくおかしくて声を立てて笑った。

そして。

伝書鴉を見送ったトマスは、ふむ、と頷いた。

「マグノリア様……本当に不思議なお子様でしたなぁ」

色とりどりの花々が揺れる庭に青い瞳を向けては、トマスがしみじみと呟《つぶや》く。

「素晴らしい知識と行動力でございますわねぇ。そして何より、とーーーってもお可愛《かわい》らしい♡」

侍女はトマスの言葉に頷きつつ、天使か妖精《ようせい》のような見目の小さな主を思《おも》い浮《う》かべては夢見るように両手を合わせた。

それを見てトマスは、穏《おだ》やかに、それでいてどこか含《ふく》んだように微笑《ほほえ》んだ。

「あれだけの知識が御有《おあ》りならば、きっと他にも沢山のそれらを御持《おも》ちなのでしょう。問題は山積しておりますからな……まあ、それは我《わ》が領内に限ったことではありませんが」

「ウフフ♡色々と忙しくなるかもしれませんねぇ」


アゼンダ辺境伯領もタウンハウスも。

そして何よりセルヴェスとクロードがと思いつつ、老家令と熟年侍女は大きく頷いたのであった。

あとがき

この度は『転生アラサーの異世改活　政略結婚は嫌なので、雑学知識で楽しい改革ライフを決行しちゃいます！』第一巻をお手に取っていただきましてありがとうございます。作者の清水ゆりかと申します。

「第３回ＨＪ小説大賞前期」で入賞し、ありがたくも出版の運びとなりました。

本作はコロナ禍の真っただ中に、小説投稿サイト「小説家になろう」様にて掲載しておりました受賞作を、推敲・加筆した作品となります。

当時は鬱々とした空気が蔓延しておりました。そんな中、息抜きにお読みくださる短いひととき、クスッとしたりスカッと出来るようなお手伝い出来ないか……努力する姿にエールを送る話を！　と思い、結果元気（過ぎる？）な主人公が誕生いたしました。

本書をお読みいただきました皆様が、少しでもお楽しみいただけましたなら幸いです。

最後に謝辞を。

右も左も解らないド新人に、懇切丁寧かつ的確にご指示・ご教授くださる担当編集者様を筆頭に、作品を世に送り出す機会をくださいました出版社、並びに編集部の皆様。

イラストをご担当いただきましたすざく先生。キャラたちを可愛く&格好良くお描きくださるだけでなく、細やかに沢山のご配慮を賜りました。心よりお礼申し上げます。

様々な立場で本作に携わり、ご尽力いただきました関係各所、全ての皆様。

小説家になろうからの読者様。皆様の応援があって日々書き続けることが出来ました。

最後にこの本をお読みくださいました皆様へ。本当にありがとうございました!

この場をお借りいたしまして、厚く感謝申し上げます。


次巻以降、主人公であるマグノリアがまさに本領発揮と新天地で暴れまわる……ゲフンゲフン、領地や周囲の人々のあれこれを改善する為に奮闘することとなります。

どうか、可愛らしくも漢(!?)な彼女とおかしな仲間たちの活躍を再びお手元にお届け出来ますことを願いまして、末筆ながらご挨拶とさせていただきたいと思います。

清水　ゆりか

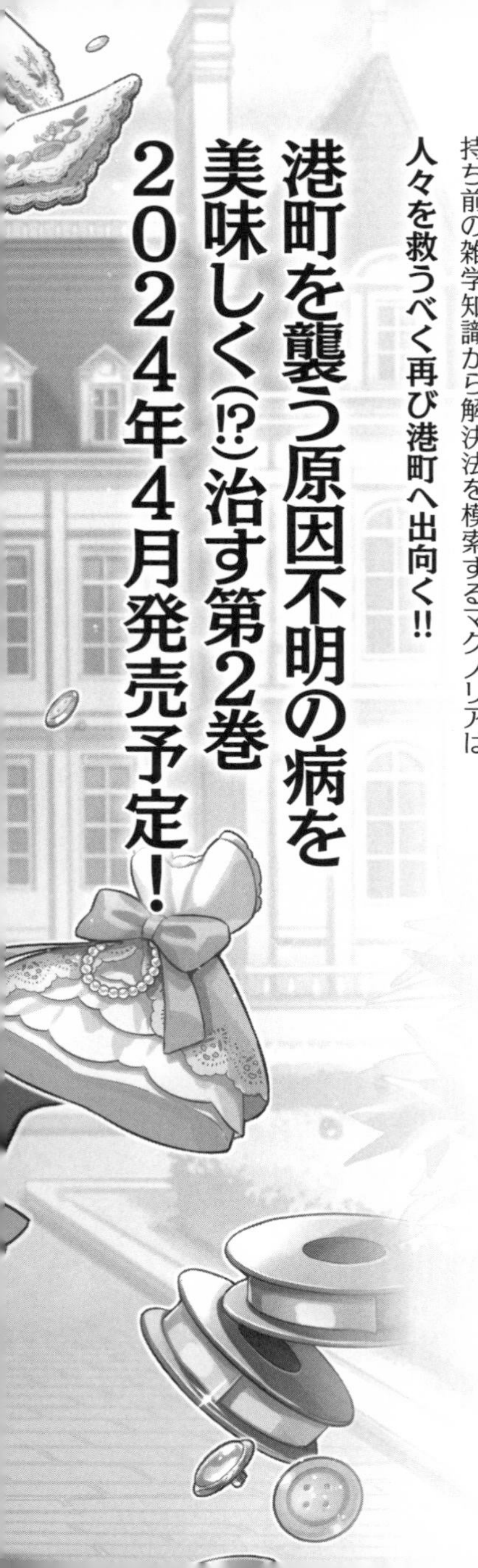

次巻予告

セルヴェスに迎えられアゼンダ辺境伯領へ移住したマグノリア。
さっそく新天地の情報を集めようとクルースの港町へ出かけた彼女は、
クロードと共に楽しいひと時を過ごす。
しかし、そんなクルースでは原因不明の病が発生⁉
クロードから病の詳細を聞いたマグノリアはその症状にピンときて――
持ち前の雑学知識から解決法を模索するマグノリアは
人々を救うべく再び港町へ出向く‼

港町を襲う原因不明の病を
美味しく(⁉)治す第2巻
2024年4月発売予定！

転生アラサー女子の異世改活
政略結婚は嫌なので、雑学知識で
楽しい改革ライフを決行しちゃいます!
2

HJ NOVELS
HJN82-01

転生アラサー女子の異世改活 1
政略結婚は嫌なので、雑学知識で楽しい改革ライフを
決行しちゃいます！

2024年2月19日　初版発行

著者――清水ゆりか

発行者―松下大介
発行所―株式会社ホビージャパン
〒151-0053
東京都渋谷区代々木2-15-8
電話　03(5304)7604（編集）
　　　03(5304)9112（営業）

印刷所――大日本印刷株式会社

装丁――内藤信吾（BELL'S GRAPHICS）／株式会社エストール

Printed in Japan

ISBN978-4-7986-3412-8　C0076